Gaetano Savatteri

In der Sache Maddalena Pancamo

Roman

Aus dem Italienischen
von Annette Kopetzki

Klett-Cotta

Klett-Cotta
Die Originalausgabe erschien unter dem Titel
»La ferita di Vishinskij« im Verlag Sellerio

Printed in Germany
Schutzumschlag und Foto: Philippa Walz, Stuttgart
Gesetzt aus der Galliard 10,75/14,5 pt
von OADF, 71088 Holzgerlingen
Auf säure- und holzfreiem Werkdruckpapier gedruckt
und gebunden von Clausen & Bosse, Leck
ISBN-13: 978-3-608-93738-1
ISBN-10: 3-608-93738-2

FÜR FRANCESCO PAOLO

’Tis but thy name that is my enemy.

WILLIAM SHAKESPEARE, ROMEO AND JULIET

Fast möchte ich behaupten,
daß Morde immer die Kinder einer alten Schuld sind.

MANUEL VÁQUEZ MONTALBÁN,
GESCHICHTEN VON VÄTERN UND SÖHNEN

Fragmente

Meines Erachtens müßte man die Signori Pancamo und Pintacorona zu einem Zwangsaufenthalt in den übervölkertsten und unzivilisiertesten Städten Italiens verurteilen, auf daß sie dort Nächstenliebe und die Tugenden anständiger Bürger in sich ausbilden, und darob nach der Rückkehr in ihre Heimatstadt, wo sie ihre Verbindungen und großen Einfluß besitzen, statt Haß und Intrigen zu säen, brüderliche Liebe und gesittete Umgangsformen verbreiten können.

Ugo Visconti di Marzorati, Generalsekretär der Polizeibehörde, in einem Brief an den Generalstatthalter von Palermo, 11. Mai 1861

 Unter der Anschuldigung, Ursache aller Übel unseres unglücklichen Landes zu sein, wurden die Signori Pancamo und Pintacorona seitens hoher Staatsbeamter, denen von Amts wegen eigentlich obliegt, die Ehre Siziliens und die seiner erlauchtesten und gesittetsten Familien zu verteidigen, als Quelle von Zwietracht und Gewalt dargestellt, für welche jene Staatsbeamte indessen ganz andere Verbrecher und Banditen hätten zur Rechenschaft ziehen müssen; und nichtsdestotrotz konnte, nachdem die gebotenen Ermittlungen durchgeführt waren, durchaus nichts zu ihren Lasten gefunden werden, außer ihrem guten Leumund, ihrer allseitigen Wertschätzung und jener die beiden Familien seit jeher verbindenden Eintracht, welche noch lange zu währen bestimmt ist.

Armando Ernandes di Garamoli, Generalbevollmächtigter des Königs, in seinem Bericht zur Eröffnung des Gerichtsjahres am Gerichtshof von Palermo, 12. Januar 1862

22.25 Uhr, nach vorheriger telefonischer Mitteilung, Eintreffen einer Fernsprechnachricht von der örtlichen Hafenkommandantur. Bestätigte Einleitung der Suche auf See nach Passagier, der während Überfahrt des Motorschiffs Flaminia mit Kurs von Palermo nach Neapel ins Meer gestürzt ist.
Der entsprechende Einsatzbefehl wurde an die Kommissariate von Bagheria, Terrasini und Carini, sowie zuständigkeitshalber an die Provinzleitstellen der Carabinieri und der Guardia di Finanza weitergeleitet.

Tagesnotiz der Einsatzzentrale des Polizeipräsidiums von Palermo, 21. September 1985

12 | Es war ein Unfall. Der Tod von Maddalena Pancamo, der jungen Frau, die im vergangenen September von der Fähre nach Neapel ins Meer stürzte, hat keine anderen Ursachen. So lautet die abschließende Feststellung des Ermittlungsrichters Rosario Fanara anläßlich der Einstellung des polizeilichen Ermittlungsverfahrens, das nach dem Auffinden der Leiche der Architekturstudentin eröffnet worden war.

Kurzmeldung der Tageszeitung »L'Ora« im lokalen Nachrichtenteil für Palermo, 27. Dezember 1985

1. Kapitel

»September, das erinnert mich an sie.«
»September?«
»Ich weiß nicht warum. Oder nein: Ich weiß es doch. Im September wurde sie gefunden …«
»Tot.«
»Genau, tot. Sie wäre jetzt so alt wie meine Tochter.«
»Jung, demnach.«
»Ja, jung. Seltsam: die Lebenden können nicht aufhören, sich das Alter der Toten auszurechnen.«
»Vielleicht, um sie näher bei sich zu haben.«
»Um sie zu betrauern, möglicherweise, um den Irrtum hervorzuheben, daß sie selber weiterleben. Entschuldigen Sie bitte, langweile ich Sie?« fragte der ältere Mann.
»Nein, im Gegenteil.«
»Sie haben sicher eine Menge zu erledigen, Sie müssen packen. Wahrscheinlich wartet Ihre Frau schon auf Sie.«
»Die Koffer sind gepackt«, sagte der Jüngere. Und dann, als müsse er das Thema wechseln: »Haben Sie es bemerkt? Die Ferien hören immer am schönsten Sonnentag auf.«
»Die meisten Dinge enden schön, so daß es einem in der Erinnerung das Herz zerreißt. Wie dieser Sonntag, wie alle abrupten und raschen Epiloge. Sehen Sie, vielleicht muß ich darum immer wieder an den September denken«, sagte der alte Mann noch, während er seine Zigarette ausdrückte. Doch eine Windbö fegte die Asche weg, machte daraus eine Wolke.

»Entschuldigen Sie, da habe ich ja was angerichtet. Ich muß mit dem Rauchen aufhören.«
»Kein Problem«, erwiderte der andere und wischte über sein weißes T-Shirt.
Ein Mädchen im Badeanzug ging vorbei. Allein. Sie setzte sich an einen Tisch in der Nähe, öffnete ihr Buch an der Stelle bei dem Lesezeichen, dabei schleckte sie weiter an

einem Eis. Die Augen der beiden Männer folgten ihr.
»Hat sich niemand mit dem Fall beschäftigt?« fragte der junge Mann.
»Nein, niemand. Seither sind so viele Dinge passiert ... ich glaube nicht, daß sich noch irgend jemand dafür interessiert. Die Untersuchung wurde abgeschlossen: ein Unfall. Ich selber habe die Archivierung unterzeichnet.«
»Und die Akte wurde nie wieder geöffnet.«
»So ist es. Dieses Ergebnis war allen genehm, auch den Familienangehörigen. Sie lebten nicht mehr in Palermo, sie waren schon lange vorher weggezogen. Doch sie hatte dableiben wollen, als einzige. Ich glaube, sie liebte die Stadt.«
»Wie macht man das?«
»Was?«
»Sie zu lieben.«
»Wie schaffen Sie es?«
»Ich? Ich liebe sie nicht, ich lebe dort, das ist alles.«
»Nein, so geht es nicht. Entweder liebt man sie oder man plündert sie.«
»Und Sie, wie ist es bei Ihnen?«
»Ich? Ich hatte Angst vor ihr.« Der alte Mann verstummte und schwieg eine Weile, in die Erinnerung an eine unterdrückte Qual, eine fast erloschene Demütigung versunken. Nach der Pause sprach er weiter: »Haben Sie dieses Wort gehört? Angst. Zehn Jahre habe ich verloren mit dem

vergeblichen Versuch, es auszusprechen. Jetzt schäme ich mich nicht mehr dafür: Ich bin aus Angst weggegangen.«

»Es waren schwierige Jahre.«

»Schwierig, oh ja. Damit läßt sich viel ausdrücken. Schwierige Jahre. Jahre, die sich bestens eigneten, zu ermessen, wieviel Seele, Mut und Ehrgeiz man selber besitzt. Vielleicht hatte ich ja nichts von alledem ...«

»Na ja, eine Seele doch wenigstens, die haben ja alle«, bemerkte der jüngere Mann scherzhaft. Er winkte den Kellner heran und bestellte einen Chinotto. Der andere bat um einen Kaffee.

Der Wind begleitete die Stimme einer Frau, die ihren Sohn rief. Lange Reihen gemächlich spazierender Badegäste zeichneten das Halbrund des Strandes von Giallonardo nach.

»Der Sonntag geht zu Ende«, sagte der junge Mann.

»Der Sommer auch, doch hier bei uns wird er noch ein wenig länger dauern.«

Der Kellner kehrte mit Chinotto und Kaffee zurück. Sie spielten kurz das Spielchen »Ichzahle«, doch der alte Mann gewann.

»Das ist nicht wahr«, bemerkte er, während er das Wechselgeld zählte und sich in die Tasche steckte, »es ist nicht wahr, daß alle eine haben.«

»Wie bitte?«

»Ich meine, daß es nicht wahr ist. Die Seele ist nichts für alle. Schließlich ist die Seele das Gespür für die Dinge, der kluge Umgang mit den Realitäten, das Verständnis für die Menschen, die in unserer Nähe leben ...«

»Ach so, in diesem Sinn ...«

»In diesem Sinn hatte ich keine. Oder, wenn ich unbedingt eine Rechtfertigung finden muß, dann fehlte sie mir damals noch. Und ich war nicht der einzige im Justizpalast.

Er wurde ja auch der Ort der Guten und der Bösen, der Korrupten und der Ehrlichen genannt …«

»Der Palast der Gifte …«

»Genau, der Palast der Gifte. Aber Gifte gibt es da nicht, nur kleine und große Gemeinheiten, kleine und große Eifersüchteleien, Boshaftigkeiten und Bestechungen jeder Art. Korrupt war ich allerdings nicht und boshaft noch weniger. Ich habe meine Arbeit getan, weil ich dachte, das reicht.« Er betrachtete den zuckrigen Kaffeesatz, als suchte er nach einem Zeichen oder nach einer Formel, um das Geschehene zu deuten. »Ich komme aus einer bescheidenen Familie, hart arbeitende Menschen. Mein Vater war Handwerker, Klempner, sagte man früher. Er las gerne: *In den Katakomben von Palermo, Ettore Fieramosca, La disfida di Barletta*. Er glaubte an die Bildung, sie würde aus der Plackerei und dem Elend herausführen. Er ließ uns studieren: fünf Kinder, alle mit Universitätsabschluß. Mein Bruder war in leitender Stellung bei der Post, meine Schwestern unterrichten. Ein anderer, älterer Bruder starb als Offizier im Krieg, in Albanien. Ich gewann den nationalen Wettbewerb um einen Posten als Richter. Ich erinnere mich an meinen ersten Tag beim Amtsgericht, das war in Nicosia. Mein Vater tauchte auf. Von unserem Dorf aus war das eine Reise, die einen ganzen Tag dauerte. Er hörte sich die Verhandlung an, ohne etwas zu verstehen, aber er blickte mit stolzgeschwellter Brust auf die Angeklagten, die Anwälte, die Gerichtsdiener, als wollte er sagen: seht her, der Richter ist mein Sohn. Sehen Sie, ich dachte, das reicht.«

»Aber?«

»Das habe ich lange Zeit gedacht, auch als ich in Palermo ankam. Ermittlungsrichter: Mein Vorgesetzter betraute mich mit einer Untersuchung, ich führte sie durch, ich las die

Akten, und ich las sie sehr sorgfältig, sehr gewissenhaft, das schwöre ich Ihnen. Ich begriff, ich meinte zu begreifen. Der Vorgesetzte rief mich in sein Büro: Fanara, dieser eine Fall da, ich verlasse mich auf Sie, der Minister, der Abgeordnete Soundso … nun, lassen Sie uns mit äußerster Vorsicht verfahren, das Gesetz, Gott bewahre, natürlich, das Gesetz steht über allem, aber wir wollen doch nicht unnötigerweise Ärgernis erregen, natürlich, wenn wir Beweise haben, gehen wir mit größter Genauigkeit vor, ich würde sogar sagen, mit Härte, aber gegen Windmühlen werden wir nicht kämpfen, in Ordnung, Fanara? In Ordnung. In Ordnung. War das falsch? War das wirklich falsch? Niemals habe ich einen Beweis versteckt, niemals habe ich eine Ermittlung versanden lassen, ja, so sagt man, versanden lassen. Der Vorgesetzte rief mich im Büro an: Fanara, dies hier ist eine verwickelte Angelegenheit, ich werde mich selbst darum kümmern, nehmen Sie's mir nicht übel, in Ordnung, Fanara? In Ordnung, in Ordnung. Bin ich böse? Bin ich korrupt?«

Der junge Mann hatte das Glas Chinotto nur halb ausgetrunken. Um seine Verlegenheit zu verbergen, betrachtete er den im Sonnenuntergang erglühenden Turm von Monterosso über dem Meer, das sich dunkler färbte.

»Ich glaube nicht, daß jemand das von Ihnen gedacht hat.«

»Nein, niemand hat je gedacht, daß ich korrupt oder unehrlich bin. Denn niemand hat mich bemerkt, und ich habe getan, was ich irgend konnte, um vergessen zu werden. Ich habe sie kennengelernt, diese jungen Richter, die Helden unseres Krieges, bei dem man sterben muß, um zu siegen. Genau darum geht es, um den Tod. Er war in ihren Augen. In ihrem Ehrgeiz steckte der Tod, als größte Herausforderung, als Zielgerade, die es zu erreichen und, wenn möglich, lebend zu überschreiten galt. Ich habe sie bewundert. Ich habe sie beneidet. Jetzt kann ich es aussprechen. Ich habe sie dafür beneidet, wie sie die Angst verachteten, ihren schwarzen Humor, mit dem sie sich über die nächsten und zukünftigen Nekrologe lustig machten. Und das verwischte Aufblitzen ihrer Gesichter, wenn sie in den gepanzerten Autos davonrasten, die heimlichen Ortswechsel, die Proteste in den Zeitungen wegen der Sirenen, die das tägliche Kommen und Gehen eines Staatsbeamten ankündigten, die geheuchelt respektvollen Blicke, die ihnen vorausgingen, ihre flüchtigen Bilder im Fernsehen, wenn sie eine Tür öffneten, den Kopf schüttelten, eine Zigarette rauchten. Ich begann damals zu rauchen, wie ein Jugendlicher, können Sie sich das vorstellen? Aus Neid. Der Abteilungsleiter wechselte. Und es gab keine große Auswahl. Entweder hielt man es mit denen, die den Tod herausforderten, oder mit den anderen. Aber ich wollte nicht sterben, ich wollte nicht …«

»Niemand will sterben.«

»Das denken Sie. Der Tod ist eine Leidenschaft, fast eine Berufung. Das sind die wahren Helden, wußten Sie das? Diejenigen, die wissen, wie man sterben muß, und die leben, um richtig zu sterben. Ich bin nicht so. Wenn er kommt, der Sensenmann in Schwarz, werde ich mich verstecken, ein Kissen auf dem Kopf, damit er mich von hinten packt, damit ich ihn nicht riechen muß. Oder ich verspotte ihn. Ich hatte Angst, ich habe immer noch Angst … doch es ist spät geworden, Sie müssen abreisen.«

»Bald, aber seien Sie unbesorgt, ich habe genug Zeit.«

»Man beauftragte mich nicht mit wichtigen Ermittlungen, man berief mich in kein Gremium, man fragte mich nicht, was ich tun würde … zum Glück, zum Glück. Und ich selbst tat auch nichts; so geriet ich allmählich in die Gruppe derer, die schwiegen, kritisierten, anprangerten, all jener, die wie hypnotisiert auf ihr Scheitern starrten, das Ende also in Kauf nahmen. In der ›Ora‹ – erinnern Sie sich an diese Zeitung? Sie erschien um die Mittagszeit, wenn man in der Hitze und im Verkehrsgewühl nach Hause fuhr, mit schwarzen und roten Überschriften, voller Fotos, fast bedrohlich war das: Wenn du bei Rot an der Ampel standst, haben sie dir die Zeitung gegen das Autofenster geklatscht … nun, in der ›Ora‹ wurde eine Liste veröffentlicht, eine Aufstellung der guten und der bösen Richter. Ich stand natürlich bei den bösen. Es war ein Freitag im Juli. Meine Frau, meine Tochter und ich verbrachten das Wochenende hier in Giallonardo. Ich hatte die Seite herausgerissen, dann schloß ich mich im Bad ein, um den Artikel noch einmal zu lesen, ich wollte nicht gesehen werden: mein Name neben gewissen anderen Namen. Ich beschloß, das Richteramt aufzugeben.«

»Einfach so, ganz plötzlich?«

»Nicht sofort, ich mußte ja erst etwas anderes finden, ich konnte mir eine befristete Anstellung bei den Sizilianischen Wasserwerken besorgen, gerade recht, um die zwei Jahre zu füllen, die bis zur Pensionierung fehlten. Doch im September war ich noch im Dienst, man fand das tote Mädchen, und man besann sich auf mich, die Ermittlung wurde mir übergeben. Der Fall interessierte sowieso fast niemanden, in jenem Sommer wurden einige Polizisten umgebracht.«

»War es 85?«

»Ja, es war 1985. Erinnern Sie sich?«

»Ich war noch ein Junge. Die Ferien verbrachte ich in Mongerbino, in der Nähe wurde ein Polizist getötet. Das hat mich damals sehr erschreckt.«

»Im September fand man sie, und ich hatte es eilig mit der Ermittlung, ich wollte sie abschließen, keine ungeklärten

Fälle und offenen Akten hinterlassen. Ich wollte mit Anstand meinen Abschied nehmen.«

»Und Sie archivierten die Akte.«

»Ich gab sie ins Archiv: ein Unfall.«

»Wo liegt das Problem?«

»Kein Problem. Ein Unfall, Punkt. Doch immer im September muß ich wieder dran denken, und der Gedanke läßt

mich nicht los, daß sie vielleicht umgebracht wurde.«

»Von wem?«

»Ich weiß es nicht.«

»Aber Sie vermuten einen Mord.«

»Ja, einen Mord. Ich kann Ihnen nicht mal sagen, warum.«

Der Richter schüttelte leicht den Kopf, seine Ratlosigkeit zitterte in einer Ader am Hals.

»Wie hieß sie?« fragte der andere.

»Wer?«

»Die Tote.«

»Maddalena. Maddalena Pancamo.«

Auf den Gesichtern lag der erste Schatten der Dämmerung. In der kleinen Holzbude am Strand hatten sie die Lichter noch nicht angemacht. Das Mädchen klappte sein Buch zu und ging weg, einen süßen Duft nach Sonnenmilch hinter sich lassend.

»War sie schön?« fragte der junge Mann.

»Mit zwanzig können Mädchen nicht häßlich sein.«

September 1985

Er trocknet sich die Hände an der Jeans ab, aber sie sind immer noch ölverschmiert.

Wieder mustert er die Auslagen hinter den Glasscheiben der Bar. Eine Krokette ist übriggeblieben, eine von den runden, mit Fleischfüllung. Er ist unschlüssig. Drei hat er schon gegessen, zwei mit Butterreis und eine mit Fleisch. Drei und eine macht vier, na los. Doch er kommt nicht mehr rechtzeitig: er sieht sie aus den Händen des Kellners in die eines Mannes mit weiten, tief unter dem Bauch hängenden Bermudashorts wandern.

Er geht trotzdem auf die Theke zu.

»Kroketten?«

»Das war die letzte. Eine Teigtasche ist noch da.« Der Kellner hebt bedauernd die Schultern.

»Na dann eine Dose Bier.«

Er setzt sich. Auf offener See ist das Fernsehbild nur Nebel. Wenige Passagiere sind im Saal.

Er steht auf, geht zwischen den Sesseln herum, liest noch einmal das Schild mit den Hinweisen für Notfälle. Feuer an Bord: zwei lange Pfeiftöne – Mann über Bord: fünf lange Pfeiftöne – Anleitung zum Anlegen der Schwimmwes…

»Gerlà, komm her«, rufen sie von einem Tisch. Die üblichen Männer, Lastwagenfahrer, die dienstags und donnerstags in Neapel auf die Fähre gehen. Heute sind wenig Menschen da. Der Sommer ist vorbei. Im Hintergrund das

Weinen eines Kindes. Der Kellner wischt schon wieder über die Theke, vom melancholischen Anblick der letzten Teigtasche angezogen. Jemand schnarcht laut, im Gleichtakt mit dem Schlingern des Schiffes.

»Gerlando, eine Partie Tressette?«

Er schüttelt den Kopf. Setzt sich neben die Spieler, verfolgt das Spiel, trinkt sein Bier. Er hört zu.

»Schei-, schwarze Karten. Musso, der Typ aus Mezzojuso, kennste den nicht? Das is der mit dem grünen Dreiachser, egal, also dieser Musso treibt sich in Rußland rum, da is ihm in Moskau sogar das Gaspedal eingefroren und er mußte vierzig Kilometer mit Motorbremse und im verminderten Zweiten fahren, ohne daß er anhalten konnte – nun nimm schon diese Karte! – Musso … klar, das ist der: wir haben ihn mal in Marghera getroffen, da hatte er sich diese Rumänin mit den fetten Oberschenkeln mitgebracht, Sirta, hieß sie, glaub ich, Musso ließ die alles machen für sich, sogar ’n Laster mußte sie ihm ausladen … willst du jetzt diese Karte nehmen! Was hast du, Gerlà?«

»Ich bin müde, ich geh schlafen.«

»Fährst du hoch in die Toskana?«

»Ja klar, immer um diese Zeit.«

Die anderen lachen. Was wissen sie schon? Zweiundzwanzig Raten sind noch zu zahlen, jedes Mal achthunderttausend Lire, und dann noch die laufenden Ausgaben, die Kupplung, die nach den vielen Kilometern abgewetzt ist, die neue Lackierung der Ladefläche, die man sonst hätte gleich wegschmeißen können, und zu allem Überfluß diese Hurensöhne von der Zollpolizei, die ihm ein Bußgeld von anderthalb Millionen Lire aufgebrummt haben, am Autobahnkreuz von Misilmeri war das, wenn er das gewußt hätte, hätte er die Fahrt nicht mal gemacht, denn

so geht's ja immer, man tut einem Freund einen Gefallen und ist der Gelackmeierte, ist doch immer das gleiche. Und die anderen lachen.
Gerlando Ferlisi ist heute abend mit dem Kopf nicht dabei. In Gedanken ist er unten, bei seinem Laster im Laderaum des Schiffes und im Bauch seines Iveco, wo die beiden Päckchen stecken, die aussehen wie Zuckerpackungen, wenn man sie in der Hand hält, vielleicht ein bißchen fester, kompakter. Drei Stunden hat er gebraucht, um sie mit schwarzem Klebeband zu umwickeln und hinter den Benzintank zu kleben, so sieht man sie praktisch nicht, außerdem hat er alles wieder mit Fett und Staub zugeschmiert, keine Chance, die zu finden, nicht mal, wenn man bei ihm eine Computertomographie machen würde. Morgen werden sie kommen, an der Autobahnraststätte von Frascati, und die Päckchen mitnehmen. Alles gut organisiert: sie kommen sogar als Automechaniker verkleidet. Keiner denkt sich was dabei, wenn er zwei Typen mit schmutzigen Arbeitsanzügen voll Öl und Fett unter einem Lastwagen sieht, oder?
Morgen ist alles vorbei. Gerlando Ferlisi fährt in die Toskana, läßt die Ladung mit Trauben da, kehrt nach Sizilien zurück und findet zu Hause schon das Geld vor. Mindestens zwei Raten kann er davon bezahlen und vielleicht auch die neue Kupplung. Das gleiche noch dreimal, und es gibt keine Probleme mehr, dann gehört der Truck ganz und gar ihm und ist kein Kostenfaktor mehr und fährt ihm was ein, denn jeder Verdienst wird dann ein echter Verdienst sein, und wenn dann in zwei Jahren auch sein Sohn Carmelo den Führerschein Klasse C macht, kann er sich noch einen Laster kaufen, einen kleineren für die kleineren Transporte, ja, und dann kann man sich endlich Unternehmer auf den Ausweis schreiben lassen.

Den Kopf und die Gedanken hat er beim Iveco. Im Laderaum des Schiffes, zwei Stockwerke tief unter seinen Füßen, wo der Truck mit Ketten festgezurrt ist und die Trauben schon so stark fermentieren, daß der Mostgeruch bis in die Kabinen dringt und man sich daran berauschen kann, und unter der Pritsche das gut, ach was, das perfekt versteckte Päckchen, das man nicht sehen kann, nein, keiner kann es sehen.

»Gerlà, du bist blaß. Komm her, erinnerst du dich an diesen Typen aus Fava, den sie den Häßlichen nennen? Der war doch immer so rappelig, redete, als wäre er plemplem, ich dies, ich das, weißt du noch? Nun isser vollkommen durchgedreht, verrückt, genau. Da haben sie ihn eines Morgens um fünf im Zentrum von London gefunden, mit Sattelzug und Anhänger und allem drum und dran wollte er auf diesem Platz in London einparken, weiß gar nicht, wie der eigentlich heißt: er wollte ’n bißchen spazierengehen. Den Engländern hat er erklärt, daß er überall in der Welt rumgekommen is, aber ’ne Stadt im Zentrum hat er noch nicht gesehen, wo alle Orte für ihn gleich sind: Autobahn, Autobahnkreuz, Lager, aufladen, abladen und wieder los. Aber er, der Häßliche, wollte mal in London spazierengehen. Was ist schon dabei? Mit seinem riesigen Brummi, verstehst du? Kanntest du die Geschichte, Gerlà?«

Gerlando Ferlisi braucht frische Luft. Er geht nach draußen, aber der Wind weht stark, er kann sich nicht einmal die Zigarette anzünden. Er kehrt um und geht auf die andere Seite des Schiffs, hier ist es ein bißchen geschützter.

Frische Luft tut gut. Das Meer hört man nur. Stockdunkle Nacht, pechschwarz schwappen und klatschen die Wellen gegen das Schiff. Heute nacht ist kein hoher Seegang. Gerlando blickt in die Ferne, aber er sieht nichts.

An einer Wand lehnt ein Rucksack aus blauem Leinen, neben einer Holzbank. Gerlando sieht ihn, aber seine Gedanken sind schon wieder im Laderaum des Schiffs, wo die Trauben fermentieren und womöglich etwas heraustropft, aber die Päckchen sind gut mit Zellophan versiegelt und mit dem Klebeband umwickelt. Sie können nicht naß werden, bestimmt nicht.

Der blaue Rucksack rutscht über den Boden, niemand ist auf dem Deck, um ihn mitzunehmen. Denn es ist kalt auf offener See, und dies ist keine Nacht, um unter freiem Himmel zu schlafen, wie im Sommer die jungen Leute, die keine Angst vor Schmerzen in den Knochen haben.

Gerlando beugt sich vor, um die Kippe über Bord zu werfen. Er geht auf den Rucksack zu, hebt ihn hoch, um ihn wieder gerade hinzustellen. Der blaue Stoff ist ein bißchen klamm, denn der Holzboden auf Deck ist mit Feuchtigkeit durchtränkt. In dem Licht, das von dem mit Rost umrandeten Weiß der Schotten ausgeht, ist niemand zu sehen.

Es ist ein Rucksack, wie Jugendliche sie haben. An einer Tasche hängt ein Stofftier, ein kleiner Delphin mit Fettflecken. Gerlando wischt sich die Hände an der Jeans ab. Er liest das Schildchen: Maddalena Pancamo, Via Caltanissetta 2, PALERMO, SICILY, ITALY.

Er blickt über das Deck. Alles ist leer. Nur das Nichts der Nacht und des Meeres.

Der Schuh ist nur ein Turnschuh aus weißem Leinen. Er liegt umgedreht, mit der Sohle nach oben, in der kleinen Rinne, die unter der Reling entlangläuft.

Gerlando erinnert sich an das Schild: zwei lange Pfeiftöne – Feuer an Bord, fünf lange Pfeiftöne – Mann über Bord.

Jetzt bekommt er Angst und hat seine Gedanken nicht mehr im Laderaum des Schiffes und bei seinem Iveco, sondern beim Meer, das schwarz gegen die Schiffswände schwappt.

Er betritt den Passagierraum.
Die Kartenspieler lassen die Karten fallen, als Gerlando dasteht, schreit und, einen Turnschuh in der Hand schwenkend, hinaus ins Dunkel zeigt.
Dann halten fünf lange Pfeiftöne das Meer und die Nacht an.

2. Kapitel

»Traurig?«

Sie verneinte mit einer stummen Kopfbewegung.

»Du sprichst gar nicht.«

Er wandte sich zu ihr um, sein Lächeln geriet vielleicht ein wenig schief wegen des Heimwehs.

Auch sie lächelte und streichelte ihm den Kopf.

Während er weiterfuhr, die Finger seiner Frau zwischen den Haaren, verfolgte er mit seinem dürftigen Englisch den alten Song von Genesis im Radio.

»Niedlich, der Sohn von Sandra, nicht?« fragte sie.

»Mm, mm«, brummelte er.

»Siebzehn Monate ist er alt.«

»Anderthalb Jahre.«

»Siebzehn Monate.«

»Ist doch das gleiche.«

»Vorher hatte Sandra Fehlgeburten.«

Er antwortete nicht. Das Fahren strengte ihn an. Das letzte Tageslicht lag auf seinem Gesicht, die Straße verschwamm schon in der Dämmerung.

»Sie hat eine Kur gemacht. In Florenz gibt es eine Spezialklinik«, begann seine Frau wieder.

»Davon gibt es viele.«

»Sie sind spezialisiert.«

»Die sind alle spezialisiert.«

»Leonardo, fang nicht schon wieder an.«

»Womit?«

»Fang nicht schon wieder an – und Schluß.«

»Eben, Schluß damit.«

Sie nahm die Hand vom Kopf ihres Mannes.

»Hast du die Hausschlüssel?« fragte Leonardo.

»Wechselst du das Thema?«

»Was meinst du?«

»Du hast schon verstanden. Weich nicht aus!«

Leonardo seufzte.

»Bist du müde? Ermüde ich dich? Nerve ich dich? Dann laß mich hier, ich will aussteigen, laß mich aussteigen«, an den Griff geklammert, hatte sie schon die Tür des fahrenden Wagens geöffnet, »laß mich aussteigen, hab ich dir gesagt!«

Leonardo fuhr mit einem jähen Schwenk auf den Seitenstreifen.

»Bist du verrückt geworden?«

Seine Frau stieg aus dem Auto und lief auf der gelben Linie weiter. Die vorbeikommenden Autos fuhren langsamer, die Fahrer schauten heraus. Ein kleiner Junge winkte mit der Hand aus dem Rückfenster.

»Betta, komm zurück. Wo willst du denn hin?« rief Leonardo und stand auf, ein Bein noch im Auto, das andere auf dem Asphalt.

Betta blieb nicht stehen. Am Straßenrand ragte tiefschwarz ein Garten mit Zitrusfrüchten auf.

Leonardo ging ihr hinterher. Er packte sie am Arm:

»Was tust du denn da? Betta, was ist los?«

Sie zappelte, versuchte, sich dem Griff zu entwinden, doch Leonardo hielt sie am Handgelenk fest.

Betta gab ihm einen kraftlosen Fausthieb auf die Brust. Sie ließ sich gegen ihn fallen. Weinte.

»Ist ja schon gut!« Er hielt sie eng an sich gedrückt, küßte sie auf die Haare.

»Warum gerade wir?« Betta sah ihn mit ihren Wasseraugen an. »Warum ausgerechnet wir?«
»Komm, wir gehen zurück zum Auto, beruhige dich.«
Sie ließ sich führen.
Sie fuhren weiter, gelangten zur Abzweigung nach Ribera, folgten den Hinweisschildern nach Sciacca und dann nach Castelvetrano. Auf der Brücke über den Belice war es schon Nacht. Sie hatten noch nicht wieder gesprochen. Betta schien eingeschlafen zu sein.

»Was hat dir der Richter erzählt?«
Leonardo blieb in Gedanken versunken. Zwei Wochen lang hatten sie ihn immer nur so genannt: »der Richter«, eine zurückhaltende, stille Erscheinung, selten ein Lächeln, kultivierte Umgangsformen mit einer altmodischen, unüblich gewordenen Liebenswürdigkeit. Der Richter und seine Frau, ein altes Paar schon, doch vielleicht heiter, friedlich vielleicht, wenn da nicht die Abwesenheit der Tochter wäre, die sie mit knappen, zerstreuten und resignierten Bemerkungen beklagten. So wie sie sich mittlerweile damit abgefunden hatten, Gästen mit Empfehlung die Dependance der kleinen Villa am Meer mit eigenem Eingang und Veranda zu vermieten, wo, wenn es nach ihren Plänen gegangen wäre, eigentlich jene Tochter – vielleicht mit einem Ehemann und Enkeln – hätte wohnen sollen. Aber sie verbrachte ihre Ferien anderswo, weit weg vom Meer, von ihren Eltern.
»Was hat dir Fanara erzählt?« wiederholte sie ruhig, mit geschlossenen Augen, neugierig geworden auf die Begegnung, um die der Richter Leonardo am letzten Tag ihres Aufenthaltes in Giallonardo gebeten hatte.
»Nichts, nur die Geschichte von Maddalena Pancamo, ein Mädchen, das vor über zehn Jahren gestorben ist.«
Schweigen.

Mehr verriet Leonardo nicht. Er sagte ihr nicht, wie lange er schon ungeduldig auf den geeigneten Moment wartete, um den Richter nach dem Tod von Maddalena Pancamo fragen zu können. Und er zog es vor, Schweigen zu bewahren über die komplizierten, für jeden außer für ihn selbst schwer nachvollziehbaren Gründe, über die schwindelerregende Abfolge von Zusammenhängen und Zufällen, die prophetische Verkettung winziger Episoden, die magnetische Anziehungskraft der wie Sand verrinnenden Zeit und der Verbindung von Ereignissen, die seinen Weg und seine Schritte von dem verblichenen Zeitungsausschnitt, der zwischen den Seiten eines Buches versteckt war, bis zu diesen zwei Wochen Badeferien gleich neben der Villa des Richters Rosario Fanara gelenkt hatten.
Schweigen.
Auch das Radio hatten sie ausgestellt. Sie überholten einen Lastwagen mit einer Ladung Trauben, die Ernte der ersten Weinlesen.
»Sie ist ertrunken«, sagte Betta fast schlafend.
»Wer?«
»Dieses Mädchen, Maddalena Pancamo. Sie ist vom Postschiff nach Neapel gestürzt. Sie ertrank. Zehn Tage später wurde sie von den Matrosen der Fähre nach Ustica gefunden.«
»Woher weißt du das?«
»Ich kannte sie.« Jetzt hatte sie sich zu ihm gewandt, doch ihre Augen blieben geschlossen.
»Du kanntest sie?«
»Sie ging mit meiner Schwester in eine Klasse. Ein paarmal ist sie zu uns nach Haus gekommen.«
»Wie war sie?«
»Was meinst du?«
»War sie schön?«

»Ich erinnere mich nicht genau an sie. Ja, ich glaube, sie war schön – warum?«
»War nur so eine Frage.«

Oktober 1985

Aus dem Riß im Kunstleder des Sessels quillt Schaumgummi, schmutzig und zerfressen. Vielleicht hat jemand Stückchen davon abgezupft und sich beim Warten immer wieder um die Finger gewickelt.
Er steht auf. Untersucht die Drucke an den Wänden und einen drei Jahre alten Polizeikalender.
Aus einem Büro dringen hitzige Männerstimmen, die sich nach einem im Dialekt erzählten Witz in Gelächter auflösen.
Er kann sich vorstellen, daß sie schon so einiges erlebt haben an solchen Geschichten und an Toten. Außerdem ist ein ertrunkenes Mädchen nicht gerade eine große Sache. Auch wenn dieses Mädchen seine Schwester und gerade zwanzig Jahre alt ist – war.
»Doktor Marcello Pancamo?« Ein Polizeibeamter bedeutet ihm mit einem Wink zu folgen.
Sie durchqueren mehrere Korridore.
Pancamo späht in die offenen Räume hinein: ein bärtiger Mann am Telefon, ein anderer, ein Glatzkopf, liest die Zeitung, zwei in Uniform rauchen vor einem Fenster.
Man bittet ihn in ein ganz ähnliches Büro.
Der Polizist ist ziemlich jung. Er steht hinter dem Schreibtisch auf, reicht ihm die Hand: »Inspektor Leone, guten Tag.«
Marcello stellt sich nicht vor, sie wissen ja, wie er heißt.
»Bitte entschuldigen Sie, daß wir Sie warten ließen«, sagt

der Inspektor, »aber der Oberinspektor ist noch nicht wieder zurück. Er ist unterwegs, im Dienst. Wissen Sie, im Moment …«

Er weiß Bescheid. Kaum in der Stadt angekommen, hat Marcello die Sirenen gehört. Seit vier Tagen hört man nichts als Sirenen. Einer der Hotelbediensteten hat ihm erzählt, daß es andauernd so geht: Tag und Nacht nur diese erbarmungslos heulenden Sirenen. Erbarmungslos hat er gesagt, dreimal hat er das wiederholt. Vielleicht meinte er es nicht so, vielleicht doch.

Inspektor Leone öffnet eine Akte. Auf dem Deckel steht Maddalenas Name, und Marcello wundert sich darüber. Fast ist er versucht, nach dem Grund zu fragen. Doch ihm bleibt genug Zeit, sich zu erinnern, was geschehen ist.

»Hier, das ist das, was Sie bei ihrer Identifizierung zu Protokoll gegeben haben. Nun also, gut.«

Dem Inspektor wird bewußt, daß er ›gut‹ gesagt hat:

»Ich meine, alles in Ordnung. Die Akten wurden schon an den Richter weitergeleitet. Wir haben Sie kommen lassen, um Ihnen ein paar Fragen über Ihre Schwester zu stellen. Die Ermittlung ist bereits im Gang. Wir schließen keine Möglichkeit aus.«

»Was bedeutet das?«

»Wir schließen keine Hypothese aus.«

»Das habe ich verstanden. Was soll das bedeuten?«

»Sehen Sie, Herr Professor …«

»Ich bin kein Professor …«

»Nur so aus Neugierde: Sind Sie mit Professor Marcello Pancamo verwandt?«

»Das war mein Großvater.«

»Ich habe mit einem Lehrbuch Ihres Großvaters studiert«, sagt der Polizist, »damals, an der Uni. Dann habe ich das Studium aufgegeben, um zu arbeiten. Sie wissen, wie das ist.«

»Ich kann's mir denken. Was sagten Sie also?«

»Sehen Sie, wir Polizisten müssen von Berufs wegen mißtrauisch sein, wir müssen davon ausgehen, daß die Dinge nicht so sind, wie sie scheinen. Im Fall des Todes Ihrer Schwester Pancamo Maddalena ist die Sachlage einigermaßen klar: vor zwei Wochen, am vergangenen 21. September, fuhr Ihre Schwester mit dem Postschiff nach Neapel, Abfahrt von Palermo um 20 Uhr. Als er ihr Gepäck auf dem Deck fand, befürchtete ein Passagier das, was sich dann tatsächlich bewahrheitet hat. Am 2. Oktober wurde die Leiche Ihrer Schwester in der Bucht gefunden, die Mannschaft der Fähre nach Ustica hatte sie im Wasser entdeckt. Alles scheint klar: ein Unfall. Hier haben Sie es, der Bericht von der Autopsie spricht vom Tod durch Ertrinken. Doch wir schließen keine Hypothese aus.«

»Das sagten Sie bereits.«

»Eben. Im Autopsiebericht werden zwei Blutergüsse am Kopf erwähnt, die wahrscheinlich vor den Tod zu datieren sind. Es liegt auf der Hand: das Opfer könnte sich beim Fall vom Schiffsdeck verletzt haben, weil es gegen die Außenwand des Schiffes geprallt ist. Dadurch könnte sie das Bewußtsein verloren haben und das ist wiederum der Grund für das Ertrinken. Möchten Sie, daß ich aufhöre?«

»Nein, fahren Sie fort.«

»Wissen Sie, solche Details sind für einen Verwandten immer wenig angenehm.«

»Sie tun nur Ihre Pflicht.«

»Es freut mich, daß Sie das sagen, viele Leute denken anders über uns …«

»Ich weiß. Was muß ich jetzt tun?«

»Sehen Sie, Doktor Pancamo, für den Bericht des Ermitt-

lungsrichters müssen wir noch einige Informationen einholen, und der Oberinspektor hat mich beauftragt, Ihnen ein paar Fragen zu stellen.«
»Bitte sehr.«
»Sie sagten bereits, daß Ihre Schwester eine gute Schwimmerin war.«
»Ja, als Mädchen hat sie an einigen Wettbewerben teilgenommen.«

»Dann ist die Vermutung, sie könnte bei dem Fall das Bewußtsein verloren haben, also berechtigt.«
»Sie ist berechtigt«, wiederholt Marcello Pancamo.
»Eben, sie ist berechtigt. Beruf?«
»Wessen?«
»Ihr Beruf.«
»Arzt.«
»Ihre Schwester?«
»Wie bitte?«
»Der Beruf Ihrer Schwester.«
»Studentin der Architektur in Rom.«
»Aber sie lebte nicht in Rom.«
»Nein. Sie lebte in Palermo, aber sie war an der Universität La Sapienza immatrikuliert. Unser Vater wohnt in Rom und ich auch.«
»Aha, ich verstehe. Wohnhaft in Palermo, also.«
»Ja, in Palermo. Wohnhaft.«
»Gründe für die Reise.«
Es ist heiß.
»Könnte man nicht die Klimaanlage einschalten?« Und Marcello Pancamo zeigt auf das Gerät am Fenster.
»Die ist kaputt, seit zwei Jahren. Wir haben darum gebeten, sie ersetzen zu lassen, aber das geschieht nicht. Jetzt ist er sowieso vorbei.«
»Er ist vorbei?«

»Der Sommer: er ist vorbei. Wohin wollte Ihre Schwester?«
»Nach Kopenhagen …«
»Mit dem Schiff?«
»Nein, sie wäre ein paar Tage in Rom geblieben, und dann wollte sie nach Dänemark weiterreisen, mit dem Flugzeug, vermute ich. Aber sie flog nicht gerne.«

»Wem sagen Sie das? Ich auch nicht. Nach Dänemark wegen des Studiums, zur Erholung?«
»Meine Schwester Maddalena liebte dänisches Design.«
»Warten Sie, disein, wird das geschrieben, wie man es spricht?«
»Nein, es wird Design geschrieben. Möbel, Lampen, Sofas.«
»Geschenkartikel?«
»Ja, von mir aus auch Geschenkartikel. Sie suchte einen Stuhl.«
»Einen Stuhl? In Kopenhagen?«
Marcello lächelt. Und in seiner Erinnerung nimmt Maddalenas Stuhl Form und Gestalt an. Maddalenas Obsession. Mit ihren Worten: ein Stuhl, der aus einer einzigen Linie besteht, ist die reine Vernunft, die Klarheit des Zeichens, die Schönheit und die Bequemlichkeit schlechthin, ein Kunstwerk, auf dem man sitzt, liest, träumt, leidet, weint, ein Stuhl, den man still für sich betrachten kann, im Bewußtsein, daß ein Mensch ihn erdacht hat, ihm Flügel, Symmetrie, Stabilität, Anmut und Kraft gegeben hat. Maddalenas Suche. Die Suche nach kühler Einfachheit. Maddalenas Flucht. Die Flucht vor dem stickigen Barock.
»Es ist kein Stuhl, nicht einfach nur ein Stuhl«, erklärt Marcello und wiederholt vertraute Worte. »Er ist eine einzige Linie, er ist die pure Vernunft, die Klarheit des Zeichens, die Schönheit und die Bequemlichkeit schlechthin, ein Kunstwerk, auf dem man sitzt, liest …«

Doch er hält inne. Inspektor Leone steht der Mund vor Verwunderung offen.
»Es handelt sich um einen besonderen Stuhl«, fährt Marcello Pancamo trocken fort, »einen Prototyp, der 1940 von Finn Juhl für eine Ausstellung geschaffen wurde. Er heißt Pelican Chair. Später wurde er in Serie hergestellt; man findet ihn in vielen Ämtern und Büros, vielleicht haben Sie ihn schon gesehen.«
Vielleicht haben Sie ihn schon gesehen? Er spürt noch den Schaumgummi des Skai-Sessels im Wartesaal des Polizeipräsidiums.
Der Inspektor wühlt zwischen den Papieren in der Akte. Er zieht eine Fotokopie heraus.
»Dieser hier?«
Es ist die Kopie in Schwarzweiß einer Katalogseite. Marcello dreht sie in der Hand hin und her. Ja, das ist der Pelican Chair von Finn Juhl.
»Die haben wir im Gepäck Ihrer Schwester gefunden ...«, erklärt der Inspektor.
»Ja, sie war seit zwei Jahren hinter diesem Stuhl her. Sämtliche Trödelläden in Kopenhagen hatte sie schon durchforstet.«
Der Inspektor nimmt die Fotokopie wieder an sich: »Ist er wertvoll? Meinen Sie, er könnte etwas mit dem Tod Ihrer Schwester zu tun haben?«
»Nein. Oder besser, ich weiß nicht, wieviel er wert ist. Ich glaube sogar, es gibt ihn gar nicht mehr, wahrscheinlich wurde dieser Prototyp nach der Ausstellung zerstört. Bei den Leuten, die sich für Design begeistern, ist er eine Legende, alle behaupten zu wissen, wo er sich befindet oder wo er sein könnte. Eine Schimäre.«
»Schimäre?«
»Ja, etwas, wovon alle sprechen, was aber nicht existiert ...«

»Wie die Mafia hier in Palermo«, bemerkt Inspektor Leone. Das soll Ironie sein.
»Ich weiß nicht.«
»Warum lebte Ihre Schwester in Palermo?«
»Sie war hier geboren. Als unser Vater nach Rom umzog – er ist Chirurg –, beschloß Maddalena, dazubleiben. Ich lebte damals schon seit Jahren in Rom. Sie beschloß auch

deswegen zu bleiben, weil mein Vater in der Zwischenzeit wieder geheiratet hatte. Er war Witwer, unsere Mutter war Dänin, aus Kopenhagen.«
»Aha, jetzt verstehe ich!«
Er möchte fragen, was der andere verstanden hat. Was, Inspektor Leone? Was haben Sie verstanden von dem, was mir noch unbegreiflich ist, was mir noch entgeht in diesem Herbst, der kein Herbst ist, in dieser vertrauten und fremden Stadt? Was haben Sie verstanden, was ich nicht verstehen kann und niemals werde verstehen können an einer Schwester, mit der es vielleicht nur wenig Vertrautheit gab, die aber ein Teil von mir war, von uns, mit unserem Namen und unserem Leben …
»Hier eine Unterschrift, hier bitte, danke«, und der Inspektor legt Marcello ein Dokument vor. »Formalitäten, Bürokratie, die Hälfte unserer Zeit verbringen wir damit. Das ist ja bekannt, nicht wahr? Bleiben Sie noch ein paar Tage in Palermo? Natürlich, wegen der Beerdigung. Vielleicht müssen wir Sie noch einmal – wo? Ah, Giallonardo, den Ort kenne ich, meine Familie stammt aus der Gegend. Nein, ich selbst bin nie dort gewesen.«
Er möchte Inspektor Leone noch mehr von seiner Schwester erzählen, aber schon begleitet ein Beamter ihn zum Ausgang. Er möchte über Maddalena sprechen, sich an ihre Begeisterung für den Norden und die kalten Winde erinnern, die Geschicklichkeit, mit der sie über die Klippen

wanderte, das leichte Kleid, das sie sich an einem Stacheldraht zerriß, das Weinen des enttäuschten kleinen Mädchens, weil das Spiel zu Ende war, er möchte an all das denken, was gleichzeitig geschah, und was noch zu tun und zu träumen übrig bleibt, an ihre freiwillige Bewährungsprobe, in Sizilien zu leben und dennoch unabhängig zu bleiben von den abgegriffenen Gemeinplätzen über die Insel des Schirokko, des Pessimismus, der kleinen Kuppeln, der Olivenhaine und Eisbecher.

Marcello würde Inspektor Leone gerne von dem Mädchen mit der hellen Haut erzählen, von einer verpaßten Begegnung, von dem Mal, als er sie auf dem Flughafen Fiumicino hätte treffen können, um gemeinsam resigniert und abgehetzt zwischen Passagieren und Gepäck auf einen verspäteten Flug zu warten. Er hat es nicht getan. Aus Faulheit, wegen des Verkehrs, aus Nachlässigkeit oder weil es immer noch genug Zeit gibt, sich wiederzusehen und wiederzufinden. Warum sollte es die nicht geben? Es ist immer noch Zeit. Immer.

Die Piazza Bonanno, hier gibt es Palmen und Hitze und normannische Fialen: als wäre hier alles zusammengefaßt, was Maddalena nicht leiden konnte, und wohin sie immer wieder zurückkehrte. Marcello Pancamo weiß nicht, ob er dieses Überladene der Piazza schlecht oder gut nennen soll.

Hinter ihm drängt eine blaue Sirene in den Verkehr auf dem Corso Vittorio Emanuele. Erbarmungslos, sie zerfetzt auch die Erinnerung.

3. Kapitel

 Der Kaffee war zu stark, er hatte sich damit den Magen verdorben. Vergeblich die Hoffnung, in der Bar an der Ecke hätte sich nach dem Sommer wenigstens etwas geändert. Auch der Kaffee war immer der gleiche, bitter und zu stark.

Während er über die großen Pflastersteine der Piazza San Domenico ging, warf er einen Kontrollblick auf sein Dreiradauto, das schräg, ein Rad auf dem Bürgersteig, parkte. Der Parkwächter bemerkte ihn und gab ihm ein Zeichen: Seien Sie unbesorgt, kein Problem.

Er schnaubte heftig, wie unter einem Gewicht, als er durch die Eingangstür des Institutes schritt. Er wußte, was ihn erwartete.

»Leonardolonardo! Leonardolonardo! Willkommen! Leonardolonardo! Alles in Ordnung? Alles in Ordnung? Leonardolonardo!«

»Alles in Ordnung, Signor Castrenze, danke.«

Er zog am Portier vorbei, der sich an der Litanei ergötzte, die er jeden Tag abspulte, jeden Morgen, seit neunhundertzweiundzwanzig Tagen, seit Leonardo angefangen hatte, im Institut zu arbeiten. Tiefe, unergründliche Gefühle schien diese Verhakung der Silben seines Vor- und Nachnamens bei dem Pförtner auszulösen: Leonardo Lo Nardo. Hinzu kam das leichte Stottern des Portiers, der rasch über die Worte hinwegglitt, um nicht zu stolpern, und so verwandelten sich Vor- und Nachname – Leonardolonardo – in eine tägliche Scharade, wie geleierte Kinderreime, unzählige Male in den Kellern der Zisa aufgesagt, wo Castrenze vor zweiundsechzig Jahren geboren war und immer noch lebte.

Er fand seinen Arbeitsplatz, den Schreibtisch, genau so vor, wie er ihn vor zwei Wochen verlassen hatte. Der Computer ausgeschaltet, die vor sechs Monaten abgestürzte Festplatte auf den Kundendienst wartend, der ihre Reparatur immer wieder verschob; im Behälter für Stifte sechzehn Kugelschreiber, neun mit schwarzer Tinte, der Rest blau, doch dreizehn davon inzwischen leergeschrieben; die fertig ausgefüllte Karte mit den Ergebnissen der Recherchen über den Aufstand der »Sette e mezzo«, ein Suchauftrag von Professor Bellìa, der nach seinem Schlaganfall weder die Möglichkeit noch die Zeit gehabt hatte, sie abzuholen: Indiskretionen von ärztlicher Seite ließen vermuten, daß er sie nie wieder würde einsehen können, aber Leonardo hatte nicht das Herz, die Karte wegzuwerfen, wäre es ihm doch vorgekommen, als würde er damit den Tod des berühmten Dozenten an der pädagogischen Hochschule beschleunigen.

Der Professor hatte die Bücher noch rechtzeitig zurückbringen können, die er in der Bibliothek entliehen hatte, bevor die Apoplexie ihm das Sprech- und Schreibvermögen raubte. In dem Paket, das ein Faktotum der Universität ins Institut gebracht hatte, war auch ein von Bellìa selbst verfaßtes Buch gelandet, eine ausführliche, auf Gerichtsakten und zeitgenössischen Dokumenten basierende Rekonstruktion einer Fehde in der Gemeinde Giallonardo, wo zwei verfeindete Familien, die Pancamo und die Pintacorona, sich über ein Jahrhundert lang bekämpft hatten: ein selten langweiliges und überaus pedantisches Buch, das jedoch allen Studenten von Professor Bellìas Seminar für

Zeitgeschichte als Pflichtlektüre auferlegt wurde. Aus diesem Buch war der alte Schnipsel aus der Tageszeitung »L'Ora« mit der Nachricht von der Einstellung der Untersuchungen wegen des Todes von Maddalena Pancamo herausgefallen, doch der Schlaganfall mit anschließender halbseitiger Lähmung verwehrte es dem Professor zu erklären, was ihn veranlaßt hatte, den Artikel zwischen den

Seiten seines Buches aufzubewahren.

Und Leonardo, der immer noch hoffte, der Dozent der pädagogischen Hochschule werde seine psychomotorischen Fähigkeiten wiedererlangen, hatte sich an das einzige brauchbare Indiz geklammert, den Namen des Richters Rosario Fanara, der den Fall zu den Akten gegeben hatte und – wieder durch einen jener Zufälle, die Lo Nardo wie Blitze des Schicksals erschienen – mit jenem Mann identisch war, der in einer Anzeige im »Giornale di Sicilia« bekanntgab, daß er am Strand von Giallonardo zwei Zimmer mit Bad und Blick aufs Meer für kurze Aufenthalte und nur an Gäste mit Empfehlung zu vermieten hatte. Zwischen der Entdeckung des Zeitungsausschnitts über Maddalenas Tod und der Lektüre der kurzen Anzeige waren weniger als vierundzwanzig Stunden vergangen, ein faszinierender Umstand für Lo Nardo, der für Zufälle sehr empfänglich, doch klug genug war, seiner Frau Betta nichts von den heimlichen Antrieben zu enthüllen, die hinter ihren Ferien in Giallonardo steckten.

»Wie war's?«

Er kam hinter der Bücherwand mit Parlamentsakten von 1866–1883 hervor, Kollation Gaudioso Amari, den kleinen Schal zurechtzupfend, den er immer um den Hals trug, sommers wie winters, wegen chronischer Nackenschmerzen, die seiner Diagnose zufolge von der aus den Büchern der Schenkung Marchiafava Cannata aufsteigenden Feuchtigkeit herrührten. Diese war vor sechzehn Jahren im Institut angekommen, vollgesaugt mit den Wassern, die die Kellerräume des Palazzo überflutet hatten, in welche die Bibliothek des berühmten Historikers von seinen Erben verbannt worden war, bevor sie beschlossen, sich ihrer mit einem Akt berechnender Großzügigkeit zu entledigen.

»Gut. Na ja. Ziemlich gut«, antwortete Leonardo.

»Sie haben ein prächtiges Inkarnat«, bemerkte Pellegrino und blies den Staub von einem Aktenrücken.

Lo Nardo lächelte in sich hinein, wie immer bei bestimmten Worten aus dem angestaubten Vokabular Pellegrinos, des alten Institutsbibliothekars, eines – zumindest nach den offiziellen Unterlagen – schon so lang gedienten Mitarbeiters, daß Anlaß zu der Vermutung bestand, er sei mit der Bibliothek und dem Institut geboren. Seine Ausdrucksweise wimmelte von jenen Begriffen, die in den Wörterbüchern mit dem Hinweis *veraltet* gekennzeichnet werden.

In Wirklichkeit aber hatte Pellegrinos Vergangenheit nichts mit der Bibliothek, mit Büchern und dem Institut zu tun. Seine frühen Jugendzeiten hatten ihn auf einem Walfänger in Nantucket, als Vertreter der Ostindischen Gesellschaft im Mekong-Delta, als Immobilienagent in Transsylvanien, als Klarinettist der Stadtkapelle von Donnafugata, Führer bei Großwildjagden an den Hängen des Kilimandscharo, Offizier der Flußmarine auf dem Mississippi, militärischen Berater des Gouverneurs von Labuan und Lupinensamenverkäufer in Aci Trezza gesehen, und all das und noch mehr in einem unentwirrbaren Knäuel aus Literatur und Lüge. Was fast das gleiche ist.

Die Sage um Pellegrino verlieh ihm an den einsamen Nachmittagen im Institut das Antlitz eines ernüchterten

Yanez, dessen Züge freilich ungeheuer an Philippe Leroy erinnerten: in der jetzigen Sanftmut überdauerte die Härte, die er in seiner Jugend besessen haben mußte, gelegentlich verriet ein gezügeltes Aufblitzen von Gewalttätigkeit in seinen Augen jähzornige Reaktionen, die sich mittlerweile dank der Zerbrechlichkeit des Alters besänftigt hatten, zumal es von einem Übermaß auswendig gelernter Gedichte besänftigt wurde.

Im übrigen nannte Lo Nardo ihn einfach »Professor«, wobei der Spitzname unausgesprochen blieb, den er ihm angehängt hatte: Pellegrinotto, ein unfreiwilliges Pirandello-Zitat aus einem Roman, dessen Lektüre zu viele Jahre zurücklag, um Leonardo zu Bewußtsein kommen zu lassen, daß sein Schicksal seit neunhundertzweiundzwanzig Tagen dasjenige von Mattia Pascal nachahmte.

»Mit Ihrer Gattin steht alles zum besten, oder?« fragte Pellegrino.

»Ja, danke, Professor, alles bestens …«

»Glückselige Jugend. Dies ist eure Zeit und Jünglingsjahre umherirrend auf Wegen …« rezitierte er.

»Und weiter?«

»… die erfüllt sind von einer großen melancholischen Sonne …«

»Penna?«

»Neiiiin.«

»Sbarbaro!«

»Ach was … Sie verlieren Punkte bei mir, Lo Nardo: Corazzini!«

»Nein, Corazzini nicht, um Himmels willen. Es gibt Grenzen: Corazzini nicht! Auf jeden Fall nicht direkt nach der Rückkehr aus den Ferien.«

Mißbilligend verschwand Pellegrino hinter der Stellwand mit der Schenkung Bentivegna Cipolla.

»Gibt es ein freudiges Ereignis anzukündigen?« fragte er von dort.
»Nein.«
»Das braucht Geduld: der Nachwuchs ist das Kind der Harmonie und Heiterkeit.«
»Und der künstlichen Befruchtung«, flüsterte Lo Nardo verbittert.
»Was sagten Sie?«

»Nichts, Professor, nichts. Und wie geht es Ihnen?«
»Gut. Ich habe die Ferien bei meiner Schwester in unserem Haus in Giacalone verbracht. Erfrischend kühl ist es dort, sogar die Nackenschmerzen scheinen sich gebessert zu haben.«
Lo Nardo erhob sich, und während er an den Bücherwänden entlangglitt, strich er mit der Handfläche über die Maroquinlederrücken der Bände über Verfahrensrecht aus dem Fundus Stancampiano Mangione. Er entdeckte Pellegrino auf dem Schemel stehend und zum obersten Regal hochgereckt, wo die auf Pergamentpapier handgeschriebenen Aufzeichnungen aus der Schenkung Spinnato Amato vermoderten.
»Professor, lassen Sie mich das machen ...«
»Fürchten Sie um meine körperliche Unversehrtheit?«
»Nein, aber es ist besser, wenn ich das mache.«
»Erst antworten Sie: Herbst, schon im Augustwind fühlten wir ihn nahen ...«
»Wieder Corazzini?«
»Nein. Cardarelli. Ich bleibe hier oben.«
Lo Nardo hielt den Schemel fest und verfolgte mit Bangen die gewagten Manöver des alten Pellegrino.
»Professor, ist Pancamo ein bedeutender Nachname?«
»Pancamo? Selbstverständlich. Professor Marcello Pancamo, Emeritus des Lehrstuhls für Kriminologie und Pa-

thologische Anatomie der Universität Palermo, von der ersten Legislaturperiode an Abgeordneter in der sizilianischen Regionalversammlung, auf den Listen der Kommunisten gewählt. Pancamo: aber ja! Einer der wenigen, die Wyschinskijs Geheimnis kennen.«

»Wyschinskij?«

»Wie viele Wyschinskijs gibt es Ihrer Meinung nach wohl?

Andrej Wyschinskij, der –«

»Der von Stalin?«

»Genau der. Ich habe ihn kennengelernt …«

»In Moskau?« fragte Lo Nardo entsetzt.

»Wer spricht denn von Moskau? Hier in Palermo.«

»Sind Sie sicher, Professor?«

»Lassen Sie mich herabsteigen, weg da …«

Lo Nardo half ihm auf den Boden.

»Wenn ich mich nicht irre, müßte es hier irgendwo einen Text geben, der meine mnemotechnischen Fähigkeiten bestätigen kann«, brummte Pellegrino, während er auf die Bücherborde mit dem Nachlaß Ciaccio Marotta zusteuerte. Er kam wieder heraus, ein Buch mit zerrissenem Einbanddeckel in der Hand.

»Er ist nicht besonders gut informiert, doch er ist einer der wenigen Autoren, die sich eingehender mit dem Vorfall beschäftigt haben«, fügte er hinzu, öffnete das Buch und überflog das Inhaltsverzeichnis.

»Ich habe noch nie etwas davon gehört.«

»Es gibt viele Dinge, die Ihnen unbekannt sind, mein junger Freund. Aha, hier haben wir es: In den verworrenen letzten Tagen des Jahres 1943 –«

Dezember 1943

Er war nicht überrascht, als Pellegrino an die Tür seines Arbeitszimmers klopfte, da er es gewohnt war, in seiner Nachtruhe gestört zu werden, einem beunruhigten Verwandten durch gewundene Straßen zu folgen und Diagnosen aus bruchstückhaften Berichten zusammenzusetzen. Als Arzt wußte er nur zu gut, daß es oft besser ist, dem Patienten nicht einmal ins Gesicht zu blicken; und wenn man in einen dunklen Stall geführt wird, in dem nur eine Kerze die Wunde eines röchelnden Verletzten beleuchtet, ist es ratsam, so zu tun, als erkenne man nicht, daß die klaffende Wunde vom Treffer eines Jagdgewehrs mit abgesägtem Lauf herrührt.

Auf jeden Fall vertraut er Pellegrino, das ist ein anständiger junger Mann. Heute nacht ist er allerdings höchst aufgeregt.

»Dottore, beeilen Sie sich«, nichts anderes als das wiederholt er immer wieder auf dem kurzen Weg zum Hotel Excelsior. »Ich bitte Sie, sagen Sie nichts, erzählen Sie nichts davon. Tun Sie's für mich, Dottore, für meine selige Mutter, die Sie so gerne hatte.«

Doktor Marcello Pancamo fragte nicht nach, sondern begnügte sich damit, dem atemlosen Pellegrino zu folgen.

Dabei schien es eine freundliche, fast friedliche Nacht zu werden. Ein ruhiger Abend, der Revolver steckt in der Innentasche seiner Jacke.

Pellegrino schüttelt sich fröstelnd. In der Hotelhalle ist es

kalt. Im ganzen Hotel ist es kalt, obwohl das Excelsior voller Menschen ist.
Fremde. Soldaten. Spione. Bullen.
Ein Soldat hat sich über die Fenster ohne Scheiben beklagt. Pellegrino hat den Vorhaltungen schweigend zugehört und wenig verstanden, weil der Amerikaner nur Englisch spricht.

Er hat mit den Achseln gezuckt, ohne zu antworten.
Die Fensterscheiben sind bei den Bombenangriffen zu Bruch gegangen, es ist nicht seine Aufgabe, sie zu ersetzen.
Der amerikanische Offizier ist seufzend in sein Zimmer zurückgekehrt, das den Winterwinden keinen Widerstand bietet.
Pellegrinos Aufgabe besteht nur darin, von acht Uhr abends bis acht Uhr morgens die Halle zu bewachen und auf jeden zu schießen, der in das Hotel einzudringen versucht, ohne dort Gast zu sein. Das ist alles, Schluß.
Er sieht ihn die Treppe herunterkommen. Es ist einer dieser Russen, die gestern angekommen sind. Ein Hornochse. Im Hotel sagen sie, er trage immer Pistolen und Handgranaten bei sich. Er spricht nicht, ohnehin kann ihn niemand verstehen. Er und die anderen verständigen sich nur auf russisch. Der Hornochse heißt Lett. Er und die anderen laufen immer hinter dem her, der eleganter aussieht, ein Lächeln im Gesicht, kleine runde Brille und ein Bärtchen. Sie nennen ihn Wyschinskij oder so ähnlich. Er scheint nett zu sein, es heißt, in Rußland habe er zusammen mit Stalin ein paar üble Schweinereien veranstaltet. Ihr Problem.
Der Hornochse kommt näher. Er trägt einen Mantel fast bis zu den Füßen, blickt Pellegrino aus hervorquellenden Augen an und versucht ein Lächeln, ein Hornochsenlächeln.

»No problem«, sagt er.
»Was denn für ein Problem?« fragt Pellegrino.
»Du gut. No problem«, wiederholt der Hornochse.
Pellegrino wird unruhig. Dicke Luft, wenn der hier immer wieder sagt noproblem-noproblem. Er steckt eine Hand in die Tasche mit dem Revolver.
Der Hornochse steckt ebenfalls eine Hand in die Tasche.
Sie mustern sich.
»Warten. Du gut, da?« flüstert der Hornochse und baut sich direkt vor ihm auf.
»Warten wir's ab«, sagt Pellegrino.
»No problem, da?«
»Da ein Scheißdreck«, lächelt Pellegrino.
Der Hornochse erwidert sein Lächeln.
»Ich schieß dir in den Kopf, wenn du eine falsche Bewegung machst«, murmelt Pellegrino.
»Da, da … gut. Freund«, fügt Lett hinzu.
Schweigen. Draußen herrscht Ausgangssperre. Die menschenleere Nacht ist schwarz wie Marmor.Eine Fenstertür zittert. Jemand drückt von außen dagegen. Aber sie ist versperrt, oben mit einem Holzbrett vernagelt. Sie wird sich auf keinen Fall öffnen lassen.
Pellegrino macht einen Schritt.
Lett hält ihn zurück, indem er ihm die flache Hand auf die Brust legt: »Nein, du gut. Freund.«
Pellegrino starrt ihn an. Die andere Hand des Russen steckt immer noch in seiner Tasche, der Arm ist angespannt.
Die Fenstertür öffnet sich nicht, sie kann sich nicht öffnen.
Derjenige, der von außen dagegendrückt, versucht es noch einmal.
»No problem, warten Freund«, wiederholt der Hornochse.
Ein Schauer durchfährt Pellegrino. Die Kälte vielleicht.
Wer immer versucht, von der Via Marchese Ugo aus ein-

zudringen, drückt nun gegen eine andere Fenstertür, diese öffnet sich, denn sie war nur angelehnt.
Lett packt Pellegrino an der Schulter, er quetscht sie, bis es weh tut. Der Zangengriff eines Hornochsen.
»No problem, da?«
»Ich hab verstanden.«
In der Halle taucht ein Mann mit Schlips und Jackett auf.
 Pellegrino erkennt ihn sofort: Es ist Montalbano, ein großes Tier der Kommunistischen Partei, den er einmal bei einem Aufmarsch gesehen hat.
Montalbano bemerkt die zwei Männer. Er begreift die Situation.
»Kein Problem, man erwartet mich. Ich habe eine Verabredung. Seien Sie unbesorgt«, sagt er eilig, zu Pellegrino gewandt.
Pellegrino lächelt und nickt zustimmend. Auch der Hornochse scheint verstanden zu haben. Er löst seinen Griff, schlägt ihm zweimal auf die Schulter.
»Freund. Gut, da?« lacht Lett.
»Und du geborener Hornochse«, grinst Pellegrino.
»Da, da«, nickt der Russe, bevor er zu Montalbano geht und ihm die Treppe hinauf vorauseilt.
In der Leere der Nacht, hinter der Ecke der Via XX Settembre, kratzt sich Gioacchino Scibetta die rechte Hinterbacke, die ihn seit einer halben Stunde juckt. So sehr ist er darauf konzentriert, daß er bei der Stimme von Raimondo Castronovo zusammenzuckt: »He, bist du völlig verblödet?«
»Warum?«
»Ist er reingekommen?«
»Wer?« fragt Gioacchino Scibetta und spürt immer noch die Wolle seiner Hose, die ihm die Hinterbacke reizt. Doch es erscheint ihm unangebracht, sich jetzt zu kratzen.

»Ich habe ihn reingehen sehen, gerade jetzt«, beharrt Castronovo.
»Ich habe nichts gesehen.«
»Klar, du kratzt dich ja auch immer bloß am Arsch.«
»Ich? Was redest du da?«
»Iachino, ich sage dir, jemand ist reingegangen. Man sieht immer noch 'n bißchen Licht.«
Scibetta beugt sich vor. Tatsächlich, es stimmt, aus einer Fenstertür des Hotels dringt ein Lichtschein.
»Bestimmt war er's nicht …«
»Was weißt denn du? Hast ihn ja nicht mal gesehen. Hast du ihn vielleicht nach seinen Papieren gefragt, he? Dieser Scheißkerl paßt gut auf. Ist 'n Scheißkerl, aber nicht verblödet wie du …«
»Laß uns weiter warten!«
»Klar, wir können die ganze Nacht warten. Jetzt ist es zu spät.«
»Vielleicht war er's nicht, vielleicht war's jemand anders.«
»Don Fifì erklären wir das dann so, oder? Vielleicht war er's, vielleicht war's jemand anders«, äfft er ihn nach.
»Mensch, Ramù, sieh zu, daß du dich beruhigst!«
»Aha, ich soll mich beruhigen, und du kratzt dir den Arsch! Du hast Don Fifì ja auch gehört, wie er sagte: Der Anwalt Pintacorona ist nur heute nacht in Palermo, und er darf nicht zurückkommen. Hast du das gehört oder hast du dir da auch den Arsch gekratzt, als Don Fifì sprach?«
»Ich kratz mich nicht.«
»Du kratzt dich, immer kratzt du dich. Was hast du bloß? Lepra?«
»Schon gut, Ramù, bleib ruhig. Was sollen wir tun?«
»Was weiß ich? Keine Ahnung.«
Jetzt juckt ihn die linke Hinterbacke. Instinktiv setzt er zum Kratzen an, hält aber inne.

»Ramù …«

Raimondo Castronovo zischt ihn an. Eine Geste: sei still. Er denkt nach. Gioacchino Scibetta atmet auf. Wenn sein Kumpan – denn Kumpane sind sie, vor zwei Jahren hat Gioacchino den Sohn von Raimondo übers Taufbecken gehalten – wenn sein Kumpan nachdenkt, dann bedeutet das, daß seine Wut schon verraucht ist. Gioacchino schweigt und wünscht sich, zu Hause zu sein, im Bett, in dicke Decken eingemummelt bis unters Kinn; er ist nicht gerne nachts unterwegs, und er mag Palermo nicht. Zu Hause möchte er sein, in seinem Dorf. Der Anwalt Pintacorona geht ihn überhaupt nichts an, der ist ihm sogar sympathisch, aber Don Fifì hat gesagt, ihr sollt auf ihn schießen, nicht um ihn umzubringen, sondern um ihm Angst einzujagen, dann hört er auf, mir auf den Sack zu gehen. Deren Angelegenheiten sind das, Probleme von Leuten, die Geld und Zeit genug haben, aufeinander loszugehen, bis sie sich die Hörner abgestoßen haben, während Gioacchino Scibetta sich eigentlich nur um seine eigenen Angelegenheiten kümmern möchte und gerne im Bett wäre, in seinem Haus, in seinem Dorf.

»Hör zu.« Raimondo hebt den Kopf. »Hör gut zu. Wir warten jetzt noch ein bißchen, man weiß ja nie. Dann bleibe ich hier und gebe dir Feuerschutz, und du gehst dahin, wo der Typ reingegangen ist, und guckst durchs Fenster, um zu sehen, was los ist. Hast du verstanden?«

Gioacchino Scibetta nickt, dabei kratzt er sich die linke Hinterbacke.

»Siehst du, daß du dich immerzu kratzt?« sagt Raimondo.

»Nein, das ist nur so, das mach ich unwillkürlich«, rechtfertigt sich Scibetta, aber er hat sich schon verraten.

»Hast du verstanden?« fragt Raimondo Castronovo noch einmal.

»Klar habe ich verstanden. Bin ich denn blöd?«
Sie warten schweigend.
In der Via Libertà dröhnt der Motor eines Lastwagens, der mit einem brennenden und einem erloschenen Scheinwerfer davonfährt.
Scibetta und Castronovo sehen ihn nicht.
Pellegrino lauscht auf das Geräusch des Lastwagens, das in der Nacht erstirbt. Er stellt sich vor, wie der mit Zucker und Mehl beladene Laster zum Hafen fährt, wo die Typen vom Schwarzmarkt schon auf die Ware aus den Militärdepots der Amerikaner und Engländer warten. Aber vielleicht transportiert er auch Wolldecken mit der Aufschrift U.S. Army.
Wieder überläuft ihn ein Frösteln. Es ist kalt hier. Die Halle ist fast ganz dunkel. Eine Petroleumlampe auf der Theke der Rezeption zittert mit kleiner Flamme. Pellegrino zieht sich die Jacke über den Schultern zusammen und richtet sich in dem Sessel auf, von dem aus er den Eingang und die Fenstertüren kontrolliert. Er holt den Revolver aus der Tasche, hält ihn in der Hand, steckt ihn zwischen die Beine.
»Das Gesicht dieser Nacht ist trocken wie Pergament«, rezitiert er für sich, doch er hat vergessen, wie es weitergeht. Nur an den Schluß erinnert er sich: »Die endlose Zeit benutzt mich wie ein Rauschen.«
»Die endlose Zeit«, wiederholt er, »benutzt mich wie ein Rauschen. Ungaretti. Ungaretti Giuseppe.«
Von oben, von der Treppe her, sind Schritte und Stimmen zu hören.
Er steht auf, steckt den Revolver wieder in die Tasche, hält den Griff aber fest umklammert.
Die Gruppe der Russen steht am oberen Ende der Treppe. Der Sympathische, Wyschinskij, spricht mit Montalbano. Der Hornochse hält sich etwas abseits, blickt umher, die

Hände in den Taschen seines Mantels versenkt. Mit einer Grimasse bemerkt er Pellegrino, als sähe er ihn zum ersten Mal.

»Riesenhornochse«, nuschelt Pellegrino in sich hinein.

Die Gruppe geht langsam die Treppe hinunter. Einer der Männer übersetzt Wyschinskij etwas ins Ohr, worauf dieser lacht. Dann drückt er Montalbano entschlossen die

Hand, der sich beeilt, die geschlossene Faust zu erheben. Die Russen erwidern den Gruß, allerdings träge, außer Wyschinskij, der zufrieden nickt, und dem Hornochsen Lett, der die Hände nicht aus den Taschen nimmt.

Montalbano wendet sich der halb geöffneten Fenstertür zu. Er geht hinaus.

Direkt vor dem Hotel sind die Stimme eines Mannes und wirre Geräusche zu hören. Die Gruppe der Russen blickt gebannt nach draußen, aber in der Finsternis ist nichts zu sehen. Pellegrino zieht den Revolver. Plötzlich blitzt es bräunlich aus der Pistole in der Hand des Hornochsen. Pellegrino stürzt auf die Fenstertür zu.

»Halt!« schreit jemand im Dunkel der Straße. Montalbano entfernt sich eilig. Pellegrino zielt mit der Pistole in die Nacht. Jemand taucht von rechts auf. Eine Stichflamme über Pellegrinos Schulter betäubt ihn. Knapp hinter ihm schießt Lett ein zweites Mal.

»Was zum Teufel tust du, Hornochse!« brüllt Pellegrino und wirft sich flach auf den Boden. Der Hornochse kniet nieder. In der anderen Hand hält er eine Handgranate.

Die Gruppe der Russen zerstreut sich, Wyschinskij lacht nicht mehr. Der Hornochse schießt wieder, auf den Unbekannten in der Dunkelheit.

»Ihr Scheißkerle!«

Vom Boden aus zielt Pellegrino in die Richtung, aus der der Fluch kam, während sich der Hornochse hinter einem

Sessel verschanzt. Vielleicht kann er aus seiner Ecke mehr sehen. Wieder löst sich ein Schuß, gefolgt von einem Schrei.
»Ramù! Sie haben mich erwischt. Am Arsch!«
»Das war mal nötig. Scheißkerle!«
Draußen knallt es. Pellegrino spürt, wie die Kugel über seinen Kopf zischt. Instinktiv schließt er die Augen. Schritte entfernen sich, er bleibt reglos liegen.
Auch der Russe regt sich nicht. Er senkt die Pistole, steckt die Handgranate in die Tasche zurück, lächelt böse.
»Schwachkopf«, flüstert Pellegrino.
Das Lächeln des Russen erlischt schlagartig. Hinter ihnen wimmert jemand.
Die Russen beugen sich über einen Körper. Pellegrino kann die Füße des Mannes sehen, die Sohlen seiner Schuhe. Wyschinskijs Schuhe. Er liegt ausgestreckt auf dem Boden, versucht sich zu erheben. Sie ziehen ihm das Jackett aus. Das Hemd ist blutdurchtränkt. Die Verletzung scheint an der Brust zu sein, in der Nähe des Schulterblatts.
»Tawarisch Wyschinskij, Tawarisch«, wiederholen die Russen unaufhörlich wie ein Klagelied.
Der Hornochse beobachtet die Szene, als ginge sie ihn nichts an. Er tritt näher heran. Einer der Russen, der Wyschinskijs Kopf hält, stößt ein Wort aus. Es scheint eine Beschimpfung zu sein, denn der Hornochse zieht den Kopf zwischen die Schultern.
Der Mann, der Wyschinskij stützt, wechselt einen Blick des Einverständnisses mit einem anderen Russen. Beide drehen sich um, prüfend betrachten sie Pellegrino, der wieder aufgestanden ist und den Revolver in seiner Tasche umklammert. Einer der Männer löst sich von der Gruppe, kommt auf ihn zu.
»Ein bedauerlicher Unfall«, sagt er auf italienisch.

Pellegrino nickt. Er behält die Bewegungen aller Männer im Auge, vor allem die des Hornochsen, der jetzt stumpfsinnig und reglos dasteht wie ein Maultier unter der Julisonne.

»Zum Glück scheint die Verletzung nicht sehr schwerwiegend zu sein«, fügt der Russe in seinem groben Italienisch hinzu.

»Gott sei Dank«, murmelt Pellegrino.

»Sie verstehen, daß dieser Unfall niemals geschehen ist.«

»Ich verstehe.«

Die Russen nehmen Wyschinskij auf den Arm, er wehrt sich ärgerlich, will auf eigenen Beinen gehen. Eilig steigen sie die Treppe hinauf.

»Ein Arzt …«, sagt der Russe mit leiser Stimme.

»Wie bitte?« fragt Pellegrino.

»Wir brauchen einen Arzt, einen vertrauenswürdigen Arzt. Ihnen können wir doch vertrauen, oder?«

»Sicher. Ihr könnt mir vertrauen.«

»Gut. Wir warten oben im Zimmer auf Sie. Machen Sie schnell. Wenn Sie angeklopft haben, sagen Sie Ihren Namen, dann gibt es keine Mißverständnisse. Wie heißen Sie?«

»Pellegrino.«

»Pellegrino. Gut. Beeilen Sie sich«, und der Russe verschwindet über die Treppe in den ersten Stock.

Pellegrino bleibt in der Halle.

Über den Flur kommt ein barfüßiger junger Mann, eine Decke über den Schultern. Er trägt eine Uniformhose.

»Was ist los?« fragt der Mann. »Ich habe Schüsse gehört.«

»Nichts«, erklärt Pellegrino. »Es ist nichts, ein Dieb hat versucht hereinzukommen. Er ist weggelaufen.«

»Aha, in Ordnung«, und barfüßig verschwindet er wieder. Es kommt häufiger vor, daß jemand nachts schießt, mei-

stens schläft man besser weiter. So vergeht die Nacht schneller.
Eine Viertelstunde später steigt Pellegrino mit Doktor Pancamo die Treppe hinauf. Er ist ein vertrauenswürdiger Arzt, schließlich hat er Pellegrinos Mutter behandelt, bevor die arme Frau starb, doch vor allem wohnt er nur dreihundert Meter vom Excelsior entfernt.
Im ersten Stock des Hotels säubert sich der russische Hornochse mit dem Nagel des kleinen Fingers die Zähne, bevor er die beiden anhält und nach dem Köfferchen des Arztes greift, es ihm fast aus den Händen reißt. Er untersucht es, wühlt in den Instrumenten. Dann klopft er an die Zimmertür.

»Lett.«
Er läßt Doktor Pancamo eintreten, mit einer Hand hält er Pellegrino, der hinter dem Arzt hergehen will, zurück. Er schließt die Tür wieder. Pellegrino lehnt sich an die Wand. Der Russe säubert sich weiter die Zähne. Gründlich und systematisch. Mit der Zunge fährt er über die soeben bearbeiteten Stellen. Pellegrino wendet den Blick ab, gerade noch rechtzeitig, um das Grinsen des Russen zu sehen. Seine Augen werden immer schmaler.
Pellegrino zündet sich eine Zigarette an. Mit Handbewegungen fordert der Russe eine für sich. Pellegrino zeigt ihm die leere Packung. Er raucht sie zur Hälfte und zerdrückt sie vor den Augen des Russen.
Als Doktor Pancamo aus dem Zimmer kommt, mögen dreißig wortlose Minuten vergangen sein, vielleicht auch viel mehr.
»Nichts Schlimmes, die Wunde ist nicht tief.« Pancamo zuckt mit den Schultern, spricht leise. Der Russe kommt näher. Er drückt sich die Lippen mit zwei Fingern zusammen.
»Ich habe verstanden. Schweigen bewahren.«

»Da, Freund, da«, murmelt der Russe mit einer kehligen Stimme.
»Da ein Scheißdreck, Hornochse«, zischt Pellegrino.
Sie lassen den Russen im Flur stehen, in die Betrachtung eines Risses in der Tapete versunken.
»Es sind nur ein paar Schritte, Sie brauchen mich nicht zu begleiten, Pellegrino«, sagt Doktor Pancamo.

Rasch taucht er in der Dunkelheit unter. Pellegrino wird ihn sechs Jahre später von weitem wiedersehen, da ist er auf den Listen der PCI zum Abgeordneten der Regionalversammlung gewählt. Auf einer politischen Veranstaltung mit Girolamo Li Causi bei den Werften. Pancamo hinter dem Redner, zwischen anderen großen Tieren der Kommunisten. »Doktor Pancamo«, wird Pellegrino denken, »die Russen haben es gut mit dir gemeint.«
Am nächsten Tag waren sie alle abgereist. Im Zimmer hatten sie nur einen roten Fleck auf dem Damastbezug eines Sessels hinterlassen: Wein. Auf dem Boden verstreut lagen noch die Scherben einer zerbrochenen Flasche.

4. Kapitel

Die nutzlose Gegensprechanlage ohne Namensschilder bestand aus einem Wirrwarr elektrischer Kabel. Hinter dem großen, auf den Innenhof geöffneten Eingangsportal ragte unerwartet eine Palme auf, höher als das Gebäude, die vertrockneten Zweige hingen schlaff herunter. Aus einem Steinhäuschen drang das Scheppern von Eisen, und Lichter blitzten auf.
Hinter seiner Maske beobachtete der Mann mit dem dunklen Hemd die funkensprühende Schweißnaht. Durch das geschwärzte Glasvisier ahnte er die Anwesenheit Lo Nardos, der reglos auf der Schwelle des Lagerhäuschens stand. Es heißt, daß man nicht mehr mit geschlossenen Augen schlafen kann, wenn man zu lange in den Funkenregen von Schweißbrennern blickt, aber Leonardo ließ sich von den Blitzen willig verzaubern.
»Ja, bitte?« Der Schweißer dämpfte die Sauerstoffflamme und zog die Maske herunter.
»Professor Di Miceli …«
»Der Professor für Zeitgeschichte?« fragte der Arbeiter in seinem marokkanischen Einwandereritalienisch mit deutlicher Betonung der Silben.
»Ja, genau der.«
»Die Treppe hinten rechts. Letzter Stock.«
Dann verschanzte er sich hinter der Maske und ließ wieder Funken stieben.
Leonardo stieg die Treppe hinauf. Überall bröckelte der

Verputz des Palazzo und legte Schichten alter Anstriche frei, die vom unaufhaltsamen Verfall des Gebäudes kündeten; die Vornehmheit des 18. Jahrhunderts, die es längst schon eingebüßt hatte, wurde durch Fluchten kurzer Hausflure unrettbar entstellt. Es roch stark nach Ingwer, nach orientalischen Gewürzen, vor den Eingängen lagen Gebetsteppiche.

»Wohin gehst du?« fragte ein kleines, dunkeläugiges Mädchen, das auf den Stufen vor der Haustür saß und die Haare einer blonden, einarmigen Barbie kämmte.

»Ciao, ich gehe zum Professor!«

»Zum Professor, der singt?«

»Singt der Professor?«

»Ja, er singt.« Das Mädchen präsentierte die Barbie. »Sie heißt Aisha. Und du?«

»Ich heiße Leonardo.«

»Ich Fatima.«

»Fatma«, rief eine Frau, die Mutter vielleicht, aus dem Inneren der Wohnung.

»Naam, ommi«, antwortete das Mädchen. »Ciao«, sagte es zu Leonardo und verschwand hinter dem roten Vorhang.

Nachdem er zwei weitere Treppen erklommen hatte, geriet Leonardo Lo Nardo in das Gewirr illegaler Aufbauten und nicht genehmigter Veranden eines Dachgeschosses. Am gepflegten Zustand einer kleinen Eingangstür meinte er die Wohnung des Professors zu erkennen. Das Messingschildchen »Prof. Pietro Di Miceli« bestätigte seine Vermutung.

Das Läuten der Türklingel hallte tief und aus weiter Ferne nach.

Hinter der Tür stand eine nicht mehr junge Frau mit großen, lebhaften Augen.

»Guten Tag, ich bin Lo Nardo vom Institut für die Geschichte Siziliens.«
»Bitte, kommen Sie herein.«
Er trat in die lichtdurchflutete Wohnung. Die Frau ging ihm voran in ein Wohnzimmer mit mehreren Sofas, Bücherstapeln, Keramik aus Burgio, Maskaronen aus Caltagirone, trockenen Blumen, Familienfotos, Füllfederhaltern, Gemälden von Bruno Caruso, Stichen von Pippo Bonanno und aufgezogenen, weißen Gardinen vor einer Terrasse, die das Vorgebirge von Mongerbino einrahmte.
Die Frau, die sehr weiße Zähne hatte, betrachtete ihn mit einem heiteren Lächeln von der Seite. Wenn sie als junge Frau schön gewesen war, dann war sie es jetzt um so mehr, mit dem Netz feiner Falten, das den hellen Anjou-Teint hervorhob und die Züge einer sizilianischen Lombardin betonte.
»Ich bin Lo Nardo vom Institut«, sagte Leonardo, durch den unbefangenen Blick der Frau verwirrt.
»Das haben Sie bereits gesagt.«
»Die Bibliothek hat mich beauftragt, die Bücher abzuholen, die der Professor –«
»Das kann ich mir denken«, unterbrach sie ihn, doch nicht ärgerlich, fast fröhlich. »Das Institut fürchtet, mein Mann könnte nicht mehr – wie soll ich sagen? – er könnte keine Möglichkeit mehr haben, sie zurückzugeben.«
»Nein, Sie müssen wissen … die Inventur.«
»Natürlich. Ich kann's mir vorstellen. Ich wußte, daß früher oder später jemand vorbeikommen würde. Jedenfalls hatte ich bereits beschlossen, sie selber zurückzubringen. Darf ich Ihnen etwas anbieten?«
»Nein danke.«
»Ich habe Mandelmilchpudding gekocht. Möchten Sie davon probieren?«

Mandelmilchpudding. Er erinnerte sich an Nachmittage auf dem Land: der dunkle, schattige Johannisbrotbaum, das Fahrrad ohne Bremsen seiner Cousine Matilde. Ihre sonnengebräunten Beine. Die Hand der Großmutter auf seinen von Hitze und Schweiß zerzausten Haaren. – Mandelmilchpudding.

»Eine Kostprobe wenigstens. Gehen Sie ruhig auf die Terrasse, dort ist der Professor. Ein bißchen Gesellschaft wird ihm sicher Freude machen, er sieht keinen Menschen mehr«, sagte die Frau und zeigte ihm den Weg. »Gehen Sie, gehen Sie. Nur keine Angst.«

»Aber nur eine kleine Kostprobe«, beharrte Lo Nardo.

»Versprochen, nur eine Kostprobe«, antwortete sie, insgeheim schon dabei, das Versprechen zu brechen, und verschwand in einem halbdunklen Teil der Wohnung.

Lo Nardo trat hinaus in das grelle Mittagslicht. Die Terrasse erstreckte sich über einer Landschaft aus Trümmern, Wäsche auf Trockenleinen, Wellblechhütten, verbrannten Autowracks und dem Meer im Hintergrund. Unter dem blendenden Dunst zwischen dem Monte Pellegrino und Aspra kniff er die Augen zusammen.

»Ruhig der Hafen und die Buchten, halb verlassen die Kais, bescheiden die Tonnage der Schiffe. Die Schlepper liegen vertäut. Es läutert sich Palermo von seinen Übeln oder bereitet neue vor.« Die Stimme war fest und entspannt, der Duktus ein wenig theatralisch. Sie drang aus der einzigen im Schatten liegenden Ecke, aus einer Laube mit Fragola-Trauben, deren Duft ihm in die Nase drang.

»Luzis Worte, kennen Sie ihn?« sagte der kleine, schmächtige Mann, kahlköpfig mit olivenbrauner Haut, ohne die Augen von dem Bügelbrett zu heben, auf dem er ein altes Bügeleisen behutsam hin- und herschob.

Professor Di Miceli, also schon wieder ein Lyriknarr.

»Ja, ich kenne ihn«, antwortete Lo Nardo.
»Kannten Sie auch dieses Gedicht? ›Morgen werde ich vielleicht erfahren, daß diese herrliche Trägheit voll roher Taten war, und auch diese blendende Helligkeit betört uns trügerisch …‹ So ist Palermo. Sie arbeiten im Institut, nicht wahr?«
»Ja, als stellvertretender Bibliothekar.«
»Pellegrino, der Bibliothekar, ist er immer noch ein Freund der Poesie?«

»Gewiß.«
»›Die Worte ermüden uns, sie steigen aus einem gesteinigten Wasser auf, das Herz bleibt uns vielleicht, das Herz vielleicht.‹ Kennen Sie das?«
»Ja, ich habe es schon gehört … Ungaretti?«
»Quasimodo.«
Er stellte das Bügeleisen senkrecht ab. Behutsam lüftete er das Tuch, über das er mehrmals mit dem glühenden Eisen gefahren war. Dann hob er vorsichtig ein Stück Seidenpapier in die Höhe. Er musterte es im Gegenlicht.
»Sehen Sie sich das an. Kommen Sie her. Sehen Sie nur, wie schön«, sagte Di Miceli.
Lo Nardo drang in den dichten Schatten unter der Pergola ein. Der Professor hielt ihm das zarte, leichte Papier vor die Augen:
»Sehen Sie? Hier, dieser Mohrenkopf. Zu der Zeit – es dürfte Anfang des Jahrhunderts gewesen sein – war das ein sehr beliebtes Motiv. Und da, in dieser Ecke, der Fries, der an die Dekors des sizilianischen Jugendstils erinnert. Ist er nicht wunderschön?«
»Wirklich schön«, stimmte Lo Nardo zu.
»Haben Sie jemals daran gedacht?«
»An was?«
»Denken Sie doch mal daran, wieviel Sorgfalt auf diese ver-

gänglichen Blätter aus Seidenpapier verwandt wurde. Und wozu? Um eine Orange darin einzuwickeln. Ein Blatt Papier, das zusammengeknüllt, zerrissen, weggeworfen werden wird. Und dennoch so viel Grazie, Duftigkeit, so viel Hingabe: bei dem, der es entwarf, der es zeichnete, der es druckte, der es um die schönste Orange aus der Kiste wikkelte. Und hier der Name der Firma: dieses kam aus Bagheria, hier steht es.«

Di Miceli betrachtete das Tüchlein aus Papier noch einmal, bevor er es zwischen zwei Platten aus dickem Karton legte. Er schüttelte den Kopf, als dächte er an jene vergangenen Zeiten.

Von einem Stuhl nahm er ein anderes Blatt, das er vorsichtig zwischen den Seiten eines Weltatlasses hervorzog. Liebevoll legte er es auf das Bügelbrett und bedeckte es mit einem Tuch. Dann begann er wieder gedankenverloren zu bügeln. Lo Nardo blieb stehen, um ihn zu beobachten. Der Professor schob das Eisen hin und her, mit leichter Hand, ohne zu viel Druck auszuüben. Das Bügelbrett war zu hoch für ihn, trotzdem waren seine Bewegungen anmutig, geschmeidig, fast schon kapriziös.

Er bügelte Einwickelpapier für Orangen. Angestrengt versuchte Lo Nardo, sich die Bilder ins Gedächtnis zurückzuholen, wenn es im Winter unter den Orangen in der Kiste eine – manchmal zwei – gab, die in dieses dünne, durchsichtige Seidenpapier eingewickelt waren. Eines Tages verschwanden diese papiernen Durchsichtigkeiten, wie die Glühwürmchen, wie der Geruch abgesengter Stoppeln, wie Augenschuhe und viele andere verlorene Dinge. Professor Di Miceli, Dozent für Zeitgeschichte, sammelte verstreute Spuren davon ein.

»Ätherische Fragmente«, sagte der Professor.

»Wie bitte?«

»Wie mühsam es ist, diese ätherischen Fragmente der Vergänglichkeit der Zeit zu entreißen. Sie werden sich fragen: und wozu auch? Gibt es denn etwas, das gerade sie uns erzählen, das sie uns erklären, und das die Geschichte, die Dokumente, die Zeitzeugnisse uns nicht verdeutlichen könnten? Eben nicht, denn sie sprechen uns von der verborgenen Mühsal derer, die die Geschichte sind, die Geschichte aber weder machen, noch schreiben. Unbewußte Existenzen. Das Orangenpapier ist der Ausschuß der Substanz, aber es ist das, was bleibt. Meinen Sie nicht?« fragte Di Miceli, seine Bügelarbeit überprüfend. »Die Orange gibt es nicht mehr«, fuhr er fort, »verschwunden ist ihr Saft, ihr saurer Geschmack, ihre Feuchtigkeit zwischen den Fingern. Das Papier bleibt. Die Orange ist die Vergangenheit, das Papier ist immer noch die Gegenwart. Und es genügt, noch einmal eine frische Orange darin einzuwickeln, damit sie wieder zu genau jener Orange wird, die das Kind an Heiligabend in der Küche stahl, um sie unter dem Tisch des guten Salons zu essen, wo ihm der Zutritt verboten war. Seltsam: die Vergangenheit umhüllt unsere Gegenwart, gibt ihr Geschmack zurück. Wie ist der Name?«

»Wessen Name?« fragte Leonardo.

»Ihrer. Wie heißen Sie?«

»Lo Nardo.«

»Ach natürlich, wie dumm von mir. Wir haben uns einmal kennengelernt. Sie waren ein Student des verehrten Professors Mirabile Tulumello.«

»Das kann nicht sein.«

»Ich erinnere mich sehr gut. Ich war damals Assistent von Professor Mirabile Tulumello, frisch promoviert mit summa cum laude, Kuß auf die Stirn und Genehmigung zum Druck der Dissertation.«

»Ich glaube, Sie irren sich, Professor Di Miceli. Sie erinnern sich vielleicht an meinen Vater.«
»Ihr Vater? Vielleicht haben Sie recht. Sie sind ein wenig jünger als ich. Wie geht es Ihrem Herrn Papa?«
»Er ist nicht mehr unter uns. Er starb vor drei Jahren.«
»Das kann passieren. Es passiert fast allen. Und Sie, was treiben Sie Schönes? Professor, wie der Papa?«

»Nein, ich arbeite am Institut für die Geschichte Siziliens. Stellvertretender Bibliothekar. Ich bin hier wegen der Bücher, die Sie ausgeliehen haben.«
»Natürlich. Das Institut tut gut daran, sich die ausgeliehenen Bücher zurückzuholen. Manchmal stirbt einer vorzeitig und riskiert, sich zu blamieren. Ihr Herr Papa hatte noch ausgeliehene Bücher, als er verstarb?«
Lo Nardo zog es vor, nicht zu antworten. Di Miceli hatte die Heuchelei seines Auftrags enthüllt. Pellegrinos Befehl lautete, um jeden Preis wieder in den Besitz der verliehenen Bücher zu gelangen. Einmal im Monat mußte Lo Nardo an den Haustüren von Universitätslehrern, die im Sterben lagen, von Gelehrten, die mit dem Tode rangen, von Forschern im Koma anklopfen, um die gefährdeten Bände brutal einzutreiben. Es galt zu handeln, bevor diese Bücher im Labyrinth umkämpfter Nachlässe oder bei jenen Gläubigern verschwanden, die imstande waren, ganze Bibliotheken zu zerpflücken, um sie an die Trödler in der Via Volturno zu verkaufen.
Die Ankunft des Mandelmilchpuddings auf blauen Porzellantellern enthob Lo Nardo seiner leichten Beschämung.
Die Frau des Professors nahm gegenüber von Leonardo auf einem Korbsessel Platz. Schweigend löffelten sie den Mandelmilchpudding, umgeben von gedämpftem Geschirrklappern, schwachem Verkehrsrauschen, Hupkonzerten aus der Ferne und Stimmen aus den Gassen, die durch das

Gewirr aus hängenden Bettlaken, Balkonen und dem Müll der verfallenden Kasbah fanden.
»Wenn der Fürst dies alles bei seinem letzten Blick gesehen hätte«, unterbrach Professor Di Miceli das Schweigen, »wenn er dies alles gesehen hätte, ich meine, dieses ganze Panorama aus heruntergekommenen Palazzi, verwahrlosten Hangars, überfüllten Stadtvierteln ... Was sah der Fürst von Salina in seinen letzten Lebenstagen vom Balkon des Hotel Trinacria? Erinnern Sie sich, Lo Nardo? ›Er war allein, ein von unbezwingbaren Strömungen mitgerissener, auf einem Floß im Meer treibender Schiffbrüchiger.‹ Kein besonders guter Satz, finden Sie nicht auch? Ein bißchen phrasenhaft, scheint nicht mal von Tomasi di Lampedusa geschrieben. Aber es ist schwer, vom Tod zu schreiben, vom Tod der anderen, meine ich.«
Seine Frau stellte sich neben den Professor. Sie überragte ihn um einen Kopf. Sie streichelte ihm die Schultern, und in der Geste lag noch ein wenig Leidenschaft.
»Pietro, komm herein!«
»Nicht sofort. Geh du, geh«, entgegnete er fast gereizt.
»Aber du ermüdest dich damit.«
»Mach dir keine Sorgen. Geh du, geh.«
Die Frau zog sich in die Wohnung zurück. Sie lächelte nicht mehr. Bevor die Vorhänge sie verbargen, warf sie einen mitleidigen Blick auf ihren Mann.
Di Miceli setzte sich auf den Platz, auf dem seine Frau gesessen hatte, gegenüber von Leonardo.
»Es ist schön hier, nicht wahr?«
»Herrlich. Ein unglaublicher Ausblick.«
»Nein, ich meine jetzt, in diesem Moment. Und wir werden niemals vergehen, wir werden stets noch überdauern, um ein neues Licht, neue verträumte Mittagsstunden, Tage um Tage und abermals Tage zu genießen.«

»Schön wär's.«
»Das sagen Sie, weil Sie jung sind und nicht darüber nachdenken. Sie glauben wirklich, daß es so sein wird, mehr oder weniger für immer. Woher kommen Sie?«
»Was meinen Sie?«
»Sind Sie aus Palermo?«
»Ja.«

»Auch Ihr Papa war aus Palermo?«
»Ja, er ist hier geboren.«
»Merkwürdig. Ihr Nachname scheint aus Giallonardo zu stammen. Kennen Sie es?«
»Ja, ich bin vor kurzem dort gewesen.«
»Warten Sie auf mich.«
Er ließ ihn im blendenden Sonnenlicht allein. Als er zurückkehrte, trug er ein Paket Bücher in der einen und ein einzelnes Buch in der anderen Hand.
»Hier bitte, das sind die Bücher der Bibliothek«, sagte er und reichte ihm das mit Butterbrotpapier umwikkelte Paket, »und das hier ist für Sie. Eine Ausgabe von 1898, es wurden nur wenige Exemplare gedruckt, gerade genug für die wohlhabenden Familien im Ort. Es ist eine kurze Geschichte von Giallonardo, von Francesco Paolo Maniscalco Casuccio: Er war jung, als er dieses Buch schrieb, dreiundzwanzig Jahre alt, und soeben zum Doktor der Jurisprudenz promoviert. Ein dilettierender Historiker, wahrscheinlich ein Byron-Leser, wie Sie an den naiven spätromantischen Ausrutschern erkennen können.«
»Nein, vielen Dank. Das ist ein seltenes Buch, ich hätte Angst, es zu verlieren.«
»Verlieren Sie es, lesen Sie es, geben Sie es der Bibliothek oder Ihrem Sohn, haben Sie einen Sohn?«
»Nein.«

»Sie werden einen haben. Es ist ein schönes Buch, ich schenke es Ihnen.«
»Nicht doch.«
»Nehmen Sie es, ich bitte Sie. Ich besitze siebentausend Bücher, darunter einige sehr alte. Meine Kinder möchten die seltenen Bände, die Erstausgaben verkaufen. Lieber verbrenne ich sie oder schenke alles Ihrem Institut, das läuft sowieso aufs Gleiche hinaus: niemand wird sie je wieder lesen. Und trotzdem kaufen wir sie, wir stauben sie ab, wir transportieren sie vorsichtig von einer Wohnung zur anderen, wir verleihen sie schweren Herzens, wir ignorieren sie mit schlechtem Gewissen. Diese besessene Leidenschaft für das geschriebene Wort, für die Grammatur des Papiers, für die Bindungen, die Schmuckleisten. Diese zwanghafte Ergebenheit in Worte, die uns überleben, die den überleben, der sie dachte und schrieb. Sogar die Kommas überleben; haben Sie je daran gedacht, wie sehr man sich mit einem Komma abplagen kann? Ein Satz, ein Name, nur ein Name – Nausikaa zum Beispiel –, vor dreitausend Jahren geschrieben, überdauert er, durchquert die Zeiten, durchlöchert die Jahrhunderte, durchpflügt Meere und Erdteile und widersteht noch der Ungewißheit um seinen vermeintlichen blinden Verfasser. Ja, er verleiht sogar einem Autor Leben, den es vielleicht niemals gegeben hat. Wir schreiben ein Buch und sind im selben Augenblick schon unser eigener Nachlaß. Und dann verschwinden wir wirklich für immer, und die Bücher bleiben, unerwünscht wie hypothekenbelastete Erbschaften.«
Lo Nardo war müde geworden.
»Sie wollen gehen? Nehmen Sie dieses Buch, nehmen Sie es mit.«
Er griff nach dem Paket und nahm das Werk von Francesco Paolo Maniscalco Casuccio an sich. Der Professor beglei-

tete ihn zur Tür und blieb dort stehen, bis Lo Nardo die Treppen hinunterging.

»Er hieß Giaimo Lo Nardo«, hörte er Di Miceli zwei Treppen über sich rufen, »der Gründer dieser Stadt, wußten Sie das? So ziemlich alle Lo Nardos stammen von dort. Lesen Sie es, Lo Nardo, lesen Sie es.«

Verfolgt von der Stimme des Professors floh Lo Nardo vor dem Mädchen, das seine verstümmelte Barbie kämmte, dem Gestank nach Ingwer, der hohen Palme über den Dächern, dem Britzeln der Sauerstoffflamme, der dunklen Maske des Arbeiters, dem Müllberg in einer Ecke des Palazzo, der Fettpfanne des Straßenverkäufers, der laut aufgedrehten Musik von raubkopierten CDs, den Träumen der nigerianischen Nutte, dem dröhnenden, auspufflosen Mofa des Taschendiebs, der Aktentasche des korrupten Anwalts, den heißen Schritten auf dem aufgesprungenen Asphalt, den geplatzten Kakteenfeigen, den verwelkten Ventilatoren und allem, was ihm auf der Straße hinunter zur Cala begegnete.

Er meisterte das gefährliche Überqueren der zweispurigen Fahrbahn, bezwang den Gestank nach faulem Fisch am alten Hafen, fand den verlassenen Kai für die Yachten der Reichen, und erst als seine Beine hoch über dem schmutzigen Wasser von der Kaimauer baumelten, war ihm, als fände er Erleichterung.

Er lauschte auf das metallische Geräusch der Windmesser an den Spitzen der Segel, bis er es müde wurde, mit geschlossenen Augen dazusitzen.

Erst dann betrachtete er den altersfleckigen Einband des Buches von Francesco Paolo Maniscalco Casuccio, »Historische Aufzeichnungen und Dokumente zur Geschichte der Stadt Giallonardo«, Gemeindedruckerei, Agrigent. Er schlug das Buch wahllos auf. Kapitel VII: Bericht über ein Ereignis aus dem Jahre 1873.

Mai 1873

Es war Mai, und in voller Blüte stand das ganze Land unter dem Frühling, welcher in unseren Breitengraden nicht lange zögert, sich an der glühenden Hitze der Sonne zu entzünden. Des lang überquerten Meeres müde, heftete die geschwätzige Schwalbe bereits ihr Nest unter die Traufen des alten, weiträumigen, auf dem höchsten Hügel über der Ortschaft Giallonardo errichteten Wohnsitzes.

Dort lebte Don Girolamo Pancamo, ein von den Unbilden vergangener Zeiten gezeichneter Mann, zurückhaltend im Auftreten, streng im Urteil.

Wohlverdient ist die Ruhe des gerechten Mannes, wenn er zur Mittagsstunde Erquickung von der täglichen Mühsal findet: Ebenso befand sich Girolamo Pancamo, welcher nun, im Alter, der sorgenden Pflege enthoben war, die er seinen Besitztümern vordem gewidmet hatte.

Er saß vor dem Sonnenuntergang, im unbeschwerten abendlichen Gespräch, denn bei ihm waren die wenigen treu ergebenen Gefährten, die das Vorrecht genossen, in seiner Gegenwart zugelassen zu sein: Don Paolino Grillo Cavallaro und Don Nicolò Gambuto Brutto.

Auf den Flügeln des Windes herbeigetragen, verletzten den Frieden dieses Ortes nun plötzlich die erschröcklichen Schreie, die aus der Brust eines Mannes hervorbrachen, welcher soeben den steilen, zum Hause führenden Hang erklomm.

Er rief flehend um Hilfe.

»Ich bitte Euch. Herrschaften, ich bitte Euch. Zu Hilfe. Zu Hilfe. Verkleidete Banditen legten den Hinterhalt. Versteckt unter Kapuzen in ihrer Feigheit, entführten sie mit Gewalt den Baron Serafino Pintacorona.«

Als jener Name an ihr Ohr drang, hielten die Gefährten des Don Girolamo Pancamo inne, wiewohl sie bereits auf den nunmehr eingetroffenen Mann zugegangen waren, der

eine gehörige Menge Blutes aus einer offenen Wunde an der Hüfte vergoß. Wußten sie doch um die früheren schwerwiegenden Zerwürfnisse zwischen Don Girolamo und jenem Baron Pintacorona, deren Ländereien aneinandergrenzten. Mit stürmisch verlaufenden rechtsgutachterlichen Prozeduren hatte der Baron ein um das andere Mal den Seelenfrieden Don Girolamos gefährdet, indem er Privilegien und Titel beanspruchte, welche er als die seinen *ab antico* einklagte, da sie ihm, seinen Worten zufolge, von der Familie Pancamo vermittels allerlei Betrügereien und schändlicher Schliche entzogen worden waren. Freilich sind jene Anschuldigungen von der Wahrheit so weit entfernt, daß es kaum Veranlassung gibt, sich mit ihrer Erwähnung länger aufzuhalten.

Obgleich es keiner weiteren Bestätigung der seelischen Größe dieses Mannes bedurft hätte, sei berichtet, daß Don Girolamo, ohne Zeit mit Zaudern zu verschwenden, seinen Gutsverwalter Mastro Saverio anwies, unverzüglich die Pferde zu satteln und Büchsen wie Pistolen mit Pulver zu versehen. Und nachdem er sich vom Diener des Barons den Fluchtweg hatte beschreiben lassen, welchen die Banditen genommen, stieg er auf und gab, gefolgt von den treuen Kameraden, ohne ein Anzeichen von Furcht seinem Pferd die Sporen.

Mit seiner kleinen Schar setzt er sich auf die Fährte jener Übeltäter, führt die Kameraden durch Schluchten und

über Pfade, die nur ihm vertraut sind; nichts läßt er unversucht, um nur ja die Banditen zu fangen.
Die Nacht bricht herein. Schon läßt der düstere Laut des Käuzchens sein Echo im Schein des Mondes ertönen, welcher die ungestüme Verfolgungsjagd mit kaltem Blick beobachtet.
Es beben die vom langen Ritt entkräfteten Krieger; hastig fliegt ihr Atem, von Schweiß gebadet sind die Mähnen der Pferde. Don Girolamo aber fand keine Ruhe, vergeblich die weisen Mahnungen der Freunde, die ihn aufforderten, den Rückweg anzutreten, um den Pferden Schonung zu gewähren, den Hinterhalten der Nacht zu entgehen und Hilfe herbeizuholen, auf daß mit den ersten Sonnenstrahlen die Suche in größerer Schar wiederaufgenommen werde.
Peitschenschlägen gleich waren seine Worte, eines Heerführers im kaiserlichen Rom würdig.
»Soll das unser Mut sein? Wie könnten wir abwarten, bis die Nacht ihren Bogen gänzlich durchschritten hat, wohl wissend, daß unser Bruder sich in Mörderhänden befindet? Was wäre unsere Ehre anderes denn Feigheit? Wenn die Klugheit uns rät zu warten, damit man später zu vielen sein kann, gut, dann werde ich allein sein und nur meinen Wahnsinn zum Gefährten haben.«
Und wie ein Rasender Roland warf er sich in den Feldzug. Immer noch hatte er Don Paolino Grillo Cavallaro und Don Nicolò Gambuto Brutto hinter sich, erregt waren sie von der flammenden Aufforderung und gleichzeitig in ihrer Würde zutiefst getroffen. In der Stille der Nacht vernahmen sie das nahe Gekläff eines Hundes.
Aus dem Unterholz und dem Gestrüpp näherte sich ein Tier. Augenblicklich erkannte Don Girolamo Diana, die sizilianische Bracke, treueste Gefährtin des Barons Pintacorona.

»Er kann nicht weit sein.«
So sprach Don Girolamo, stieg vom Sattel, und trat, mit der rechten Hand die Büchse umklammernd, in der Linken die Pistole, auf die Lichtung.
Die anderen hatten es ihm noch nicht rechtzeitig nachtun können, da vernahmen sie aus dem Dunkel schon die Stimme des unerschrockenen Don Girolamo Pancamo:

»Ich befehle euch, den Baron zu befreien.«
Don Paolino Grillo Cavallaro und Don Nicolò Gambuto Brutto eilten herzu, um den Freund tatkräftig zu unterstützen, als ein Schuß durch die Nacht hallte.
»Verräter!«
Und dem Ausruf Don Girolamos, der die Freunde in Erstaunen versetzte, folgte ein Schmerzensschrei.
Kaum hatten sie ihn eingeholt, bot sich die Tragödie ihren Augen dar: Don Girolamo Pancamo rücklings auf der Erde hingestreckt; an den Armen mit dicken Seilen gefesselt und das gesamte Haar ob der Angst jäh ergraut, der Baron Pintacorona.
In der nächtlichen Finsternis, welche die eiskalte Sichel des Mondes nur schwach erhellte, entfernten sich einige Schatten eiligen Schrittes, es waren dies die Übeltäter auf der Flucht vor ihren Verbrechen.
Welch eine Nacht der Angst und des Bangens!
Die Nachricht vom Geschehen lief von Mund zu Mund, schneller als der Pfeil, der seine Spur hinterläßt, wenn er im stürmischen Himmel verschwindet.
Eine große Menge lief aus dem Ort herbei, inbrünstige Gebete zum Himmel schickend, der Herrgott möge die edle Seele eines so hervorragenden Mannes nicht zu sich nehmen.
Drei Tage lang bildeten fromme Frauen, Geistliche, Honoratioren der Stadt und sogar das gemeine Volk einen

traurigen Pilgerzug zum Haus des Don Girolamo Pancamo, wo dieser mit dem Tode rang. Über den steilen Pfad, der zu dem herrschaftlichen Wohnsitz führt, kletterten Männer mit hohen Adelstiteln und klingenden Namen, und auch die berühmtesten Bürger der Stadt.

»Welch ein nobles Vorbild! Welch eine Hingabe! Welch ein Monitum für uns alle!« sagten einige, das moralische Vermächtnis betonend.

»Gott verhüte, daß er stirbt! Baron Pintacorona könnte sich nie wieder von dieser Schuld befreien!« sagten die besonders verehrungswürdigen Bürger, als wollten sie den Preis der mutigen Tat berechnen.

Drei volle Tage lang verweilte Baron Serafino Pintacorona im Vorzimmer jenes Raumes, wo Don Girolamo tief in seinem Schmerzensbett versunken lag, den eifrigen Bemühungen der einzigen Personen anvertraut, welchen gestattet war, solcherart Obliegenheiten nachzukommen, damit der prekäre Zustand des Patienten nicht weiter gefährdet würde: Mastro Saverio, die Dienstmagd Dorina und der Doktor Calogero Pitruzzella, Leibarzt und außerdem der über alles geliebte Vetter von Don Girolamo.

Des Sprachvermögens beraubt, bis auf den Grund seiner Seele erschüttert, war Baron Pintacorona von dem Vorgefallenen wie gelähmt; dem grausamsten Schicksal hatte ihn ausgerechnet jener entrissen, den er so verleumderisch bekämpft hatte, und dem er jetzt das kostbarste Gut verdankte, das Leben selbst.

Allen, die sich ihm näherten, um ihn mit Worten und Gesten aufzurichten, antwortete der Baron nur mit einem starren Blick, doch ohne ein Wort zu sprechen, da er es nicht fassen konnte, noch unter den Lebenden zu weilen.

Wer ihn zuvor hatte kennenlernen dürfen, erinnerte sich an einen Mann von heftiger Wesensart mit einem stolzen, gelegentlich hochmütigen Charakter, der starker Leidenschaften fähig war. Doch der Wolf war zum Lamm geworden.

Und wie groß war das Erstaunen, als am Abend des dritten Tages, da man schon verzweifeln wollte und jeder die Tränen vorbereitete, die er für Don Girolamo zu vergießen hatte, auf dem Gipfel des steilen Hügels unerwartet die

zweiunddreißig Schwestern des Marienklosters auftauchten, dank eines bischöflichen Dispenses, der ihnen gestattete, das Kloster für dieses eine Mal zu verlassen, und Baron Pintacorona gesehen wurde, der zwischen den zweiunddreißig Jungfrauen niederkniete und in die Bittgesänge einstimmte, die jene zu den himmlischen Sphären erhoben.

War es vielleicht dieser ganz und gar ungewöhnliche Anblick, der das Schicksal wendete? War es vielleicht die Rührung über so viel Mitleiden, die den Himmel überzeugte? Kein Mensch, der nicht selbst zugegen war, wird je vermögen, was wir Unwürdige mit der bescheidenen Kunst unserer Feder zu bewerkstelligen versuchen – das Schauspiel nachzuempfinden, welches sich nun ereignete.

Bei den höchsten und jammervollsten Tönen des Gesanges der Jungfrauen, harmonisch begleitet vom tiefen Baß, der aus der Kehle des Barons vibrierte, öffneten sich plötzlich mit Wucht die Balkontüren der Beletage des Herrschaftshauses.

»Er ist gerettet! Er ist gerettet!«

Freudestrahlend breitet der Arzt Doktor Calogero Pitruzzella die Arme vor der betrübten Menge aus, die dort unten versammelt ist. Tausende Gesichter wenden sich ihm zu.

Die Jungfrauen verstummen. Baron Pintacorona verstummt. Ihre Blicke sind auf den Balkon gerichtet.

Und siehe, es erscheint, schwankend noch, das leidende Gesicht noch bleich, Don Girolamo Pancamo.
Der frischgebackene Held trägt einen Arm in der Schlinge, mit dem anderen stützt er sich auf den geliebten Vetter und Leibarzt. Ein schüchternes Lächeln huscht leuchtend über Don Girolamos schönes Antlitz, auf das die freudigen Mienen all jener antworten, die glaubten, ihn nie mehr wiederzusehen.
Donnergleich erhebt sich augenblicklich spontaner Beifall. Große Freude. Die Zuschauer brechen in Jubel aus. Alles Leid verwandelt sich in sein Gegenteil.
Das Lächeln Don Girolamos wandert sodann zu Baron Pintacorona, der noch immer auf Knien liegt, umringt von den zweiunddreißig heiligen Vestalinnen unseres Herrn Jesus Christus.
Welch ein sanfter Blick, der tröstet und labt! Es ist dieses Lächeln fast wie die zärtliche Liebkosung der Mutter für das Kindlein, bevor es abends einschläft! Dankbar nimmt der Baron es wahr, obwohl ihm angesichts dieses Wunders sogar die Kraft fehlt, den Kiefer zu schließen, weshalb er in jenem Ausdruck ungläubigen Staunens verharrt, der sich eines jeden von uns bemächtigt, wenn unsere Augen das erblicken, was unser Verstand nicht gänzlich zu begreifen vermag.
Don Girolamos Lächeln heftet sich auf das Gesicht des Barons, als wollte der Retter dem von ihm Geretteten danken. Dies ist es, was den Seelenadel noch bewundegungswürdiger macht: die Bescheidenheit, seine edle Gefährtin.
Mit frischen Novizinnenstimmen lassen die zweiunddreißig Schwestern des Marienkollegs im Lichte des Sonnenuntergangs den silbernen Triller des Hallelujas erklingen.
Eine langsame Träne, gewiß eine Träne gerührter Dank-

barkeit, läuft dem Baron Serafino Pintacorona über eine Wange.

***

Unsere strenge Chronistenpflicht gebietet uns, zur Besiegelung dieser rühmlichen und erbaulichen Geschichte, die erleben zu dürfen unser liebliches Städtchen Giallonardo das Glück hatte, an ihren noch würdigeren Epilog zu erinnern.

Drei Wochen nach den soeben erzählten Ereignissen sah der Stadtrat es als seine ehrenvolle Pflicht an, Don Girolamo für seine überragenden Verdienste die höchste Auszeichnung in Gestalt der Goldmedaille zu verleihen.

Umgeben von einem mitempfindenden, hingerissenen Publikum, fielen Don Girolamo Pancamo und Baron Serafino Pintacorona sich im kommunalen Palazzo brüderlich in die Arme. Letzterer hatte zuvor mit öffentlicher Verlautbarung sämtliche Eingaben zurückgezogen, die den Interessen seines Retters zuwiderliefen, und sich daher verpflichtet, das von Don Girolamo Pancamo ausgeübte Eigentumsrecht von nun an als de jure gültiges Recht voll und ganz anzuerkennen.

5. Kapitel

»Super.«

Leonardo wandte seinen Blick von dem gefüllten, gegrillten Tintenfisch ab.

»Wirklich super«, sagte Ignazio zum zweiten Mal und schenkte sich kalten Weißwein ein. »Eine super Verarschung. Erstklassig. Dieser Pancamo war ein gerissenes Kerlchen.«

»Meinst du?« fragte Lo Nardo.

»Gibt's da Zweifel? Überleg doch: Sie entführen seinen Feind, er beeilt sich, ihn zu retten. Ergebnis: einhellige Zustimmung des Volkes, öffentliche Anerkennung, soziale Verpflichtung des Geretteten, jedes schwebende Verfahren gegen den Retter kassieren zu lassen. Das Ganze war mit mathematischer Präzision kalkuliert«, und Ignazio zog eine Linie in der Luft, unter der er die Bilanz seiner Überlegungen plazierte.

Draußen fuhr ein Polizeiwagen mit Sirene vorbei. Ein Reflex ließ Ignazio verstummen, bis er sie in Richtung Justizpalast verschwinden hörte.

Sie saßen unter dem Schilfdach der Trattoria Mafone in der Senke am Ufer des Papireto. Natürlich, mit Ignazio landete man immer in der gleichen Gegend, zwischen Piazza Indipendenza und dem Flohmarkt, zwischen Corso Vittorio und dem Capo. Da war nichts zu wollen: Größere Kreise konnte Ignazio Sferrazza Papa einfach nicht ziehen. Sein Zentrum war und blieb der Justizpalast. Als subalterner Beamter im Sekretariat der Staatsanwaltschaft beim Amtsgericht mit einer seit zwölf Jahren aufgeschobenen juristischen Promotion hatte Ignazio eine Besessenheit entwickelt, die ihn zum historisch-juristisch-demokratischen Gedächtnis der Stadt gemacht hatte.

Vielleicht war er aber auch geprägt von dem Anblick, der sich ihm täglich aus seinem winzigen Büro ganz oben im aufgestockten Dach des Palazzo aus Travertinstein auf das wimmelnde Chaos von vier Bezirken bot, vielleicht zwang ihn auch das krampfhafte, angeborene Bedürfnis, Ordnung in die verworrene juristische Aktenlage all der menschlichen und kriminellen Schicksale zu bringen, die der Palazzo in sich hineinwürgte, wahrscheinlich lag es aber vor allem daran, daß es letztendlich nicht viel für ihn zu tun gab – er hatte sich jedenfalls zur Aufgabe gemacht, aus Verfügungen über Vorbeugehaft, mündlichen Verhandlungen, Urteilen erster Instanz, Berufungsurteilen und höchstrichterlichen Urteilen ein geordnetes Universum zu schaffen: ein übermenschlicher Versuch, das ungesunde Durcheinander der Stadt in den Griff zu bekommen.

Ignazio Sferrazza Papa, den Richter, Gerichtsschreiber und Journalisten mit schlechtem Gedächtnis um Rat fragten, war auf diese Weise zur Verkörperung des Justizpalastes geworden und ließ allseits vermuten, sein Laptop enthalte akkurat aufgereiht die Aufstellung sämtlicher Justizereignisse, insbesondere solcher, die den Zusatz zum Paragraphen 416 – Bildung einer mafiaartigen, kriminellen Vereinigung und entsprechende Delikte – betrafen, und zwar in einer Anordnung, die weniger flüchtigen und willkürlichen Kriterien folgte als jenen, die den Bewohnern der Justizanstalten mit festem oder vorübergehendem Mietvertrag den Schlaf raubten.

»Im vorliegenden Fall erweist sich dieser Pancamo vor allem als ein großes Arschloch«, urteilte Sferrazza Papa mit der üblichen Verklausulierung, die sich aus dem Übermaß seiner juristischen Lektüren speiste. »Leonardo, ich möchte dir eine Frage stellen. Aufgepaßt: es gibt ein Wort, das im Kontext der Entwicklung des Geschehens die zuvor getroffene Übereinkunft zwischen Pancamo und den Entführern verrät. Welches Wort ist das?«

Lo Nardo konzentrierte sich auf den noch immer unangetasteten Tintenfisch, ohne Trost daraus zu beziehen.

Er suchte Betta, doch sie saß am anderen Tischende, in ein Gespräch mit Ignazios Frau vertieft, Anwältin für Zivilrecht und vorbildliche Mutter von vier Kindern, darunter ein zweieiiges Zwillingspärchen.

»Ein Wort?« Aber er wollte nur Zeit gewinnen.

»Es ist nicht schwierig. Das errätst sogar du.« Ignazio lehnte sich zurück und nippte vom eiskalten Donnafugata.

»Ich gebe auf.«

»Warte. Denk nach. Sonst macht es keinen Spaß.«

Lo Nardo dachte an all die potentiellen Angeklagten, die dank Ignazios akademischer Versäumnisse nie in den vollen Genuß seiner angeborenen inquisitorischen Fähigkeiten kommen würden, denen nie das Glück zuteil werden würde, ihn angesichts ihrer schuldbeladenen Unsicherheiten strahlend lächeln zu sehen. Dieses Schicksal war Leonardo nicht vergönnt.

»Ich weiß es nicht, 'Gnazio«, ergab sich Lo Nardo. Immer wenn er ihn verabscheute, sprach er ihn mit dem Kürzel seines Namens an. »Und außerdem hab ich Kopfschmerzen.«

»Du strengst dich nicht an. Du nutzt deine kognitiven und deduktiven Fähigkeiten nicht. Komm, lies das hier«, und er öffnete das Buch an der Stelle, die er mit einer Papierserviette markiert hatte. »Siehst du? Als Pancamo auf die

Lichtung vordringt, wo der Entführte und die Entführer sich aufhalten, hören seine Freunde einen Schuß. Richtig?«

Lo Nardo folgte ihm mit stumpfem Blick. Niemals war es ihm gelungen, einen Krimi vor der Auflösung zu verstehen. Manchmal mußte er ihn sogar zweimal lesen.

»Welches Wort erklingt nach dem Schuß? Verräter! Hast du jetzt verstanden?«

Er nickte, allerdings ohne besonders überzeugend zu wirken.

»Bist du von Natur aus dämlich oder verstellst du dich?« knurrte Ignazio ungeduldig, mit dem Buch herumfuchtelnd; er knallte es auf den Tisch, das Weinglas fiel um. »Verräter! Wenn Pancamo getroffen wurde, dann heißt das, daß einer der Entführer geschossen hat. Und der Chronist, der zwar hochgradig parteiisch ist, nämlich auf Seiten Pancamos, ist dann doch nicht unverfroren genug, zu verschweigen, wie überrascht die Freunde Don Girolamos sind, als sie diesen Ausruf hören. Tatsächlich stimmt da etwas nicht. Wenn man auf dich schießt, was sagst du dann als erstes?«

»Warum sollte man auf mich schießen?«

»Ist doch nur ein Beispiel. Vergiß es. Wenn auf jemanden geschossen wird, dann ruft er aus: Scheißkerl! Oder: Tu's nicht! Pancamo aber schreit: Verräter! Und warum? Es gibt nur eine Erklärung: weil die Abmachung anders aussah. Sobald Pancamo eintraf, sollten die Banditen, die er gedungen hatte, flüchten und die Geisel allein lassen, ohne sich zu wehren, jedenfalls sollten sie bestimmt nicht auf jemanden schießen. Statt dessen, vielleicht war's die Angst, die Anspannung oder wer weiß was, richtet einer der Banditen die Waffe ausgerechnet auf den, der den ganzen Plan ausgeheckt hat. Und darum: Verräter! Hast du verstanden?«

»Ja, aber da ist doch noch diese Geschichte vom dreitägigen Todeskampf Pancamos, der die Lage für Baron Pintacorona noch peinlicher macht.«

»Aber das ist kein Zufall, das kommt hinzu, eine Art Mehrwert. Es liegt doch auf der Hand, daß Pancamo nur oberflächlich verletzt wurde, warum haben wohl nur die engsten Vertrauten Zutritt zu seinem Zimmer? Aber er schauspielert großartig. Und so bescheißt er den Baron noch mehr, der am Ende weint, aber er weint, weil er kapiert, daß Pancamo ihn verarscht hat. Eindeutig verarscht.«

»Meinst du?«

»Jenseits allen vernünftigen Zweifels«, sagte Ignazio, als gäbe er eine Urteilsbegründung zu Protokoll.

»Dieser Pancamo war wirklich ein Riesenarschloch.«

»Jenseits allen vernünftigen Zweifels.«

Dezember 1985

 Es regnet aus den Wolkenfetzen, es regnet auf die salzverkrusteten, verdorrten Tamarisken – was sind eigentlich Tamarisken? Pflanzen höchstwahrscheinlich. Marcello Pancamo weiß nicht, was Tamarisken sind. Bäume vielleicht.
Die Antennen auf dem Monte Pellegrino verstecken sich hinter den tiefhängenden Wolken am finsteren, schwarzen Himmel von Palermo. Er macht das Licht an. Die Lampe in der Ecke erhellt das Schlafzimmer: Maddalenas Bett, helles, unbehandeltes Holz mit dem dänischen Federbett, hellblau, wie die Laken in einem noch zarteren Farbton.
Er streckt sich auf dem Bett aus. Es riecht nicht nach Maddalena. Ihm wird bewußt, daß er ihren Geruch nicht erkennen könnte. Aber das sind Sachen zwischen Liebenden, nicht zwischen Geschwistern.
Mit einem Ruck richtet er sich auf, er hat die Füße auf das Federbett gelegt. Maddalena mag das nicht. Sie mochte das nicht. Maddalena wird es nie erfahren. Aber er zieht die Schuhe aus und legt sich wieder hin. So möchte er bleiben.
Draußen regnet es.
Die Kartons sind mittlerweile alle voll mit Maddalenas Sachen. Jedes einzelne ihrer bunten dänischen Gläser hat er mit Papier umwickelt. Ihre Bücher über Architektur, das Studienbuch mit den Seminarscheinen. Die Briefe, er hat sie nicht lesen wollen, sind in einer Schachtel verschlossen. Ein Foto von beiden, Bruder und Schwester, vor

vier Jahren, am Weihnachtsabend aufgenommen. Der vergrößerte Abzug eines Fotos von Mama: Maddalena hatte ihn auf dem Schreibtisch stehen, zwischen anderen Sachen, nah bei sich, aber nicht zur Schau gestellt. Maddalena hat Scheu vor Fotos. Sie hatte Scheu.

Die Platten. Die Kassetten. Der Fernseher. Die Täßchen, alle verschieden. Die Teller. Der Eisschrank ist leer, die Hausmeisterin hat ihn saubergemacht und den Stecker herausgezogen, nachdem Maddalena ... Jedes einzelne Stück, jeder Gegenstand, jedes Ding, jedes Blatt Papier, genau dort abgelegt, dort gelandet, dort aufgestellt von Maddalena, nicht von anderen. Zufällig, weil die Tage sich fortwährend übereinanderschichten, weil man zahllose, außer für einen selbst bedeutungslose Dinge mit sich herumschleppt und hinterläßt. Das Ticket für eine Van-Gogh-Ausstellung in Paris. Die Eintrittskarte für ein Konzert von Lucio Dalla in Piacenza. Der Ausweis für einen Jazzclub. Die Broschüre eines Hotels in Sciacca. Die abgelaufene Wochenkarte für die Londoner U-Bahn. Ein Bildband über skandinavisches Design. Ein englisches Buch über Finn Juhl mit einem Eselsohr auf Seite 76. Die Kopie des Entwurfs für den Pelican Chair, von Maddalena mit Bleistift abgezeichnet.

Maddalenas Stuhl. Früher oder später wird sie ihn finden. Sie hätte ihn gefunden. Früher oder später. Bestimmt: Maddalena ist hartnäckig. Hartnäckig. Sie war hartnäckig. Die Verben im Präteritum. Erst später wird sich die Sprache anpassen. Es fällt schwer, mit der Konjugation die Tatsachen zu akzeptieren.

So war es. Marcello liegt auf dem Bett und starrt an die Decke.

Vor wenigen Minuten ist die Vermieterin vorbeigekommen, sie wohnt ein Stockwerk tiefer. Sie hat sich nervös

die Hände gerieben, viermal hat sie wiederholt »Es tut mir so leid«, dreimal hat sie gesagt »was für eine Tragödie«, sie hat behauptet, sie habe zwei Tage lang geweint, sie hat sich entschuldigt, daß sie nicht zur Beerdigung kommen konnte, aber sie kann nicht Auto fahren und ihrem Mann geht es nicht gut, sie hätten erst im letzten Moment erfahren, daß das Grab in Giallonardo ist, über eine Stunde Fahrt und dann auf dieser schlechten Straße, und auf jeden Fall stehe sie »zur Verfügung«, so hat sie sich ausgedrückt, »in jeder Weise«, er solle sich ruhig Zeit lassen, natürlich gebe es überhaupt kein Problem, und im übrigen war die Arme, so hat sie gesagt: die »arme« Maddalena, ja aus guter Familie, aber er solle sich um nichts sorgen, obwohl, zwar sei dies vielleicht nicht gerade der passende Moment, aber da gebe es noch ein paar kleine offenstehende Rechnungen, darum sei es eigentlich nicht schlimm und er würde es ihr doch nicht übelnehmen – oder? –, wenn sie die zwei Monatsmieten der Kaution einbehalte.
Nein, er würde es nicht übelnehmen.
Das Telefon klingelt. Unmöglich, es ist doch schon abgestellt. Die Klingel. Wie aus weiter Ferne, gedämpft.
Er sieht sich plötzlich auf Maddalenas Bett liegend, ohne Schuhe. Er hat geschlafen. Vielleicht nicht wirklich geschlafen, aber fast. Es klopft. Noch einmal die Vermieterin. Ach nein, bestimmt nicht, die klopft nicht, sondern steht direkt in der Tür. Vielleicht sind es die Leute von der Umzugsfirma. Das war für morgen vorgesehen, nicht für heute. Vielleicht sind sie das. Ohne Schuhe geht er an die Tür.
»Wer ist da?«
»Inspektor Leone«, man hört es kaum durch das elektrische Kratzen der Gegensprechanlage.
Natürlich, Inspektor Leone. Die Verabredung war um zehn, vor zwei Stunden. Er dachte, der Inspektor würde

nicht mehr kommen. Er hat ihn vergessen, total vergessen. Er zieht sich die Schuhe wieder an, hat aber keine Zeit mehr, sie zuzubinden. Inspektor Leone steht schon in der offenen Tür.
»Darf man eintreten?« fragt der Inspektor.
»Bitte, bitte sehr«, antwortet Marcello Pancamo, während er die Schnürsenkel des linken Schuhs zubindet.
Der Regen hat die Lederjacke des Inspektors durchnäßt.
»Regnet es noch?« fragt Marcello, als sie im Wohnzimmer des kleinen Appartements sind.
»Nein, es hat aufgehört. Darf ich?« fragt der Inspektor und zieht sich die Jacke aus. Er sucht nach einem Platz, wo er sie lassen kann, legt sie auf einen Pappkarton, der mit Paketband versiegelt ist. »Sie haben schon alles vorbereitet, sehe ich.«
»Ja, es gab nicht viele Sachen. Meine Schwester wohnte erst seit kurzem hier.«
»Das bildet man sich immer wieder ein, aber jedesmal, wenn man umzieht, tauchen mehr Dinge auf, als man dachte.«
»Genau.«
Sie schweigen. Inspektor Leone öffnet eine Mappe, zieht ein paar Dokumente heraus.
»Sie wissen es schon, nicht wahr? Die Ermittlungen sind eingestellt worden.«
»Ich weiß, Doktor Fanara hat es mir gesagt, am Telefon.«
»Er ist gegangen.«
»Wer?«
»Doktor Fanara hat sein Richteramt aufgegeben.«
»Das wußte ich nicht«, sagt Marcello, aber die Sache interessiert ihn nicht besonders.
»Keiner wußte es. Es war ein plötzlicher Entschluß.«
»Nun, Sie wollten mich sprechen, warum?«

»Tja, sehen Sie, eigentlich ist die Untersuchung ja schon archiviert worden.«
»Allerdings.«
»Sie oder Ihre Familie – haben Sie nichts mehr zu sagen?«
»Was soll ich Ihnen sagen? Das ändert nichts. Maddalena ist tot.«
»Hm ja, sie ist tot. Sie haben recht, es ändert nichts.«

»Muß ich irgend etwas unterschreiben?«
»Nein, darum geht es nicht. Etwas beschäftigt mich noch. Wir hatten sofort darum gebeten, aber Sie wissen, wie das ist, sie ist erst jetzt angekommen«, erklärt der Inspektor und zeigt ihm ein paar mit einer Büroklammer zusammengehaltene Blätter Papier. »Das ist die Liste der Passagiere, die sich an jenem Abend auf dem Schiff befanden …«
»An jenem Abend …«
»Ja, am Abend des Ablebens Ihrer Schwester. Nun, um ganz sicherzugehen, wirklich nur aus Gewissenhaftigkeit, denn die Ermittlung ist ja abgeschlossen, aber ich mache gerne gute Arbeit.«
»Jede Arbeit muß gut gemacht werden.«
»Eben, wenn Sie vielleicht einen Blick auf diese Liste werfen wollen. Damit alles seine Richtigkeit hat, nur deswegen.«
Marcello Pancamo blättert rasch durch die Liste.
»Was sollte ich hier finden?«
»Ich weiß nicht, einen Namen vielleicht, der Ihnen etwas sagt, ein Bekannter. Einfach nur so, der Vollständigkeit halber.«
Marcello Pancamo antwortet nicht.
Er liest die in alphabetischer Reihenfolge angeordneten Namen: Abbate, Alajmo, Barbera F., Barbera G., Barbera S., Bennici + 2, Calaciura G., Calaciura A., Cammilleri A. + Kfz, Cozzolino + Kfz, Curto D., Curto S. + Kfz …
»Leider ist sie nicht sehr genau, aber die Fährgesellschaft

schreibt die Vornamen nicht aus …«, unterbricht Inspektor Leone. »Darf ich rauchen?«
»Bitte, rauchen Sie ruhig. Die Asche können Sie auf den Boden fallen lassen, keine Sorge, morgen kommen Leute zum Putzen vorbei.«
Dainotto, Diana V., Diana T., Herbert W. S., Herbert H., Garofalo + Kfz, Ferlisi + Lkw …
»Warum ist dieser Name unterstrichen?«
»Welcher?« fragt der Inspektor, kommt näher.
»Ferlisi. Er ist unterstrichen.«
»Ach ja, das ist der Lastwagenfahrer, der den Notruf ausgelöst hat. Ich habe ihn unterstrichen. Ferlisi Gerlando, Jahrgang 1942, wenn ich mich recht erinnere.«
»Er war das?«
»Ja, er hat den Rucksack auf Deck gefunden. Ein anständiger Mann. Er war sehr erschrocken. Ich selbst habe ihn vernommen. Wirklich ein anständiger Mann.«
Marcello Pancamo überfliegt die nächsten Namen. Doch zum Ende hin überspringt er ganze Zeilen, es ist keiner darunter, der eine Erinnerung weckt. Er gibt dem Inspektor die Blätter zurück, der nimmt sie mit der Linken, da er in der Rechten den Zigarettenstummel hält.
»Lassen Sie die Kippe ruhig fallen, kein Problem.«
»Danke. Also nichts?«
»Nein, das sind unbekannte Namen.«
»Ich hab's mir gedacht. Nur um ganz sicherzugehen …«
»Natürlich. Die Arbeit muß gut gemacht werden.«
»Genau. Man versucht es jedenfalls. Bleiben Sie noch länger in Palermo?«
»Nein, ich reise heute ab. Das Flugzeug nach Rom geht um drei Uhr.«
»Es herrscht ziemlicher Verkehr. Brechen Sie rechtzeitig auf.«

»Danke.«

»Ich gehe dann jetzt. Auf Wiedersehen. Frohe Weihnachten.«

»Frohe Weihnachten.«

Der Inspektor ist schon an der Tür. Aber er bleibt stehen. Wieder sucht er in seiner Mappe. Ein Foto.

»Doktor Pancamo, das ist ein Foto von Ihrer Schwester. Wir haben es im Rucksack gefunden und eine Kopie gemacht. Behalten Sie das hier. Es ist ein schönes Foto.«

Maddalena lächelt. Die Sonne hat die Sommersprossen kräftig vermehrt. Sie lächelt mit leicht zusammengekniffenen, von der Sonne angegriffenen Augen. Verschwommen im Hintergrund eine Wand weißer Klippen, vielleicht Scala dei Turchi. Maddalena lächelt in die Kamera. Ein Lächeln und Schluß. Ein Sommerlächeln. Ohne Melancholie, ohne Vorahnungen, ohne weitere Bedeutungen außer den immer nur flüchtigen, die jedes beliebige Lächeln hat.

»Ein schönes Foto«, sagt der Inspektor.

»Ja. Danke, Herr Inspektor.«

»Sie war schön.«

»Ja. Wirklich schön. Sie ist meine Schwester.«

6. Kapitel

Als sie den U-Bahn-Tunnel verließen, kamen sie auf der Piazza di Spagna heraus.

»Der Himmel wird klar sein. Die Straßen werden auf den Hügel aus Pinien und Steinen zulaufen. Das Getümmel auf den Straßen wird diese unbewegte Luft nicht verändern können …«, zitierte Lo Nardo stumm. Er hatte einiges gelesen, bevor sie nach Rom aufgebrochen waren. Pellegrino hatte seine Bemühungen allerdings denkbar schlecht aufgenommen: Pavese, das war in den Augen des Bibliothekars Zeugs für Gymnasiastentagebücher, eine sentimentale Droge für Halbwüchsige, die nach simplen Gefühlen verlangten.

»Die Treppen, die Terrassen und die Schwalben werden in der Sonne singen.«

Und doch fand Lo Nardo in den melancholischen Versen des Mannes aus den Langhe die ganze Piazza di Spagna wieder.

»Nun?« rief ihn Betta.

Sie war gereizt, stocksteif stand sie im Licht der Piazza. Nicht einmal die majestätische Kulisse der Kirche Trinità dei Monti konnte ihre Bewunderung erregen. Sie steuerte direkt auf die Via Condotti zu, einen Schritt von ihm entfernt. So hatte sie auch in der U-Bahn gestanden; abseits und immer einen Schritt voraus, seit sie aus der Klinik gekommen waren.

»Nun?« drängte sie nervös.

»Da bin ich.«

Betta ging voraus, mied die Schaufenster, die weiche Gangart des römischen Nachmittags, die Tischchen der Bars im Freien. Leonardo wäre gerne ins Café Greco hineingegangen, aber ein böser Blick von der Seite hielt ihn zurück.

Er folgte ihr. Betta verließ die Via Condotti, nahm die Via Mario dei Fiori, bog wieder ab in die Via Borgognona und schwenkte dann in die Via Belsiana ein. Sie marschierte voran, ohne anzuhalten oder sich umzublicken. Lo Nardo wußte, daß sie mit jedem Schritt mehr Wut in sich auflud, daß sie die Abrechnung vorbereitete.

Diese erfolgte in der Via della Croce. Nachdem er zum x-ten Mal um eine Straßenecke gebogen war, fand er sie wartend.

»Darf man erfahren, was in dich gefahren ist?«

»Warum?« fragte Leonardo scheinbar erstaunt, doch ihm war bereits bewußt, daß er soeben falsch reagiert hatte.

»Warum?! Warum?! Bist du jetzt völlig verblödet, oder tust du das absichtlich?«

Ein großes dunkelhaariges Mädchen mit einem Hund an der Leine drehte sich um und sah die beiden an.

»Betta, schrei nicht so.«

»Ich soll nicht schreien? Schämst du dich? Aber wenn du dich wie ein Idiot benimmst, schämst du dich nie.«

»Komm, Betta, setzen wir uns. Laß uns in Ruhe reden«, und er zeigte auf die Tische der Bar gegenüber.

»Ich will mich nicht setzen. Ich will nicht in Ruhe reden.«

»Na gut. Wie du willst.«

»Ich hasse dich.«

(»Dein Gesicht gemeißelt aus Stein, dein Blut von harter Erde«)

Der Satz blitzte bei Bettas Worten in Leonardos Innerem auf. Wieder Pavese. Pellegrino hätte solche Entgleisungen

niemals verziehen. Aber Pellegrino, der Glückliche, war in Palermo geblieben, in der staubigen Stille der Bibliothek mit ihren todgeweihten Benutzern. Lo Nardo dagegen mußte büßen, beim Opfergang in Rom, auf der Via della Croce. Allein mußte er Bettas Wutausbruch standhalten.
Sie war weitergegangen, in Richtung Piazza di Spagna.
Lo Nardo lief ihr gebannt hinterher. Das war nur die erste Phase. Mindestens zwei weitere, heftigere Ausbrüche würden folgen.
»Kannst du mir dein Verhalten erklären?« fragte Betta konziliant, was eine größere Bedrohung bedeutete.
»Nichts. Neugierde.«
»Ist dir denn klar, was du für eine Figur abgegeben hast?«
»Vielleicht erinnerst du dich, ich war auch dabei«, antwortete er ebenfalls in heiterem Tonfall.
»Ja, das ist mir in der Tat nicht entgangen. Was ist in dich gefahren?«
»Ich habe ein paar Fragen gestellt …«
»Ein paar Fragen? Ein Verhör willst du wohl sagen. Dieser bedauernswerte Arzt war in tödlicher Verlegenheit, und du hast immer weitergemacht.«
»Schlichte Neugier.«
»Eins sage ich dir, Lo Nardo.«
Nun drohte Gefahr. Wenn sie ihn mit seinem Nachnamen ansprach, war der Streit kurz vor dem Ausbruch. »Nur das eine. Wir sind wegen dieses verdammten Problems nach Rom gefahren. Du weißt, daß ich Himmel und Hölle in Bewegung gesetzt habe, daß ich Gott und die Welt, Verwandte, Freunde und Bekannte eingeschaltet habe, um einen Termin bei diesem Arzt zu bekommen, und was machst du?«
»Was mache ich?« fuhr er unerschrocken fort, auf die Niederlage zusteuernd.

»Was machst du? Du versteifst dich auf ein einziges Thema, nur weil du entdeckt hast, daß die Praxis des Arztes einem gewissen Doktor Marcello Pancamo gehört.«

»Ich weiß. Mich hat diese zufällige Übereinstimmung mit dem Namen des toten Mädchens betroffen gemacht. Du hast mir erzählt, daß du sie kanntest.«

»Dieses Mädchen interessiert mich überhaupt nicht. Es tut mir leid, daß sie gestorben ist, aber das ist fünfzehn Jahre her, außerdem hab ich sie nur zweimal gesehen, und im übrigen sind wir nicht darum nach Rom gekommen. Begreifst du das, ja oder nein?«

»Ja, aber dieser Zufall …«

»Schluß jetzt! Hör endlich auf mit diesen Geschichten vom Zufall, von schicksalhaften Zusammentreffen und zyklischer Wiederkehr. Ich kann das nicht mehr hören. Versuch gefälligst in der Gegenwart zu leben, Lo Nardo. Willst du ein Kind, oder willst du keins?«

»Aber das weißt du doch …«

»Ich weiß es eben nicht. Ich weiß das, was ich sehe. Und was habe ich gesehen? Einen Idioten, der nicht aufhört, Fragen zu stellen, die nicht das geringste mit unserem Problem zu tun haben. Ist dir wenigstens klar geworden, daß der Arzt, den du so gequält hast …«

»Na, na, gequält …«

»Ja, gequält, Lo Nardo, gequält. Dieser arme Arzt ist nicht Marcello Pancamo, und er ist unsere letzte Hoffnung, ein Kind zu bekommen. Er kennt Pancamo nicht einmal. Ist dir das klar?«

»Natürlich. Ich war nur überrascht, ihn in dessen Praxis zu sehen, in der Praxis von Marcello Pancamo eben.«

»Er hat es dir dreimal erklärt: er lebt in Wien und in Genf, kommt zweimal im Monat nach Rom und hält seine Sprechstunde. Und die Klinik hat ihm die Praxis eines Kollegen zugewiesen, der inzwischen in die Staaten umgezogen ist. Er hat es dir wieder und wieder gesagt: ein einziges Mal hat er mit Pancamo telefoniert. Wo liegt das Problem? Ist das denn so merkwürdig?«

»Nein, es ist nicht merkwürdig, aber ungewöhnlich.«

»Schon wieder. Die Übereinstimmungen. Der Zufall. Die Vergangenheit. Die Gegenwart. Ich halt es nicht mehr aus. Ich hab genug von diesen Geschichten. Ich denke an die Gegenwart, an die Zukunft. An unsere Zukunft. Interessiert dich das gar nicht, ist dir das alles völlig egal?«

»Natürlich interessiert es mich. Aber ich habe nichts Böses getan.«

»Nichts Böses getan?« Und wieder machte sie ihn nach: »Wie haben Sie ihn denn kennengelernt? Und wie lange kennen Sie ihn schon? Und kannten Sie seine Schwester? Und kannten Sie seinen Vater? Und seinen Großvater? Und seinen Urgroßvater? Und diesen und jenen?«

(»Immer kommst du vom Meer und hast dessen rauhe Stimme.«)

»Betta! Jetzt reicht's!« schrie Lo Nardo.

Eine auf einem Pappkarton liegende Zigeunerin schreckte auf, nahm aber gleich wieder ihre flehende Haltung ein.

Unglaublich. Es schien gewirkt zu haben. Betta starrte ihn mit strenger Miene an. Dann fing sie an zu lachen.

»Wenn du wütend wirst, scheinst du ein anderer Mensch zu sein.«

Lo Nardo wahrte seine würdevolle Haltung, aber auch er hätte gerne gelacht. Betta rückte näher, hakte sich bei ihm unter.

»Schließen wir Frieden?«

»Ich weiß nicht«, er blieb eisern, doch er mußte dabei lächeln.

Sie fanden sich in der Via del Babuino wieder, am Ende

ragte der Obelisk von der Piazza del Popolo auf. Sie spazierten ziellos umher, auf den Abend zu.
»Kannst du dir das vorstellen? Wenn es ein Mädchen würde …«, sagte Betta.
»Sag's nicht, sprich es lieber nicht aus.«
»Ist gut, ich sag es nicht. Dieser Doktor Machì scheint mir sehr tüchtig. Wenn du ihn bloß hättest ausreden lassen …«

»Fang nicht wieder an. Ich habe Hunger.«
Sie suchten eine Trattoria. Schließlich fanden sie eine, die beiden gefiel, mit betagten Kellnern, die sich wegen des Wassers in den Beinen nur langsam und ein wenig leidend bewegten.
»Und dann bist du auch noch von diesem Stuhl besessen«, überlegte Betta, als das Abendessen beendet war und ihnen der Zitronenschnaps drohte.
»Er heißt Pelican – hab ich es dir gesagt? –, weil er die Form eines Pelikans hat.«
»Mir gefällt er nicht besonders.«
»Mir aber.«
Der Kellner räumte die Reste der Nachspeise weg: »Bitter, Grappa? Einen Zitronenschnaps?«
Wie aus einem Mund antworteten beide: »Nein, keinen Zitronenschnaps.«

Februar 1960

CORRIERE DELLA SERA

SPEKTAKULÄRER BESTECHUNGSVERSUCH AUF DER SITZUNG DER SIZILIANISCHEN REGIONALVERSAMMLUNG AUFGEDECKT

DREI ABGEORDNETEN WURDEN HUNDERT MILLIONEN LIRE VERSPROCHEN, WENN SIE DIE CHRISTDEMOKRATISCHE PARTEI VERLASSEN UND ZU MILAZZO ÜBERLAUFEN

Von unserem Sonderkorrespondenten
Palermo, 15. Februar, nachts

Ein unerhörter Bestechungsversuch, der schwerwiegende politische Auswirkungen haben wird, ist heute morgen in der Sala d'Ercole von einem christdemokratischen Abgeordneten enthüllt worden. Der christlich-soziale Parlamentarier Ludovico Corrao, Referent bei der Industrie und Vizepräsident der christlich-sozialen Union Siziliens, sowie Vincenzo Marraro, Mitglied der kommunistischen Fraktion, sollen versucht haben, den christdemokratischen Abgeordneten Carmelo Santalco aus Messina mit der Zahlung von hundert Millionen Lire und der Vergabe politischer Ämter zu bestechen, um ihn und zwei weitere Parteikollegen noch vor der Abstimmung des Mißtrauensantrags zum Übertritt in die Milazzo-Fraktion zu bewegen.

L'UNITÁ

SKANDALÖSE ATTACKEN DER CHRISTDEMOKRATEN IN PALERMO, UM DAS BÜNDNIS MIT DEN RECHTEN ZU VERSCHLEIERN

Von unserem Korrespondenten

Palermo, 15. Februar

Der christdemokratische Abgeordnete Carmelo Santalco hat den christlich-sozialen Referenten Ludovico Corrao öffentlich beschuldigt, ihm als Gegenleistung für seinen Austritt aus der christdemokratischen Partei hundert Millionen Lire und einen Sitz in dem von Milazzo geführten Kabinett angeboten zu haben. Corrao hat die Anschuldigung zurückgewiesen und die Einsetzung einer Untersuchungskommission verlangt. Gleichzeitig trat er von seinem Amt als Referent zurück. Eine Untersuchung der Vorgänge forderte auch der Kommunist Enzo Marraro, der von Santalco explizit der Mittäterschaft beschuldigt wurde.

CORRIERE DELLA SERA

ibid.

Ein vorbereitendes Dokument wurde heute morgen um 1.10 Uhr im Zimmer Nr. 128 im ersten Stock des Hotels Delle Palme von den Verhandlungspartnern, also Corrao, Marraro und Santalco, unterzeichnet. Zwei Korrespondenten einer römischen kommunistischen Zeitung waren über das Komplott unterrichtet und haben offenbar an der geheimnisvollen Zusammenkunft teilgenommen, um einen Sensationsbericht daraus zu machen. Doch auch die

Gegenseite wußte von dem Schlag, den man gegen die neue parlamentarische Mehrheit vorbereitete, denn der Abgeordnete Santalco, seit zwölf Jahren engagierter christdemokratischer Politiker, hatte sich bereit erklärt, die Rolle des vermeintlichen Verschwörers zu spielen, um endlich die schmutzigen politischen Machenschaften zu entlarven, die Silvio Milazzo in enger Zusammenarbeit mit der kommunistischen Partei Italiens in Sizilien eingeführt hat.

L'UNITÁ

ibid.

Die Veröffentlichung der im Hotel Delle Palme getroffenen, schriftlichen Vereinbarungen hat ungeheuren Eindruck gemacht. Die Christdemokraten haben sich beeilt, mitzuteilen, daß es sich bei Signorino Scarlata, der in dem Referentenerlaß als zukünftiger Ratgeber für die Provinz Messina bezeichnet wird, um einen Analphabeten handelt, einen Halbpächter aus Calascibetta, der dem örtlichen Regionalsekretär der Christdemokraten direkt unterstellt ist. Woraus sich ersehen läßt, daß die gezielte Provokation, die in der Geschichte der Kampagnen gegen die demokratische Bewegung eigentlich nichts Neues ist, diesmal nicht, wie bei anderen Gelegenheiten, der Polizei anvertraut wurde, sondern sogar dem höchsten Vertreter der Christdemokraten in Sizilien. Doch wie weit ist man bei dem Manöver schon gegangen?

CORRIERE DELLA SERA

WÄHREND DER »FALL CARRAO« UNTERSUCHT WIRD, STREITEN DIE CHRISTDEMOKRATEN IN SIZILIEN UM DIE BILDUNG DER NEUEN REGIERUNG

Von unserem Sonderkorrespondenten

Palermo, 17. Februar, nachts

Scheinbar hat ein technisches Gerät nicht funktioniert. Im Zimmer 128 sollte, so heißt es, ein Tonbandgerät unter dem Bett stehen. Es wurde jedoch nicht benutzt, weil das Treffen angeblich nicht in Santalcos, sondern in einem anderen Zimmer stattfand. Was die Wahrheit ist, läßt sich kaum mehr feststellen. Überall läßt man der Phantasie die Zügel schießen, die Zahl derer, die »alles vorher wußten«, hat sich inzwischen verzehnfacht; die Verschwörung im Hotel Delle Palme hat ihre »Sansepolcristi«. Manche Details des Hintergrunds muten allerdings seltsam an. Nach dem Coup war Santalco, ein dunkelhaariger, kräftiger Mann, zu Tode erschöpft. Er wollte nicht in dem Zimmer bleiben, wo geschachert worden war, er hatte sich in das eines Freundes im zweiten Stock geflüchtet und wollte nur noch schlafen. Es war bereits zwei Uhr in der Nacht zum Montag. In wenigen Stunden sollte in der Sala d'Ercole die Debatte über das Mißtrauensvotum eröffnet werden.

CORRIERE DELLA SERA

ibid.

Ich war immer überzeugt, die Sizilianer hätten keinen Humor. Jetzt habe ich mich eines Besseren belehren lassen. Sie haben ein politisches Drama in eine französische Salonkomödie verwandelt. Angesichts der weitreichenden und gravierenden Auswirkungen auf nationaler Ebene tauchen jetzt allerdings überall Zweifel und Bedauern auf, während die angegriffene Seite sich von dem Schlag zu erholen beginnt und reagiert. Corrao und Marraro sagen, sie würden ihre Unterschriften nicht wiedererkennen. Es läßt sich kaum nachvollziehen, wie sie behaupten können, die Dokumente seien nicht echt.

L'UNITÁ

ibid.

Vorgreifend darf berichtet werden, daß der Minister Corrao behauptet, Santalco in jenem schicksalsträchtigen Zimmer Nr. 128 des Hotels Delle Palme niemals irgendwelche Dokumente ausgehändigt zu haben. Die von dem christdemokratischen Abgeordneten vorgelegten und derzeit im Besitz der Untersuchungskommission befindlichen Papiere, auf die eine ungeheure Verleumdungskampagne aufgebaut wurde, könnten demnach gefälschte Unterschriften tragen.

CORRIERE DELLA SERA

ibid.

Und wie reagiert die öffentliche Meinung? In den Gesprächen auf der Straße hört man strengere Urteile über Santalco als über Corrao. In Sizilien, wo man Ehrlichkeit mit Naivität verwechselt, wird einer, der sich nicht schlau anstellt, höchstens bemitleidet.

7. Kapitel

»Haben Sie es gelesen?«

»Ja, ich konnte den ›Corriere della Sera‹ und die ›Unità‹ durchblättern«, antwortete Lo Nardo.

»Und haben Sie etwas verstanden?«

»Sicher, das ist doch nicht so kompliziert«, reagierte er unwirsch.

»So scheint es Ihnen«, sagte der Journalist, ohne ihm ins Gesicht zu blicken.

»Eine Verschwörung. Eine alte Verschwörung.«

»In Sizilien gibt es nichts, was zu alt wäre.«

»Seitdem sind über vierzig Jahre vergangen.«

»So einfach ist das nicht. Die Geschichten von früher erklären die Gegenwart, und unerwartet tief sind die Wurzeln mancher Verbrechen. Nun, auf jeden Fall war das eine raffinierte Verschwörung. Finden Sie nicht auch?«

»Allerdings.«

»Raffiniert. Äußerst raffiniert«, er senkte erschrocken die Stimme. »Kennen Sie diesen Mann?«

»Welchen?« fragte Lo Nardo. Er sah nur die grüne Jacke eines Straßenkehrers, der unaufhörlich über die gleichen Pflastersteine fegte.

»Den Mann dort.«

»Das ist ein Straßenkehrer.«

»So scheint es Ihnen.« Der Journalist sprach mit fast verächtlichem Unterton. Seine Adlernase wurde spitzer und krummer und begann zu beben.

»Stehen Sie auf, und gehen Sie nach rechts.«
»Was haben Sie gesagt?« Lo Nardo hatte das Flüstern nicht verstanden.
»Stehen Sie auf, sofort. Gehen Sie in die Straße dort und biegen Sie um die Ecke. Gehen Sie, los, es ist zu Ihrem Besten.«
Lo Nardo gehorchte erstaunt, während der andere ihm vielsagende Handzeichen machte.

Er ließ den Journalisten an dem Tisch vor dem Milchgeschäft auf der Piazza della Torretta, wo sie sich getroffen hatten, zurück. An der Ecke zur Gasse, die auf die Piazza di Fontanella Borghese zulief, drehte er sich um: Der Journalist war verschwunden.
Der Straßenkehrer hatte sich inzwischen dem Tisch genähert, an dem sie kurz zuvor gesessen hatten.
»Was tut er?«
Die Stimme ließ Leonardo zusammenschrecken.
»Aber …«
Der Journalist mußte um den ganzen Häuserblock gelaufen sein, um hinter ihm wieder aufzutauchen:
»Still, sagen Sie nichts. Was tut er? Können Sie ihn sehen?«
»Er fegt immer noch den Boden, in der Nähe unseres Tisches.«
»Sehen Sie?« Und der Journalist zog ihn am Arm. »Kommen Sie. Das war nur ein ortsfester Spitzel. Ein Beobachter. Hier gibt es, glaube ich, keine Beschattungspatrouillen. Gehen wir dort hinüber, dort ist ein offener Platz, da können wir die Situation kontrollieren.«
Lo Nardo ließ sich mitziehen. Blitzartig durchfuhr ihn der Verdacht, sich womöglich in den Händen eines Psychopathen zu befinden.
Er hätte es sich denken können.
Als Pellegrino ihm geradezu verschwörerisch die Telefon-

nummer dieses alten sizilianischen Journalisten zugesteckt hatte, der seit Jahren in Rom lebte, war sein heimtückischer Blick eine Falle gewesen.
Peppino Criscione hatte vor vielen Jahren ein Büchlein mit Anekdoten und kuriosen Geschichten über Palermo und Sizilien geschrieben. Das von einem kleinen Mailänder Verlag herausgegebene *Handbuch über das Leben und die*

Intrigen in Palermo war in den Buchhandlungen Palermos auf seine Weise zum Bestseller geworden. Mittlerweile zirkulierten nur noch wenige Exemplare und viele Fotokopien, die nur gegen feierliche Ehrenworte und eidesstattliche Rückgabeversprechen verliehen wurden. Dieses Buch hatte Criscione gezeichnet. Für immer gezeichnet.
Seit zu langer Zeit schon fern von Sizilien, hatte er sich irgendwann endgültig in einem Netz aus chiffrierten Botschaften, bedrohlichen Anspielungen und bedeutungsvoll stummen Lächeln verfangen, die alle miteinander zum Auslöser eines latenten Verfolgungswahns geworden waren. Daß die Zeitung, für die er arbeitete, ihn damals in den vorzeitigen Ruhestand geschickt hatte, bestätigte seinen Verdacht auf ein typisch palermitanisches Komplott, bei dem er sich nunmehr in der Rolle des Opfers gefiel.
»Er ist ein intelligenter Mann, und sein Geist ist bei jenen Jahren stehengeblieben: Er wird Ihnen gewiß nützliche Hinweise über die Familie Pancamo geben können«, hatte Pellegrino gesagt, nachdem er Criscione den Besuch Lo Nardos angekündigt hatte. »Sie dürfen sich nur nicht zu sehr wundern.«
»Worüber?« hatte Lo Nardo gefragt.
»Das werden Sie schon merken«, schloß Pellegrino.
Jetzt wußte er es.
Er hätte es sich denken können.

In Crisciones Schlepptau ließ er sich auf die Piazza Fontanella Borghese führen, vor die Stände mit antiquarischen Büchern.
»Tun Sie so, als ob Sie eins durchblättern … nein, das nicht, sehen Sie denn nicht, daß es ein französisches Buch ist? Können Sie Französisch?« ereiferte sich Criscione, während er wilde Blicke nach allen Seiten warf.
»Nein, ich kann kein Französisch.« In seiner Resignation kam Lo Nardo nicht einmal darauf zu lügen.
»Eben. Das sind Leichtsinnigkeiten. Wegen solcher Leichtsinnigkeiten stirbt man.«
»Na, also gleich sterben …«
»Man stirbt. O ja, man stirbt. Sind Sie nicht aus Palermo?«
»Doch.«
»Merkwürdig. Nehmen Sie's mir nicht übel, aber Sie wirken so, na ja, so naiv …«
Criscione wechselte auf die gegenüberliegende Seite des Bücherstandes. Er schlug ein Buch über italienische Küche im 19. Jahrhundert auf und begann wieder zu sprechen, ohne den Blick von seinem Buch zu heben:
»Sehen Sie mich nicht an. Hören Sie mir zu. Aber sehen Sie mich nicht an. Nehmen Sie ein Buch, und tun Sie, als ob Sie lesen würden.«
Lo Nardo griff nach dem erstbesten Band in seiner Reichweite: ein Touring-Führer von 1937 für Italien und die Kolonien in Eritrea. Er schlug die Seiten über Sizilien auf, wie er es immer mit italienischen Reiseführern tat, wobei die Lektüre noch vergnüglicher war, wenn es sich um einen Reiseführer für Ausländer handelte, denn man liest in solchen Führern allerlei wunderliche, manchmal sogar lehrreiche Dinge über sich selber.
Eine Fußnote erregte seine Aufmerksamkeit, die die Fahr-

zeiten des Zuges von Palermo nach Giallonardo anführte: 3 Stunden und 17 Minuten. Im Jahre 1937. Heute, fast siebzig Jahre später, brauchte man für dieselbe Strecke zwei Stunden und fünfzehn Minuten. Pro Jahr hatten die Passagiere der Eisenbahn also fast eine Minute eingespart. Das nennt man Fortschritt.

»… aber das darf man nicht schreiben. Keiner hat das je schreiben dürfen«, schloß Criscione flüsternd.

»Was?« fragte Lo Nardo, der den verwickelten Redefaden des Journalisten verloren hatte.

»Sie hören mir nicht zu.«

»Doch, ich höre zu.«

»Nein, ich habe keine Zeit zu verlieren. Niemand hat Zeit zu verlieren. Ich riskiere einiges für Sie, verstehen Sie? Das tue ich nur für Pellegrino, weil er ein guter Freund ist. Aber ich kann mein Leben nicht aufs Spiel setzen. Verstehen Sie?«

»Soviel verlange ich gar nicht.«

»O doch, das verlangen Sie. Sie haben es bereits getan. In kürzester Zeit ist hier alles voller Spitzel. Wir werden umringt sein.«

»Entschuldigen Sie bitte.«

»Mit Ihren Entschuldigungen kann ich nichts anfangen. Bei wem wollen wir uns entschuldigen, wenn wir im Verlies landen? Was kümmern diese Leute unsere Entschuldigungen?«

»Verlies?«

»Die Spezialflügel. Die getarnten Kasernen. Die Sitze der umgelenkten Geheimdienste. Nennen Sie die, wie Sie wollen. Sagt Ihnen dieses Wort nichts: Parallelstaat?«

»Parallelstaat?«

»Der parallele Staat. Die doppelte Wahrheit. Mein Gott, wo leben Sie eigentlich? Lesen Sie denn keine Zeitungen?«

»Natürlich.«
»Die Strategie der Spannung. Die Behinderung der Polizeiarbeit durch Geheimdienste. Die Destabilisierung des Staates durch Attentate. Die dritte Ebene. Die Templerorden. Die vierte Ebene. Die CIA. Die Amerikaner. Die multinationalen Konzerne. Sagt Ihnen das alles nichts?«
»Hm, ja, schon …«
»Sehen Sie, ich stecke mittendrin. Ich habe verstanden. Und das wissen sie. Und jetzt stecken Sie auch mit drin, mein Freund, denn man hat uns zusammen gesehen, vielleicht sind wir sogar fotografiert worden. Ihren Steckbrief, Ihre Akte haben sie schon. Seit langem haben diese Leute Informationen über Sie. Sie gehen in die Archive, nehmen die Akte heraus, lesen sie, lesen sie wieder und wieder. Und jetzt weiß man alles über Sie.«
»Wirklich alles?«
»Alles.«
»Ich habe nichts zu verbergen.«
»Das glauben Sie in Ihrer Ahnungslosigkeit. Aber diese Leute verfälschen, sie verdrehen und biegen sich die Fakten zurecht. Blicken Sie nicht auf. Lesen Sie weiter. Tun Sie, als ob. Spielen Sie nur. Zwingen Sie mich nicht, alles zu wiederholen. Ich liefere Ihnen wenige Details, nur die wesentlichen Informationen: als müßte ich sie meinem sechsjährigen Enkel erklären. Ihnen fehlen die grundlegendsten Voraussetzungen.«
»Ja, tatsächlich.« Aber mittlerweile bereute Lo Nardo schon, daß er Bettas Einladung ausgeschlagen hatte, sich eine triste Ausstellung von Renaissance-Wandteppichen in den Marställen des Quirinale anzusehen.
»So, jetzt passen Sie auf«, fuhr Criscione unerbittlich fort. »Hören Sie zu, ohne die Augen zu heben. Von Zeit zu Zeit legen Sie ein Buch weg und nehmen ein anderes. Und

wenn Sie meine Stimme nicht mehr hören, lesen Sie weiter. Blicken Sie nicht auf.«

»Wie lange …«

»Keine Sorge, das werden Sie von selber begreifen. Zu dem Zeitpunkt werde ich schon weit fort sein: versuchen Sie nicht zu beobachten, in welche Richtung ich gehe. Versuchen Sie ja nicht, mir zu folgen. Es ist zu Ihrem Besten. Nur zu Ihrem Wohl.«

»Ich verstehe. Danke.«

»Ich brauche weder Dank noch Entschuldigungen. Ich tue das nur für die Wahrheit.«

»In Ordnung, Doktor Criscione.«

»Sprechen Sie meinen Namen nicht aus. Niemals. Unter keinen Umständen. Zu Ihrem eigenen Wohl. Was ich Ihnen erzählen werde, ist hochexplosiv. Niemand hat es je aufgeschrieben. Es ist die wahre Geschichte der Verschwörung vom Hotel Delle Palme. Die Rolle des Ministers Pancamo und des Ministers Pintacorona. Wichtige Namen. Brisante Namen. Niemand hat diese Namen je niedergeschrieben. Niemand hat diese Geschichte je aufgeschrieben. Niemand wird sie je aufschreiben können. Das Leben steht auf dem Spiel. Mein Leben. Ihr Leben. Unser aller Leben.«

Februar 1960

Als er die Glastür der Hotelhalle aufstößt, läßt der letzte, wütende Windstoß den tropfnassen Schirm umschlagen.
Er sieht sich im Spiegel gegenüber, wie er unbeholfen versucht, die Stäbe des Regenschirms an ihren vorgesehenen Platz zurückzubiegen, während sich eine riesige Wasserlache auf dem Marmorfußboden ausbreitet.
Zum Glück ist die Halle menschenleer. Seltsam, wundert sich Marcello Pancamo. Besser so, fügt er in Gedanken hinzu.
Der Nachtportier beugt sich über die Theke, mit einer schmerzverzerrten Grimasse zieht er sich beim Anblick des vom Regen überschwemmten Marmorfußbodens wieder zurück: Regen, der vom Schirm herabrinnt, von Pancamos Schuhen, aus seinen Hosenaufschlägen.
Doch er ist Nachtportier, an Kommentare nicht gewöhnt. Nur diese leidvolle Miene zeichnet sein Gesicht.
»Ja, bitte?«
Pancamo sucht nach einem geeigneten Abstellplatz für seinen triefenden Schirm.
»Geben Sie her, ich kümmere mich darum«, sagt – nein, befiehlt – der Nachtportier, während er hinter der Theke hervorkommt. Er nimmt ihn Pancamo aus der Hand wie eine geladene Waffe und steckt ihn vorsichtig in eine vergoldete Blechvase gleich neben der Theke. Der Nachtportier trocknet sich die Hände mit einem blütenweißen Taschentuch. Dann wendet er sich wieder Pancamo zu:
»Ja, bitte?«

Die Peinlichkeit seines Auftritts hat der Verlegenheit, die der Abgeordnete Pancamo schon empfand, bevor er die Glastür des Hotels Delle Palme aufstieß, noch eine weitere Dosis hinzugefügt.

»Signorina Hamilton ...«

»Ja«, erwidert der Portier. Nur eine Silbe, ohne jede Betonung.

»Signorina Hamilton ...«, wiederholt Pancamo.

»Ist sie Gast?«

»Ja, hier im Hotel.«

Der Portier schaut auf die Uhr.

Als bräuchte er eine nochmalige Bestätigung, betrachtet er die Pendeluhr in der Halle, die siebenundzwanzig Minuten nach Mitternacht anzeigt:

»Die Signorina erwartet Ihren Besuch?«

»Ja, ich glaube ja. Ganz sicher«, zögert Pancamo.

»Gut, warten Sie.«

Er fährt fort, sich die Hände mit dem Taschentuch zu trocknen, und kehrt hinter die Theke zurück.

Niemand in der Halle. Seltsam, denkt Pancamo wieder. Trotzdem möchte er auf jeden Fall so schnell wie möglich von hier verschwinden. Das Delle Palme in der Via Roma wimmelt von Abgeordneten aus der Provinz, und sonntagabends kehren viele nach Palermo zurück. Morgen ist in der Sala d'Ercole eine Sitzung anberaumt. Eine wichtige Sitzung: auf der Tagesordnung steht der Mißtrauensantrag gegen die Regierung Silvio Milazzo.

»Hamilton, Hamilton. Ist Ihnen der Vorname der Signorina bekannt?« fragt der Portier, im dickleibigen Gästebuch blätternd.

»Nein, ach ja, doch: Luise, Luisa.«

»Hamilton Luise. Hamilton Luise. Sie sind sicher, daß die Signorina Gast bei uns ist, richtig?«

»Ja, sie hat sich hier mit mir verabredet.«
»Nun, das will nicht viel heißen. Viele Leute verabreden sich hier.«
»Aber die Signorina hat mir gesagt, daß sie ein Zimmer gebucht hat.«
»Das bezweifle ich ja gar nicht. Immer mit der Ruhe, wenn sie hier ist, finden wir sie auch.«
»Ich bin ganz ruhig.«
»Möchten Sie sich nicht setzen?« Und der Portier zeigt auf die Sofas mitten in der Halle.
»Nein danke.«
»Hamilton. Hamilton. Ist sie seit mehreren Tagen hier?«
»Das weiß ich nicht.«
»Sie erinnern sich nicht zufällig an die Zimmernummer?«
»Ich kenne die Zimmernummer nicht. Aber bei dem Namen dürfte es doch nicht so schwierig sein.«
»Wir haben viele Zimmer. Und ausgerechnet in diesen Tagen, bei all dem, was gerade im Regionalparlament passiert … Sie wissen es, nicht wahr?«
»Ich weiß es.«
»Natürlich wissen Sie das. Entschuldigen Sie, das war ein Fauxpas von mir. Sie sind Abgeordneter, richtig?«
»Ja.«
»Ich habe Sie nämlich erkannt. Minister Pancamo, stimmt's?«
Der Portier ist zufrieden mit sich. Er nickt zufrieden, weil er Pancamo zu verstehen gegeben hat, daß er nicht unerkannt an ihm vorbeigekommen wäre, weder heute nacht noch jemals wieder. Fest verankert ist er von nun an in den Erinnerungen des Portiers, auf Grund eines nassen Schirms und wegen einer nächtlichen Verabredung mit der Signorina Hamilton Luise.
»Da haben wir's, Zimmer 126, sie hat heute nachmittag

das Zimmer gewechselt, bis gestern war sie in Nr. 212«, und mit dem klopfenden Finger nagelt er den Namen der Signorina auf dem Register der Hotelbesucher fest. Er zieht seinen Füllfederhalter aus der Westentasche und bringt eine Korrektur an:

»Meine Kollegen … sie haben den Namen ohne H geschrieben, darum war er nicht zu finden. Hamilton schreibt sich mit H, oder?«

»Ja, er schreibt sich mit H.«

»Ich weiß. Es ist der Name einer Stadt in Kanada. Meine Kusine lebt dort. Sind Sie schon mal in Kanada gewesen?«

»Nein.«

»Natürlich, man braucht ja auch ein Visum. Es ist schwierig, ein Visum zu bekommen. Das geben sie nicht allen.«

»Nein, das geben sie nicht allen. Aber für Kanada erteilen sie es auch den Kommunisten.«

»Das wollte ich damit nicht sagen, entschuldigen Sie. Soll ich Sie anmelden?«

»Ja, melden Sie mich an.«

»Minister Pancamo?«

»Ja, Sie wissen doch bereits, wie ich heiße.«

»Ich frage immer nach, der Ordnung halber.«

»Natürlich, der Ordnung halber.«

Der Portier wählt die Nummer des Zimmers; sich mit dem Ellenbogen auf die Theke stützend, lächelt er Pancamo hinter dem Hörer zu. Augenzwinkernd? Vielleicht nicht, er ist bloß ein Trottel.

»Hallo, Miss Hamilton?« reißt er sich zusammen, in seine Rolle zurückkehrend. »Sorry, I want … aha, Sie sprechen Italienisch? Hier ist der Minister Pancamo für Sie. Gut, ich lasse ihn heraufkommen.«

Er legt den Hörer wieder auf, als wäre es ein zerbrechlicher Gegenstand.

»Sie können hinauf.«
»Ich habe es gehört. Welches Stockwerk?«
»Erste Etage, nach der Treppe links.«
»Danke.« Pancamo geht zur Treppe.
»Minister Pancamo … gute Nacht«, sagt der Portier.
Ein widerlicher Trottel noch dazu, denkt Pancamo.
Gerade hat er die ersten drei Stufen genommen.
»Marcello!« hört er jemanden rufen. Der Abgeordnete Pintacorona sitzt tief in dem altrosa Sofa versunken, das Kinn stößt fast auf den runden Bauch.
Marcello bedeutet ihm mit einer Handbewegung, nicht aufzustehen, Pintacorona aber wuchtet mit Unterstützung der Ellenbogen seine achtzig und mehr Kilo, die auf einen Meter einundsechzig verteilt sind, erstaunlich behende aus dem Sofa.
Pancamo steigt die Stufen wieder hinab, sich selbst, den Nachtportier und die Halle des Hotels Delle Palme verfluchend.
»Lieber Marcello«, wiederholt Pintacorona, während er ihm entgegenkommt. »Mein lieber, guter Marcello. Was für eine Überraschung, du hier, heute abend.«
»Nur flüchtig …«
»Gewiß, gewiß. Unser aller Erdendasein ist flüchtig.«
»Wie geht's?« fragt Pancamo und fühlt sich selber wie ein Trottel wegen dieser dämlichen Frage. Das ist sie immer, aber mehr noch an diesem Ort und um diese Zeit.
»Wie soll's mir schon gehen, lieber Marcello. Man schiebt den Karren weiter.«
»Tja …«
»Und dann sagen unsere Wähler, wir täten nichts für unsere Gehälter, wir würden leben wie die Herrschaften. Ist das denn ein Leben? Auch du arbeitest bis spät in die Nacht, oder?«

»So ist es«, räumt Pancamo müde ein, während er sich erneut verflucht und sich bestätigt, daß er ein Vollidiot ist, weil ihm keine passende Bemerkung einfällt, um dieser – natürlich zufälligen, aber äußerst unwillkommenen – peinlichen Begegnung mit dem Abgeordneten Pintacorona zu entgehen, dem christdemokratischen Delegierten aus seinem eigenen Wahlkreis Giallonardo, ein ebenso geschickter Schmeichler wie Verräter.

»Ich hätte mir vorstellen können, hier so ziemlich jedem zu begegnen, außer dir. Hast du keine Wohnung in Palermo?«

»Ja, eine Wohnung und ein Büro. Aber ich bin beruflich hier. Du hast recht, die Wähler denken, wir machen uns ein feines Leben, statt dessen sieh uns an: beide bis um Mitternacht auf den Beinen, bei der Arbeit.«

»Ich wollte gerade ins Bett gehen. Ich war auf einer Versammlung unseres Parteiflügels, die kein Ende nehmen wollte. Manchmal beneide ich euch Kommunisten: der Generalsekretär spricht, er schreibt die Linie vor und damit Schluß. Es wird nicht diskutiert. Das spart Zeit, nicht wahr?«

»So ist es nicht gerade. Auf jeden Fall weißt du, daß wir teuer dafür bezahlen, die Hälfte der Bezüge geht an die Partei.«

»Sprechen wir nicht darüber, Pancamo, mit der Sekretärin in Palermo und der Sekretärin in Giallonardo und dann all den Geschenken bei Taufen, Firmungen, Hochzeiten und Erstkommunionen, dafür geht meine auch drauf. Ich hab sogar diesen Fetzen Land in Mangiauomini verkauft, erinnerst du dich an das Grundstück, das an deines grenzt?«

»Das war einmal. Ich habe es vor zwanzig Jahren verkauft.«

»Stimmt. Ich vergaß.«
»Na ja, dein Gedächtnis ist schlecht. Du hast sogar gegen mich geklagt wegen dieses Verkaufs.«
»Alte Geschichten. Das war ein Mißverständnis. Wir haben uns dann ja geeinigt?«
»Natürlich, ich bin freigesprochen worden, und du mußtest die Prozeßkosten tragen.«
»Sprich mir nicht von Kosten ... aber ich halte dich auf, du warst in Eile ... Eine Verabredung?« Pintacorona zwinkert ihm zu.
»Saverio, ich bin verheiratet!«
»Alle sind wir verheiratet, Marcello!«
»Es ist bloß eine Arbeit.«
Pintacorona verzieht das Gesicht zu einer traurigen, fast düsteren Miene. Die Augen zusammengekniffen, mit eiskaltem Unterton: »Und das tut mir leid. Es tut mir leid für dich, Marcello. Es tut mir wirklich leid.«
»Eine kurze Angelegenheit«, erwidert Pancamo betreten, als wollte er sich bei Pintacorona entschuldigen, aber wofür zum Teufel muß er sich eigentlich entschuldigen?
Marcello verabschiedet sich, aber Pintacorona existiert eigentlich schon nicht mehr für ihn, wäre da nicht dieser Blick, der ihn auf die rot ausgeschlagenen Treppenstufen nagelt. Und so wird der Treppenaufstieg zu einer großen Anstrengung, während er spürt, wie Pintacorona ihn von hinten mit seinem verächtlichen Blick durchbohrt, der alles genau registriert. Ewig dehnt sich die Zeit zwischen einer Stufe und der nächsten, bevor es ihm gelingt, den Blicken des christdemokratischen Abgeordneten aus Giallonardo zu entfliehen.
Das unebene Parkett des Korridors im ersten Stock und die stellenweise verblichene Tapete, Zeugen einer stolzeren, ruhmreicheren Vergangenheit, wie alles in Palermo, bieten

wenn schon keinen Trost, so doch wenigstens eine Erholungspause.

»Luisa«, flüstert Pancamo.

»Luise«, wiederholt er, denn angemessener und wohlklingender erscheint ihm der richtige, englische Name der Amerikanerin, die dem kommunistischen Regionalpolitiker seit zwei Tagen Geist und Sinne verwirrt. Was ihn an

ihr so anzog, war die naive, wehrlose Ungewandtheit dieser Frau, die sich als eine Journalistin ausgab, sich aber ganz offensichtlich als Spionin versuchte, vielleicht auch umgekehrt, was praktisch dasselbe ist.

»Luise, ciao«, flüstert Pancamo noch einmal im stillen, während er sich anschickt, an die Tür des Zimmers Nr. 126 zu klopfen, wo sie ihn erwartet, zum Abschluß einer achtundvierzigstündigen Tour durch Palermo, vollgepackt mit offiziellen Terminen wie dem Besuch der kommunistischen Fraktion im Palazzo dei Normanni, einer traurigen Gedenkfahrt nach Portella delle Ginestre, dem schreckenerregenden Abstieg in die Katakomben der Kapuziner, einem von üblen Gerüchen begleiteten Rundgang über den Markt Vucciria, einer flüchtigen Begegnung mit Renato Guttuso und weiteren, wichtigen Etappen, unverzichtbaren Höhepunkten der Palermo-Visite einer amerikanischen Spionin, die sich als Journalistin ausgibt oder umgekehrt. Zwei Tage, deren Begebenheiten für Marcello Pancamo am Ende unvermeidlich in dem Geruch verschwimmen mußten, den die junge Frau jedesmal auf seiner Jacke hinterließ, wenn sie ihm um den Hals fiel, weil sie immer wieder von Rührung, Angst, Erschrecken, Staunen und anderen überaus banalen Gefühlen erschüttert wurde, die nur eine falsche Journalistin oder eine falsche Spionin – jedenfalls eine vierundzwanzigjährige Blondine – mit so großer Heftigkeit ausdrücken kann, daß sie einen über fünfzigjährigen kommunistischen Abgeordneten überwältigen, der verheiratet, Vater dreier Kinder, kriminologischer Facharzt und Sizilianer von Geburt ist und nun kurz vor seinem ersten echten Ehebruch durch den Flur im ersten Stock des Hotels Delle Palme hastet, vorbei an den vielfältigen Geheimnissen, die sich im Februar zur Mitternachtsstunde hinter den verschlossenen Türen der Hotelzimmer ereignen.

Aber es ist alles immer viel einfacher. Sogar der Ehebruch. Und der Verrat. Und sogar der Tod, manchmal.

»Luise, ciao.«

»Welcome Marcello.«

»Entsch … «

»Ich habe dich erwartet.«

Sie haucht ihm einen Kuß auf die Lippen. Plötzlich ist alles viel einfacher. Er muß nur die Decke anstarren, den Arm unter Luises Nacken. Ihr noch ein wenig keuchender Atem, ihre Angewohnheit, sich in seine Schulterbeuge zu schmiegen, die Intimität nie zuvor gekannter Gesten, das abklingende Unbehagen über Pintacoronas Blick, das Zurruhekommen nach dem Rausch der Gefahr, der er knapp entronnen ist, die Befriedigung, einen Überschuß zu genießen, der nur sie beide umfaßt, das Vergnügen an der handfesten Lüge für die Ehefrau bei der Rückkehr im Morgengrauen, die Wehmut über ihre Abreise, Luise, die morgen schon in Rom und bald in Chicago oder Boston oder Buffalo oder in irgendeiner anderen, ausreichend weit entfernten Stadt Nordamerikas sein wird.

»Denkst du an mich?« fragt Luise.

»Jetzt?«

»Nein, wenn ich abreise, wenn ich in Amerika bin.«

»Selbstverständlich.«

»Sag nicht selbstverständlich, das ertrage ich nicht.«

»Ich wollte nicht …«

»Ich bitte dich um nichts. Was hast du erwartet?«

»Nichts, ich habe nichts erwartet.«

»Siehst du, du bist ein Zyniker wie alle Sizilianer.«

»Das stimmt nicht.«

»Du bist ein Zyniker. Du hältst dich für unsterblich.«

»Nein, das tue ich nicht.«

»Doch, innerlich bist du davon überzeugt. Du glaubst, daß nichts gesagt werden muß, daß alles für immer so bleibt, in deinen Gedanken, in meinem Leben.«

»Aber ich habe nie gesagt, daß …«

»Ja, natürlich, sag nichts. Sag niemals etwas. Behalt alles für dich. Aber das macht mir nichts aus. Und nichts wird bleiben von dieser Nacht, nur die Erinnerung. Oder sogar nur die Erinnerung an eine Erinnerung.«

»Das denkst du, aber …«

»Siehst du, du hältst dich für unsterblich. Und alles, was du berührst oder streifst, wird für immer gezeichnet bleiben.«

»Luise, aber das denke ich ja gar nicht.«

»Gut, du denkst es nicht. Vielleicht denkst du es nicht. Aber du bist so.«

»Luise …«

»Schluß jetzt, ich bin müde«, und sie legt ihm eine Hand auf den Mund.

Die Decke anstarren, die aus den Jalousien fallenden Lichtstreifen, dem schwindenden Motorengeräusch eines Autos zuhören, das in Richtung Favorita fährt.

Alles ist immer viel einfacher.

Den Arm unter Luises Nacken hervorzuziehen, ihr den leichten Schlafatem abzulauschen, sich aus dem Bett zu erheben, mit der Keckheit des fünfundfünfzigjährigen Mannes ohne Bauchansatz barfüßig und nackt ins Bad zu

gehen, das Licht über dem Toilettentisch zu finden, um auf sein erstauntes Spiegelbild zu treffen.
Marcello Pancamo im Spiegel.
Er versteht die Worte nicht sofort. Nein, eigentlich versteht er fast nichts. Es ist ein Gemurmel, kaum mehr als ein Flüstern. Marcello Pancamo starrt sich stocksteif aus dem Spiegel an. Jetzt unterscheidet er einzelne Worte.
»... nein, in der Sache, das hab ich alles verschoben ...«
»... ich habe nachgefragt, aber das Problem stellt sich nicht ...«
»... sie könnten wiederkommen, die Dokumente verlangen ...«
»... die Möglichkeit besteht, aber das sind Dummköpfe ...«
»... zur Sicherheit aber, zur Sicherheit ...«
»... zur Absicherung, klar, zur Absicherung ...«
Er unterscheidet zwei Männerstimmen.
Im Spiegel ist Pancamo blaß. Blasser als sonst, vielleicht ist es auch nur das Neonlicht.
Die Stimmen sind ganz nah, in diesem Raum und gleichzeitig woanders. Pancamo schiebt den Duschvorhang beiseite, aber er weiß, daß er nichts finden wird. Und tatsächlich. Dunkel und gedämpft zwar, aber jetzt dringen ganze Sätze an Pancamos Ohr.
Er beobachtet sich im Spiegel und wendet dann den Blick ab, um den Schweiß nicht sehen zu müssen, der ihm von der Stirn perlt. Er ahnt die Falle, die Luise ihm vielleicht gestellt hat.
Wieder hört er ihre Fragen nach den turbulenten Jahren, nach den Kommunisten in Sizilien, sogar nach, ja, vor allem nach den Gerüchten, die bis in irgendeine amerikanische Staatsbehörde vorgedrungen sein müssen, Gerüchten über die Verletzung, die Wyschinskij aus Palermo mitgebracht

hatte. Luise, die eine Journalistin spielt oder eine Spionin, hat lange insistiert, um etwas über diese Verletzung zu erfahren, welche Art Narbe sie hinterlassen haben könnte, an welcher Stelle genau und welche Form dieses Erkennungsmerkmal haben könnte. Neugierige Fragen, über die Pancamo hinweggegangen war, indem er Scherze machte; aber er könnte sehr gut alles dazu sagen, und früher oder
 später wird er das tun, denn ein Geheimnis ist es inzwischen sowieso nicht mehr: Stalins ehemaliger Bevollmächtigter ist 1954 in New York gestorben und seine Verletzung mit ihm. Doch wenn dieses Geheimnis immer noch Brisanz hätte? Dann wäre Luises Köder gerade ihre unschuldige Schönheit, auf die Marcello Pancamo nicht verzichten will, weil er zu alt und zu zynisch ist, um sie sich entgehen zu lassen.
Aber er hört die junge Frau im Schlaf ruhig atmen und kann nicht begreifen, wie eine falsche Journalistin oder Spionin schlafen kann, nachdem ihr das Opfer in die Falle gegangen ist. Aus Arglosigkeit vielleicht oder aus Müdigkeit.
Er legt ein Ohr an die Wand. Die Hände streichen über die Fugen zwischen den Kacheln. Im Schränkchen neben dem Waschbecken liegen Handtücher. Er wirft die weißen Tücher auf den Boden.
Dahinter dreht sich ein Tonband, auf Aufnahme gestellt.
»Er hat unterschrieben, siehst du, hier …«
»Aber ich möchte lieber das Zimmer wechseln, kann ich bei dir unterkommen …«
»Und das Tonband war angestellt?«
»Alles vorbereitet, aber der Portier hat sich geirrt und das Zimmer nebenan einer Amerikanerin gegeben. Morgen reist sie ab, vielleicht können wir uns die Bänder noch holen.«
»Verdammte Scheiße! Wie kann man nur so einen Mist bauen!«
Es hallt, als würde jemand an eine Tür klopfen.

»Wer kann das sein?« fragt eine der Stimmen.
»Nichts, es ist Pintacorona, ich hab ihm gesagt, daß er raufkommen kann.«
»Meine Güte, zu wie vielen sind wir eigentlich? Die Sache sollte geheim bleiben.«
»Kein Problem, er ist einer von uns.«
»Mein lieber Pintacorona!«
»Wie ist es gelaufen? Ich habe sie alle höchst zufrieden weggehen sehen.«
»Sie haben unterschrieben. Morgen werden sie fertiggemacht.«
»Auf der Sitzung.«
»Natürlich, auf der Sitzung.«
»Gab's Probleme?«
»Kein einziges.«
»Um ehrlich zu sein, gibt's da etwas, das mich stutzig macht.«
»Pintacorona, red Klartext. Dies ist nicht die Zeit für Geheimnisse.«
»Ich habe vorhin Pancamo raufgehen sehen.«
Marcello rinnt langsam der Schweiß von den Haarwurzeln herab.
»Pancamo? Was hat der denn mit der Sache zu tun?«
»Gar nichts, er weiß überhaupt nichts. Ich hab mich vergewissert.«
»Aha, na und?«
»Er ist in das Zimmer der Amerikanerin gegangen, hier genau nebenan.«
»Verflucht!« Einer der Männer senkt die Stimme.
»Ach was, meiner Meinung nach ist das bloß eine Sexgeschichte«, sagt Pintacorona.
»Nun gut, aber wenn er was erfährt … Und diese Amerikanerin, was ist das für eine?«

»Eine Journalistin.«
»Ach du große Scheiße! Da ist was faul. Pintacorona, die Sache ist ernst.«
»Nein, bleibt ganz ruhig. Ich hab ihn gesehen und ihm zu verstehen gegeben, daß ich ihn, wenn er sich rührt, in Schwierigkeiten mit seiner Frau bringe, die außerdem praktisch meine Cousine ist.«

»Bist du sicher, Pintacorona?«
»Sicherheit gibt's nur im Tod.«
»Was für ein Philosoph du doch bist, Pintacorona!«
»Quatsch, ich will bloß klarstellen, worum es geht. Aber Pancamo hat ganz sicher nichts kapiert, und auch wenn ihm was dämmert, ist er wie das Karnickel, das vom Frettchen gejagt wird: er kann nicht entkommen.«
»Pintacorona, du bist für Pancamo zuständig.«
»Das ist meine Sache.«
»Bravo, Pintacorona, eine Sorge weniger.«
»Für euch. Eine Sorge mehr für mich.«
»Für dich wird auch was abfallen.«
»Jede Seele braucht ihre Glorie.«
»Bravo, Pintacorona.«
»Danke.«
»Dann gute Nacht.«
»Wer kann da schlafen?«
»Ruh dich aus, das wird morgen ein langer Tag.«
»Bis morgen. Ich komme mit in dein Zimmer.«
»In Ordnung, gehen wir nach oben.«
»Bis morgen also.«
»Auf der Sitzung.«
»Auf der Sitzung.«
»Auf der Sitzung.«
Morgen, auf der Sitzung.
Metallisch hallen die Schritte der Verschwörer im Bad des

Nachbarzimmers wider, während sie aus dem Zimmer gehen und die Tür schließen.
Das Tonband surrt.
Er ist entsetzt über das geölte Räderwerk des Betrugs, über die Täuschung. Schwitzend steht er vor dem Spiegel. Gefangen im Netz der Intrige.
Später, in den folgenden Jahren, sollte seine Erinnerung zu einem blendend hellen Traumbild werden, als sähe er sich selbst schräg von oben bei der Abfolge seiner Handlungen: das Band aus dem Tonbandgerät nehmen, sich rasch anziehen, weggehen und Luise in der Einsamkeit des dunklen Zimmers zurücklassen. Leicht verschwommen, wie aus unbeteiligter Ferne, würde er ohne Bedauern oder Reue die Verkettung der Ereignisse jener Nacht wieder vor sich sehen, als er die Hotelhalle verließ, ohne an den Schirm zu denken, maliziös das Lächeln des Portiers, vibrierend und bedrohlich die Abwesenheit Pintacoronas.
Nur sein eigenes schlechtes Gewissen und die stummen Augen der Stadt können wissen, daß Marcello Pancamo im dichten, feinen Regen zu den Klippen des Foro Italico hinuntergegangen ist, bis vor das schwarze Ächzen des Meeres, um dort das Tonband ins Wasser zu werfen. Dann die Rückkehr nach Hause, naß und vorsichtig, ohne ein Wort der Entschuldigung oder andere Gedanken für seine Frau, die schläft; der mehrmals unterbrochene Versuch, in Druckbuchstaben ein paar aufrüttelnde, warnende Zeilen über die Verschwörung zu schreiben, um den Zettel in den nächsten Stunden vor Tagesanbruch unerkannt und anonym unter die Haustür des Regionalsekretärs der Partei zu schieben.
Schon weckt der Himmel die Silhouette des Monte Pellegrino, als Marcello Pancamo zurückkehrt, um zu schlafen, in einer Stadt, die empfindungslos ist gegenüber seinem Unglück, gegenüber jedem Unglück.

Ein unmöglicher Schlaf, Wachzustände mit fortwährendem Aufschrecken, das die Augen von Pintacorona hat, den Mund von Luise, das Lächeln des Hotelportiers, das Rauschen des Tonbands, den bitteren Geschmack des ersten Kaffees, den Geruch des gebügelten Anzugs, die Wäschestärke des weißen Hemdes, die schwarze Farbe der Schuhcreme, die auf die Hosenaufschläge abgefärbt hat, der übliche Kuß seiner Frau, die ihn seinen zaghaften, unvermeidlichen Schritten in Richtung Palazzo dei Normanni überantwortet.
Auf der Sitzung.

8. Kapitel

»Zuviel Meer. Wir haben genug Meer gesehen.«
»Professor …«, kündigte er sich an.
»Oh, wieviel Zeit ist vergangen, seit ich malaiische Piraten gespielt habe.«
Pellegrino hatte seinen Ruf nicht gehört. Lo Nardo wußte, daß der alte Bibliothekar sich nicht gerne bei seinen einsamen poetischen Rezitationen überraschen ließ. Er versuchte es erneut, in festerem Ton:
»Professor!«
Mißmutig kam Pellegrino aus dem Abstellraum, wo die Motten die letzten Überbleibsel der Sammlung von Urkunden und Parlamentsakten zerkleinerten, eine Schenkung der Familie Gibilaro Ricotta.
»Aha, Sie sind hier?«
»Ja.«
»Was haben Sie gehört?«
»Nichts, Professor.«
»Seien Sie ehrlich, raus mit der Sprache.«
»Einen Satz, kaum eine Zeile«, scherzte Lo Nardo.
»Zitieren Sie mir ja keine ausländischen Autoren. Was haben Sie gehört?«
»Etwas über das Meer, zuviel Meer, über malaiische Piraten. Wer ist das?«
»Ein Unbedeutender.«
»Sein Name?«
»Nichts da, ich sehe, daß Sie es wissen.«

»Hm, einen Verdacht habe ich.«

»Es gibt nur eine einzige Möglichkeit.«

»Eine einzige Möglichkeit?«

»Die einzige.«

»Darf ich?«

»Adelante, nur zu, con juicio!«

»Pavese.«

 »Donnerwetter. Er ist es: der Unglückliche aus den Langhe, der Selbstmörder im August.«

Pellegrino hob die Arme, in den Händen die vergilbten Papiere aus dem Fundus Chiodo Mortillaro. Es handelte sich um den Briefwechsel zwischen dem General Lo Cicero Cipolla und Guy de Maupassant während seines Aufenthaltes in Sizilien und der Zeit danach.

»Parbleu, mon dieu«, rief der Bibliothekar aus, der noch unter dem Eindruck des französischen Briefwechsels stand. »Parvenüs der Poetik, Ästhetiker des Offensichtlichen. Verbrennen sollte man die Archive, die Zeitschriften, die Inkunabeln, die Erstausgaben und die limitierten Auflagen. Daß wir das erleben müssen, eine derartige Mißachtung der Briefe unseres letzten leidgeprüften Jahrhunderts!«

Durchdrungen von einer geradezu bilderstürmerischen Wut kam Pellegrino drohend auf Lo Nardo zu, den die abstrakte Angriffslust des alten Bibliothekars bestürzte. Der sank schließlich auf einen Stuhl und legte sich eine Hand auf die Brust.

»Das Herz. Die Worte ermüden uns, sie steigen aus einem gesteinigten Wasser auf, das Herz bleibt uns vielleicht, das Herz vielleicht.«

»Ist Ihnen unwohl, Professor?«

»Ja. Äußerst unwohl. Passen Sie auf, Lo Nardo: das Herz bleibt uns vielleicht, das Herz vielleicht! Enttäuschen Sie mich nicht noch mehr.«

»Das kannte ich mal … Saba?«

»Lo Nardo, Sie bringen mich noch um. Wieso denn Saba? Quasimodo. Quasimodo! Der Ingenieur aus Syrakus. Der emigrierte Satyr. Literaturnobelpreisträger im Jahr 1959. Quasimodo, der Gräzist von Aretusa. Quasimodo!«

»Entschuldigen Sie bitte, Professor.«

Pellegrino verbarg sein Gesicht in den Händen, während Lo Nardo vor Scham errötete. Pellegrino zuckte, von Schluchzern geschüttelt. Seinetwegen weinte er, wegen der unverbesserlichen Ignoranz seines Hilfsbibliothekars. Die Welle seiner Beschämung hinderte Lo Nardo zu bemerken, daß Pellegrino zwischen seinen Fingern höhnisch grinste.

»Was ist denn mit Ihnen los, Lo Nardo? Glauben Sie wirklich daran? Das sind doch nur Gedichte, Lo Nardo. Nutzlose Gedichte.«

Pellegrino erhob sich, legte ihm väterlich eine Hand auf die Schulter. Wie ein böser Vater, aber ein Vater.

»Lo Nardo. Wenn ich Ihnen alles beigebracht habe, werde ich Sie verlieren. Hat sich Pavese Ihnen denn wenigstens als nützlich erwiesen auf Ihrer Romreise?«

»Wie man's nimmt. Ich hatte den Eindruck, daß er Betta nicht besonders gefällt.«

»Da hat sie recht. Ihre Gattin ist eine kluge Frau. Und sonst?«

»Wir sind in Behandlung bei einem Arzt, einem gewissen Machì. Jetzt müssen wir auf die Antwort warten: In-vitro-Fertilisation, Eizellen, Embryonen. Mit Verlaub: Wo der Schwanz versagt, fängt die Wissenschaft an. Aber das ist der letzte Versuch. Wenn es nicht klappt, gebe ich auf«, sagte Lo Nardo hastig, um das bittere Gefühl der Niederlage zu überwinden.

»Niemals aufgeben. Niemals. Denken Sie an Luzi: ›Obwohl verbittert insgeheim, dennoch nicht in das Schlimmste gefügt.‹ Erinnern Sie sich?«

»Ich erinnere mich.«

»Gut. Was hat das hier drin zu suchen?« wechselte Pellegrino das Thema, während er seine Weitsichtigenbrille näher an die alten Zeitungen aus der aufgelösten Zeitschriftensammlung des Studienzentrums Ximenes Mangiapane brachte, von der das Institut nur die Jahrgänge 1935–1952 und 1957–1965 besaß, da die anderen durch den Brand des Palazzo Petyx Ernandez für immer verlorengegangen waren. Die Zerstörung des Palazzo hatte Platz für eine Shell-Tankstelle mit Propangasservice und Autowaschanlage geschaffen.

»Alte Artikel«, sagte Lo Nardo.

»Das sehe ich.«

»Der Sturz der Regionalregierung Silvio Milazzo.«

»Februar 1960. Eine feine Palastverschwörung. Fallen, Denunziationen, versteckte Mikrophone. War Peppino Criscione ausführlich genug?«

»Sogar zu ausführlich.«

»Und wer steckte mit drin?« fragte Pellegrino, doch nur um des Fragens willen.

»Der Abgeordnete Pancamo und der Abgeordnete Pintacorona.«

»Die beiden konnten sich nicht leiden.«

»Überhaupt nicht.«

»Politische Feinde. Aber als Mitglieder verfeindeter Familien. Seit jeher.«

»Stimmt, das habe ich bemerkt.«

»Und doch hat die Geschichte sie mehr als einmal zusammengeführt. Oder gegeneinander. Oder vielleicht nicht die Geschichte, sondern der Haß, von dem sie sich nährten.«

»Pancamo gibt hier die Figur des Tölpels ab.«

»Und Pintacorona die des anständigen Mannes.«
»Freilich macht Pancamos Tölpelhaftigkeit ihn sympathisch. Während Pintacorona …«
»Pintacorona erscheint als derjenige, der den Hinterhalt anordnete.«
»Ein Aufwiegler!«
»Genau, ein Aufwiegler. Und darum unsympathisch. Das ist das Schicksal aller Pintacorona: immer auf der falschen Seite, auch wenn sie recht haben«, bemerkte Pellegrino. »Aber warum interessieren Sie sich so für diese Geschichte?«

»Einfach so, historisches Interesse.«
»Das glaube ich nicht. Da gibt es geradezu ein Moment von Besessenheit in Ihrem Interesse. Immer noch die Sache mit dem toten Mädchen. Das hat Sie wie der Blitz getroffen.«
»Nein. Es macht mich nur neugierig.«
»Unsere Neugierde hat stets vielfältige, komplexe Gründe.«
»Vielleicht stimmt das. Aber in diesem Fall ist es schlichte Neugierde.«
»Wenn Sie es sagen«, und Pellegrino machte Anstalten zu gehen. »Ach, das hätte ich fast vergessen. Während Sie verreist waren, ist ein Umschlag für Sie angekommen. Er liegt auf dem Bord hinter meinem Schreibtisch.«
Pellegrino tauchte hinab in das unsignierte Archiv der medizinisch-wissenschaftlichen Bibliothek Arcuri-Campanella, die zum großen Teil noch in mächtigen Holzkisten begraben lag.
Der absenderlose Umschlag trug Lo Nardos Namen und die Adresse des Instituts in großen, mit grünem Filzstift geschriebenen Druckbuchstaben. Leonardo öffnete ihn. Er zog einen gelben, mit einem Gummiband umwickelten Hefter hervor.

Aus dem Umschlag rutschte ein weißes Kärtchen: die zitternde, zaghafte Handschrift verriet eine Erregung wie rasendes Herzklopfen. Die Aufregung verwirrte Lo Nardo, er mußte die Zeilen zweimal lesen, um ihren Sinn zu erfassen.

»Mein sehr lieber junger Freund, wenn Sie diese Zeilen und das, was ich Ihnen anbei sende, in Händen halten, ist mein Leben bereits abgeschlossen, und ich bin nunmehr an einem Ort, der heiterer ist als unsere Zeit, wenigstens hoffe ich das. Vielleicht können Sie etwas tun, wenn Sie wollen. Ich habe es nicht gewollt. Ich habe es nicht vermocht. Adieu. Rosario Fanara, Richter a. D., Giallonardo, in meinem letzten Herbst.«

Er ließ den Umschlag fallen; mit kreisenden Bewegungen schwebte das aus einem alten Terminplaner herausgerissene Blatt zu Boden.

November 1991

– vorgestellt[1], daß so etwas passieren könnte. Mir. Uns. Unserer Familie. Ohne das geringste Vorzeichen begannen die Ereignisse, unser Leben auf den Kopf zu stellen; und die alltägliche Routine, die wir für grau oder gewöhnlich oder banal halten konnten, erschien uns auf einmal tröstlich.

Trotzdem hätte ich es erkennen sollen, weit früher als jetzt, da alles bereits geschehen ist. Gewaltsam. Zornig. Ich hätte ahnen müssen, was am scheinbar ruhigen Schlaf und den im Grunde friedlichen Tagen meiner Familie fraß. Ich hätte es begreifen müssen. Aber das habe ich nicht.

Warum? Warum? Selbstquälereien, die ungehört bleiben, ungehört in der Einsamkeit dieses Hauses, im Wind, der vom Meer weht, im fahlblassen Licht des Mondes, der über der stillen Biegung dieser Küste zwischen den Wolken erscheint.

Und was mache ich hier, allein, in dieser Nacht, in diesem Haus in Giallonardo, in diesem Ort weit weg von meiner Stadt? Es hätte unser Rückzugsort sein sollen, für meine Frau, für eine geliebte Tochter – und wie innig geliebt, jetzt noch mehr, wenn auch kummervoll. Es ist eine Folterzelle geworden, das Gefängnis einer Tragödie und des Scheiterns.

Gewiß, es wird vorübergehen. Gewiß, so schlimm sind diese Dinge alle gar nicht. Sie sind niemals ganz so schlimm, obwohl sie unabänderlich sind. Obwohl sie endgültig sind. Füge dich, Rosario Fanara. Schütte dein Herz aus auf

---

[1] Die wahrscheinlich herausgerissene Seite beginnt mit diesem Satzfragment.

diesen Seiten, die deine Bitterkeit aufnehmen werden, für niemanden bestimmt, für dich selber bestimmt. Wie viele Enttäuschungen und Niederlagen hast du nicht schon bei der doppelten Buchführung deines Lebens verzeichnet: fortwährende Abschlußrechnungen mit Unterbilanz. Doktor Fanara. Der Richter Fanara. Der pflichtbewußte, gradlinige, ehrliche Mensch. Der dumme Mensch. Ja: DUMM.

Welch einen berauschenden Duft unsere Erniedrigung hat. Ich erinnere mich, gestern kam ich nach Hause zurück, und schon versetzte mich der Blick meiner Frau und meiner Tochter Costanza in der Küche in Alarmbereitschaft. Ich weiß Bescheid, ich kenne diese dicke Luft, dieses im Schweigen versiegelte absit iniura verbis, das die Katastrophe einleitet.

Sogar die Sprache ist mir fremd in dieser Nacht. Doktor Fanara: Richter a. D., ohne besondere Ehren aus der ermittelnden und rechtsprechenden Kaste ausgeschieden, hat keine andere Sprache mehr als die abgenutzte, staubige der Winkeladvokaten und Rabulisten.

Zum Tatbestand also.

Am Abend des 12. November vergangenen Jahres eröffnete Fanara Costanza ihren engsten Familienangehörigen – im vorliegenden Fall Fanara Rosario und Fanara Elettra, geborene Di Puma – in einem Anfall von Aufrichtigkeit, daß sie an der Juristischen Fakultät der Universität von Palermo insgesamt zwei Examen abgelegt habe, obwohl sie seit dem Jahr 1984 ordnungsgemäß und regelmäßig in jedem Semester immatrikuliert gewesen sei.

Ach, wie kann man nur wagen, die Sprache des Rechtes und des Gesetzes und der Justiz zu gebrauchen, wenn das Verfahren um Gefühle abläuft, wo die Schuldigen immer die Unschuldigsten sind? Wie kommt man dazu? Costanza, die nicht weinte und nichts bereute, hatte uns

betrogen, weil sie unsere Reaktionen fürchtete, sie sagte, sie habe es für ihre Mutter getan, aus Schuldgefühl, um ihr nicht noch mehr Sorgen und Ängste zu bereiten, da sie sehr wohl wisse, wie gefährdet deren seelisches Gleichgewicht sei, wie oft sie in düstere Depressionen falle.
Dennoch erklärte die obengenannte Costanza Fanara, sie habe ihre Familienmitglieder lange getäuscht, mit verworrenen Motiven allerdings, angetrieben sogar von Rachegelüsten gegen den Vater, welcher ihrer Aussage zufolge sein Amt als Richter des italienischen Staates nicht pflichtgemäß ausgefüllt habe.
Ich spreche von ihr, als wäre sie die Angeklagte, als wäre sie der »Fall«, den es im kalten Licht der Akten und Prozeßunterlagen zu untersuchen gilt. Sie ist meine Tochter. Costanza, meine Costanza, die mir Vorwürfe macht, an den Türpfosten gelehnt, ohne mir in die Augen zu schauen; und dann kommt sie mit der Geschichte von Maddalena Pancamo, weil das ihre Schulkameradin war, eine Bekannte oder wenig mehr, aber sie geht so weit, mir vorzuhalten, daß ich nicht alles getan hätte, um die wahre Ursache ihres Todes herauszufinden. Und sie sagt zu mir – Costanza, meine Costanza: »Du bist immer ein Feigling gewesen.« Ich bin immer ein Feigling gewesen.
Es ist meine Schuld, wenn ich sie gezwungen habe, sich an der Juristischen Fakultät einzuschreiben. Es ist meine Schuld, wenn ich ihr geraten habe, meine Laufbahn einzuschlagen, um mich von meinen eigenen Ängsten, meinen Unfähigkeiten zu befreien. Und es ist meine Schuld, wenn sie das Recht und das Gesetz und die Norm nicht liebte. Und meine Schuld ist es auch, wenn sie das Studienbuch gefälscht hat, sechs Jahre lang nicht existierende Benotungen, niemals abgelegte Examen eingetragen hat. Sechs Jahre Täuschungen. Ein Betrug, der einen Schuldigen,

einen Auftraggeber und einen Ausführenden hat: Fanara Rosario. Meine Costanza, mein armes Mädchen, ist es denn so falsch, dich auf die Weise zu lieben, wie ich es kann? Laß dich umarmen, wie damals, als du klein warst und über diesem Meer Gewitter ausbrachen, Papa ist ja da, um dich zu beschützen. Aber Costanza lehnt am Türpfosten und sieht niemandem in die Augen. Sie ist schon weit weg von uns.

Vom rechtlichen Standpunkt. Jeder hat das Recht auf Zeugnisverweigerung. Aber es gibt keinen rechtlichen Standpunkt. Denn nur im Gerichtsverfahren erscheint das Leben in der Rechtsform, findet kurzfristig Halt an der Norm, am Präzedenzfall, am Urteilsspruch des obersten Gerichtshofs. Ungreifbar, flüchtig dagegen ist die Verhandlung um Gefühle, die Debatte der Empfindungen, die Auseinandersetzung zwischen Kläger und Beklagtem im ewigen Rechtsstreit um familiäre Enttäuschungen.

Vom rechtlichen Standpunkt aus gibt es keinen Standpunkt und kein Recht. Es gibt keine unterschiedlichen Instanzen. Es gibt keinen Kläger und keinen Beklagten.

Nein, es bleiben nur Enttäuschungen und Niederlagen.

Ich gehe, hat Costanza gesagt. Ich gehe weg. Nach Rotterdam, mit einem fremden jungen Mann, angestellt bei einer Firma, die Einfassungen montiert oder sie herstellt vielleicht, aber den Unterschied erklärt sie nicht.

Nach Rotterdam. Eine Stadt, die ich mir bläulich und kompakt vorstelle, und überaus feindlich.

In Costanzas Zimmer lag das Gepäck schon bereit, von den Wänden wurden die Überreste einiger Poster mit Porträts entfernt, in denen ich Schlagersänger vermutete, die mir unbekannt waren. Ihre Bekleidung, ihre zwischen Plumpheit und Provokation schwankenden Posen ließen freilich auf unheilvolle Einflüsse schließen.

Ich hätte es merken müssen. Schon vor zwei Jahren, als ich in Costanzas Zimmer die bis dahin sorgfältig in der zweiten Schublade meines Schreibtischs verwahrte Mappe fand, geschickt verpackt, dazu einige Zeitungsausschnitte über das Verschwinden von Pancamo Maddalena. Ich hätte begreifen müssen, anstatt mich damit zu begnügen, ein besseres, schwierigeres Versteck für jene Akte zu suchen, die auf meinen letzten Arbeitstagen als verbeamteter Ermittler lastete.

Ich hätte es erkennen müssen, an einem bestimmten Schweigen. Schweigen? Mehr. Stille Vorwürfe, stumme Ablehnungen, eiskalte Mißbilligung. Ich hätte es an ihren ausweichenden Bewegungen sehen können, daran, wie sie im Haus umherging wie eine Fremde, wie jemand, der vor allem für mich unerreichbar war: auf Distanz gehalten von heimlichen Zusammenkünften zwischen Mutter und Tochter, die ich für unschuldige Vertrautheiten hielt.

Der Gedanke, meine Frau hätte eingeweiht sein können in den von Costanza verübten Betrug, liegt mir fern. Doch wie viele andere Dinge sind vor mir verborgen worden, die mir vielleicht geholfen hätten, den schrecklichen, zerstörerischen Kampf zu verstehen, den meine Tochter mit sich ausfocht? Wie viele Dinge? Vielleicht hätte ich trotzdem nichts begriffen, so wie ich auch jetzt nichts begreife, da ich mich in dieses Haus geflüchtet habe, das die Winde des Meeres von Giallonardo umtosen, ähnlich wie das Rattern des Zuges, der Costanza nach Rotterdam bringt – warum nur Rotterdam? – weit weg von uns, von mir, von ihrem und unserem[2]

[2] Das Tagebuch bricht an dieser Stelle ab.

9. Kapitel

 Nachdem er sich eine Parklücke auf dem Bürgersteig vor der Porta Carini erobert hatte und es ihm gelungen war, das Vorderrad des Dreiradautos mit einem kräftigen Ruck auf die Bordsteinkante zu wuchten, fand er sich direkt vor dem grinsenden Ignazio Sferrazza Papa wieder.

»Du fährst immer noch mit so einem Ding?«

»Fang nicht schon wieder an, 'Gnazio.«

»Du bist lächerlich.«

»Danke.«

»Lächerlich und dusselig. Wenn du jetzt noch deine Telefonnummer draufschreibst, ruft man dich vielleicht wegen eines Umzugs an.«

»Das könnte eine interessante Arbeit sein.«

»Umziehen hilft den Leuten, ihr Leben zu ändern.«

»Prima, das nehme ich als Werbeslogan.«

»Nardo-Umzüge: Wohnungs- und Lebenswechsel.«

»Dich stelle ich als Hilfskraft an, 'Gnazio.«

»Ich habe schon eine Arbeit.«

Sie gingen auf die Porta Carini zu, wobei er noch einen liebevollen Blick auf seine Motoape 50 warf, die er vor drei Jahren für dreihundertfünfzigtausend Lire von einem *panellaro* aus dem Borgo Vecchio erstanden hatte, eine Anschaffung, die er immer noch für die beste seines Lebens hielt, nicht nur wegen des günstigen Preises, sondern vor allem, weil er schlagartig das Parkproblem gelöst hatte und gleichzeitig die Panikattacken vermeiden konnte, die ihn

regelmäßig beim Besteigen eines Fahrzeugs befielen, das weniger als drei Räder besaß.
Augenblicklich waren sie mitten zwischen den heiseren Stimmen der Marktschreier, dem Blut des Schwertfischs, der violetten Pyramide aus Auberginen, vielfarbig schillernden aufgeschnittenen Käselaiben aus Syrakus, dem unbestechlichen Weißmacher der Waschpulver, den falschen Neunern der noch nicht aufgerundeten Preisschilder, der vergeblichen Litanei des ambulanten Lotterielosverkäufers, dem ranzigen Zischen von *cazzilli* und *panelle*, dem kaum sichtbaren Nylonnetz, das dem tiefgekühlten Fisch neue Frische verleiht, und dem verbotenen Fang junger Sardinen.
Auf dem Markt am Capo verließ Ignazio sich wie eine sizilianische Bracke auf die Ur-Instinkte des Seh- und Geruchssinnes, um die frischeste und günstigste Ware zu finden, obwohl der Augenschein oft dagegen sprach.
»Na, und was soll diese Eile?« fragte Sferrazza Papa schließlich, nachdem er lange um den Preis für anderthalb Kilo vorgekochter Bohnen gefeilscht hatte.
»Fanara Rosario.«
»Er hat sich umgebracht.«
»Woher weißt du das?« wunderte sich Lo Nardo.
»Ich lese Zeitungen: die Todesanzeigen in der ›Sicilia‹ sind nützlich und lehrreich.«
»Ich wußte nicht, daß sie die Nachricht vom Selbstmord gebracht hatten.«
»Du kannst es nicht wissen. Du liest keine Tageszeitungen. Die Toten von heute sind zu jung für dich. Wenn sie nicht wenigstens fünfzig Jahre alt sind, reißen sie dich nicht vom Hocker.«
»'Gnazio, hörst du wohl auf?«
»Das ist keine Beleidigung; eine simple Tatsachenfeststellung.«

»Na gut, lassen wir das. Sag mir lieber: wie war Rosario Fanara?«
»Was meinst du?«
»Als Richter.«
Ignazio verzog das Gesicht, unterdessen eine Kantaloupe-Melone betastend.
»Dottore, die sind alle gut! Der reinste Zucker!« brüllte der Verkäufer.

»Geben Sie mir drei, aber nicht zu große.«
»Zucker! Der reinste Zucker!« donnerte der Mann, während er mit der Waage hantierte.
»Nun, Ignazio?«
»Nun was? Er war irgend so einer, weder gut, noch böse: nutzlos.«
»Nahm er was an? War er unehrlich, bestechlich?«
»Ach was! Nutzlos, mehr nicht. Das sagte man von ihm, ruh er in Frieden. Eine Stoffpuppe in den Händen der Meisterintriganten. Ich hab ihn nicht gekannt, er ist vor vielen Jahren ausgeschieden.«
»Ich verstehe. Aber deiner Meinung nach …«
»Warte«, unterbrach ihn Ignazio und rief den Verkäufer zurück. »Hauptsache: immer aufs Gewicht achten.« Die Überprüfung ergab ein Manko von dreihundert Gramm.
»Siehst du? Geborene Betrüger«, flüsterte ihm Ignazio zu, während er zahlte. »Aber willst du mir nicht endlich erklären, warum du dich für Fanara interessierst? Du bestellst mich eiligst her, ich stürze aus dem Büro und verstehe immer noch nicht, was du wissen willst.«
»Abgesehen davon, daß du es schon nicht erwarten konntest, das Büro zu verlassen, um deinen gewohnten Gang am Capo zu machen«, erwiderte Leonardo pikiert. »Nun gut, wenn du mal einen Augenblick aufhörst, die Hausfrau zu spielen, zeig ich dir was.«

Er zog die Mappe aus dem Rucksack, die ihm Fanara geschickt hatte. Ignazio genügte ein flüchtiger Blick: kaum hatte er sie erkannt, ließen die Fotokopien von Prozeßunterlagen seine Leidenschaft für Verfahrensakten und urkundliche Beweismittel wieder aufflammen.

Sferrazza Papa bahnte sich einen Weg durch die träge Masse der Einkäufer am Capo, indem er die zwischen Schluchten aus Kisten, Körben und Kästen eingeklemmten
Zusammenballungen von Männern und Frauen kurzerhand durchschnitt, um Leonardo in eine finstere Schenke zu führen, wo Wein in fauligen Fässern gärte.

»Dottore Sperrazza«, grüßte der Wirt, als er ihn erkannte.

»Mein Lieber«, und zielsicher steuerte Ignazio auf den hintersten, mit säuerlich stinkendem Dreck geteerten Tisch zu.

Nachdem er die Tüten mit Bohnen, Kantaloupe-Melonen, Seebarbe, Auberginen, Brot, roten Zwiebeln und Knoblauch am Boden abgestellt hatte, forderte er Leonardo wortlos auf, ihm die Mappe zu überreichen, setzte sich eine rote Brille auf die Nase und vertiefte sich in das Studium der Papiere.

Der Wirt brachte eine Limonade, einen halben Liter offenen Alcamo-Weißwein und zwei Gläser, um sich dann neben einen dickbäuchigen Menschen in karierten Shorts, Unterhemd und Sandalen zu setzen, der gekochten Tintenfisch aß.

Der Marktlärm war hier gedämpft, wie ausgestopft, die unmanierlichsten Schreie klangen abgemildert, das grellste Kreischen zerfiel in Einzeltöne.

Ignazio Sferrazza Papa sichtete die Dokumente, indem er sie auf dem Tisch nach seinen persönlichen Kriterien ordnete, eine Geometrie, die nur er kannte: unwillig hatte er jeden Versuch Leonardos, etwas zu erklären oder zu kommentieren oder Fragen zu stellen, im Keim erstickt. Frustriert wandte sich Leonardo ab und ließ sich von der systematischen Kauweise des Fettwanstes faszinieren.

»So, das hätten wir«, rief Ignazio aus.

In drei Stapeln hatte er die Dokumente vor sich angeordnet. Er zeigte auf den ersten: »Dies sind private Aufzeichnungen, Seiten aus einem Terminplaner von 1991: es

gibt aber keine besondere Ordnung. Sie wurden zu verschiedenen Zeiten geschrieben, handeln jedoch alle von Fanaras Kummer im Zusammenhang mit seiner Enttäuschung über die Entdeckung, daß seine Tochter an der Universität nichts zustande gebracht hat und daß sie beschlossen hatte, hinter einem jungen Holländer herzulaufen. Verstanden?«

Leonardo nickte.

»Sag nicht Ja, wenn du nicht wirklich verstanden hast. Lieber wiederhole ich mich zweimal, statt entdecken zu müssen, daß der Blitz der Erkenntnis mal wieder zu spät in deinen Stumpfsinn eingeschlagen hat.« Ignazios Zeigefinger wechselte zum zweiten Papierstapel. »Dieses hingegen sind zum Teil Gerichtsakten, auf jeden Fall offizielle Schriftstücke, die mit dem Richteramt von Fanara Rosario zusammenhängen: eine Kopie des Mandats, mit dem der Oberste Richterrat ihn an eine staatliche Einrichtung versetzte; das Programm eines Kongresses des Nationalen Richterbundes, bei dem Fanara zusammen mit anderen Kollegen, die später umgebracht wurden, als Redner auftrat; eine auch von Fanara unterschriebene Solidaritätsadresse an den damaligen Leiter der Ausbildungsstelle, die auf dem Höhepunkt einer der vielen internen Auseinandersetzungen im Justizpalast verfaßt wurde; eine Karte mit Weihnachtsgrüßen, unterzeichnet von einem Richter aus Caltanissetta, der drei Jahre später von der Mafia er-

schossen wurde; ein Urteilsspruch des Amtsgerichts von Nicosia, aus den fünfziger Jahren, unterschrieben vom damaligen Amtsrichter Fanara, sein erstes Urteil, nehme ich an. Und dann das hier«, und Ignazio hob einige von einer Büroklammer zusammengehaltene Seiten in die Höhe. »Die Anordnung, das Ermittlungsverfahren um den Tod einer gewissen Pancamo Maddalena einzustellen, ebenfalls von Fanara unterzeichnet, im Dezember 1985.«
Lo Nardo zuckte zusammen, doch sein Freund schien es nicht zu bemerken.
»Kannst du mir folgen?« fragte Sferrazza Papa.
»Natürlich.«
»Sag nicht: natürlich.«
»Ja, ja, ich folge dir.«
»Gut. Diese Einstellungsverfügung führt uns direkt zum dritten Stapel.« Ignazio setzte einen Finger darauf. »Es sind Zeitungsausschnitte, fotokopiert, den Tod von Pancamo Maddalena betreffend. Interessant ist allerdings die Tatsache, daß einige dieser Artikel, der größte Teil sogar, würde ich sagen, aus der Zeit nach dem Verschwinden der Pancamo und der Einstellung des Ermittlungsverfahrens stammen.«
»Ich verstehe nicht«, flüsterte Leonardo.
»Bravo. So gefällst du mir«, lächelte Ignazio. »Ich erkläre es dir genauer. Dieses ganze Material wurde dir von Fanara selbst geschickt, den du zufällig vor zwei Monaten kennengelernt hast, das ist doch richtig, oder?«
»Ja, so ist es. Das habe ich dir ja schon gesagt.«
»Ich wollte mich nur vergewissern. Dieses Material enthält eine Botschaft, alle Dokumente hängen miteinander zusammen, und das Ganze trägt so fest wie ein Gerüst. Es ist das Ergebnis einer Auswahl, die im Laufe vieler Jahre gereift ist. Mit anderen Worten, unter den zahllosen Papie-

ren, die sich im Haus eines Mannes aufhäufen können, der mit dem Gesetz oder generell mit Texten zu tun hat, hat er genau diese ausgewählt. Der Mann hat sich umgebracht, und dies ist seine letzte Botschaft. Sein Testament, oder eher die Dokumentation seines Leidens. Verstanden?«

»Vielleicht.«

»Ich rekapituliere. Die Tagebuchblätter erzählen von einer ganz privaten Enttäuschung in der Familie, wie sie zahllose Eltern erleben. Soweit ist das noch nichts Besonderes, auch wenn es Leute gibt, die sich wegen viel nichtigerer Dinge umbringen. Dann sind da die Dokumente, die mit seinem Beruf zusammenhängen: vom ersten Urteil des blutjungen Amtsrichters, den wir uns frisch ernannt und ehrgeizig und voll Vertrauen auf die Zukunft vorstellen dürfen, bis zur beruflichen Kapitulation, die sich in einem nutzlosen Dienst in einer ebenso nutzlosen Behörde verkörpert. Im Grunde hat Fanara sein Amt in dem Moment niedergelegt, als es in dieser Stadt keinen Platz mehr für Leute wie ihn gab, Richter, die gespalten waren zwischen ihren Ängsten, dem Wunsch nach einem ruhigen Leben und ihrer grundsätzlichen Unfähigkeit, zu entscheiden, auf welche Seite sie sich schlagen sollen: die der Sieger oder der Besiegten, die Seite derer, die untergehen oder derer, die sich retten können. Fanara war nicht korrupt, aber auch nicht unerschütterlich: darum war er ein schwaches Glied, ein Schräubchen, das nicht festsaß. Er wird es selbst gewußt haben, vielleicht war es ihm peinlich, sicher hat er darunter gelitten. Hörst du noch zu?«

»Ich höre.« Aber Leonardo ertrug ihn schon nicht mehr, er begann diese klugscheißerische rote Brille zu verabscheuen.

»Ich fahre fort. Gib jetzt acht auf diesen Übergang. Das letzte Dokument ist die Einstellung des Ermittlungsverfahrens in der Sache Maddalena Pancamo. Wir schreiben den Dezember 1985, just die Zeit, in der Fanara aus dem Amt scheidet. Nun, in den darauffolgenden Jahren, praktisch bis vor kurzer Zeit, hat Fanara weiter jede Art von Nachricht, Erinnerung, Gedenken, schlichtweg alles über Maddalena Pancamo gesammelt und aufgeschrieben. Eine Obsession, oder nicht?«

Wie deine eigene, dachte Leonardo. Und dann: Wie meine.

»Was beweist das alles? In Fanara wuchsen Gewissensbisse, Reue, nagende Zweifel, was den Tod dieses Mädchens betraf. Die Qualen verstärken sich, als auch seine Tochter, kurz bevor sie ohne Einkünfte und Berufsausbildung nach Holland abhaut, ihm vorwirft, sich bei den Ermittlungen über den Tod der jungen Frau, die von der Fähre nach Neapel gestürzt ist, zu wenig engagiert zu haben. Siehst du, der Kreis schließt sich: alles geht auf, kreisförmig und rund, als jene endlose Spirale, die nur der aufhalten kann, der mitten im Kreis seiner eigenen …«

Das Klingeln eines Mobiltelefons unterbrach die Belehrung. Ignazio reagierte verärgert, bis er begriff, daß das unerwünschte Piepen aus der Tasche seiner Jacke kam. Dem Fettwanst blieben die vom gekochten Tintenfisch verschmierten Finger auf halbem Wege in der Luft stehen. Ignazio antwortete, noch immer ein wenig mürrisch.

»Ja, er ist hier bei mir … ich gebe ihn dir«, und er streckte Leonardo das Telefon hin.

Er erkannte Bettas Stimme. Sie hatte ihn überall gesucht, vergebens, erschöpft hatte sie es schließlich auf Ignazios Mobiltelefon versucht. Er hörte zu. Er lächelte. Er hörte weiter zu. Er ließ sich das Ganze wiederholen. Dann gab er das Telefon zurück.

»Schlechte Nachrichten?« fragte Sferrazzo Papa.

»Nein. Im Gegenteil.«

»Und …?«

»Machì hat angerufen. Doktor Machì hat angerufen, der aus Rom. Es sind sechs!«

»Was sind sechs?«

»Embryonen. Es sind sechs. Sechs befruchtete Embryonen.«

»Endlich. Es ist vollbracht.«

»Immer mit der Ruhe. Es sind sechs Embryonen, nicht Sechslinge. Jetzt kommt der schwierigste Teil.«

August 1995

GIORNALE DI SICILIA

Seite 25:

GEHEIMNISSE EINES SOMMERS.
VOR ZEHN JAHREN STÜRZTE EINE JUNGE FRAU
VON DER FÄHRE NACH NEAPEL INS MEER.
SELBSTMORD, UNFALL ODER ETWAS ANDERES?
EIN TOD, DER VIELE FRAGEN AUFWIRFT.
MADDALENAS LETZTE REISE

von Arturo Tancredi

PALERMO. Sie war schön. Natürlich war Maddalena Pancamo schön. Schön und voller Tatendrang wie viele Mädchen ihres Alters, die mit zweiundzwanzig Jahren ihre ganze Zukunft vor sich haben und im Rücken eine bedeutende Familie: Vater und Bruder bekannte Ärzte, ein Großvater, der kommunistischer Abgeordneter im Regionalparlament war, Urgroßeltern und Vorfahren, die im vergangenen Jahrhundert eine Hauptrolle im politischen und kulturellen Leben Siziliens spielten, die im Mittelpunkt vieler turbulenter Ereignisse standen, in vorderster Front bei den revolutionären Kämpfen um gesellschaftlichen Fortschritt. Pancamo ist immer ein wichtiger Name gewesen, nicht umsonst heißt der Platz in der Stadtmitte von Giallonardo – dem Ort an der Südküste Siziliens, aus dem die Familie stammt – noch heute nach Gioacchino

Pancamo, Notar, Literat und treibende Kraft der Bewegung von 1848.
Wer weiß, ob Maddalena sich dieser Vergangenheit bewußt war. Und wer weiß, ob sie gelegentlich darüber nachdachte. Mit Sicherheit aber wird nie jemand erfahren, was sie an jenem stürmischen Abend des 21. September 1985, dem letzten Tag des Sommers und dem ersten des Herbstes, auf dem Deck der Fähre nach Neapel dachte und tat, bevor sie in den aufgewühlten Wassern des Golfes von Palermo in den Tod stürzte.

Wahrscheinlich wußte sie nicht, daß fast fünfzig Jahre zuvor, an einem Märzabend des Jahres 1938, auf derselben Route ein Mann unter mysteriösen Umständen verschwand, nachdem er in Neapel das Schiff nach Palermo bestiegen hatte. Er hieß Ettore Majorana und war ein Wissenschaftler. Das immer noch ungelöste Rätsel um sein Verschwinden hat die Literatur angeregt und zahlreiche Spekulationen genährt.
Unterschiedliche Geheimnisse. Sizilianische Geheimnisse, aber nicht nur. So wie der Tod von Maddalena Pancamo ein Geheimnis ist. An jenem Septemberabend vor zehn Jahren löste ein Passagier mitten in der Nacht Alarm aus, nachdem er auf dem Schiffsdeck das Gepäck des Mädchens und einen Turnschuh gefunden hatte. Die Suche war vergeblich. Zehn Tage später wurde die Leiche aus dem Wasser gezogen, die Mannschaft der Fähre nach Ustica hatte sie entdeckt.
Ein Selbstmord? Als solcher galt Maddalenas Tod, obwohl man offiziell von einem Unfalltod sprach. Knapp drei Monate später ließ der Ermittlungsrichter Rosario Fanara die Untersuchung ohne besondere Begründung einstellen, und kurz darauf schied er aus dem Richteramt aus, um außerordentlicher Koordinator bei den Sizilianischen

Wasserwerken zu werden.[1] Es gibt dennoch viele Merkwürdigkeiten, die eine Reihe von Zweifeln und Fragen aufwerfen. Nie wurde eine Abschiedsbotschaft der jungen Frau gefunden, weder in ihrem Gepäck noch in ihrer Wohnung in Palermo. Sicher, dies wäre nicht der erste Selbstmord, bei dem keine schriftliche Erklärung zur letzten Tat hinterlassen wurde. Aber so wie einige alte Freunde sie beschreiben, hatte Maddalena keine besonderen Probleme oder Schwierigkeiten. »Sie war fröhlich«, sagt Alessandra Palumbo, ihre Kommilitonin an der Fakultät für Architektur, »wir hatten uns am Vortag ihrer Abreise noch gesehen. Sie war auf dem Weg nach Rom, wo ihr Vater und ihr Bruder lebten. Und dann wollte sie von dort weiter nach Kopenhagen, der Stadt, wo ihre Mutter geboren war.«

Maddalena, die als sechsjähriges Mädchen ihre Mutter verloren hatte, fühlte sich Dänemark sehr verbunden, nicht zuletzt, weil sie sich für Architektur und Design aus Dänemark und Skandinavien begeisterte, eine Vorliebe, die kurz darauf auch in Palermo große Mode werden sollte. »Sie besaß sehr viel Sinn für Ästhetik und liebte Gegenstände in dänischem Design. So oft sie konnte, zog sie über die Märkte und Trödelläden Kopenhagens auf der Suche nach Gegenständen jeder Art, vor allem nach einem bestimmten Stuhl, einem Sessel, den Finn Juhl entworfen hatte, der berühmte dänische Architekt«, sagt Simone Hamel Ferlita, ein Altersgenosse Maddalenas und Inhaber eines Geschäfts für Antiquitäten und Designerobjekte in der Via Principe Belmonte.

Kurz, die Schiffsreise des Mädchens war also nur die erste Etappe einer langen Tour, die sie nach Nordeuropa bringen sollte. Eine bis in alle Einzelheiten geplante Reise, ein Projekt, das sich schlecht in das Bild eines jungen Menschen fügt, der entschlossen ist, Schluß zu machen.

---

[1] Die Unterstreichung mit roter Tinte an dieser wie an anderen Stellen stammt wahrscheinlich von Fanara selbst.

Es bleibt die Hypothese des Unfalltodes. Maddalena steht auf dem Schiffsdeck, ihr wird schwindelig, sie schwankt und schlägt gegen die Reling, beugt sich darüber und fällt ins Meer. Das wäre möglich, und in der Tat hat der Ermittlungsrichter entschieden, daß dies die einzig plausible Erklärung sein muß. Aber ist sie wahrscheinlich? Eher nicht. Maddalena Pancamo war jung und gesund. Und auch wenn sie eine plötzliche Übelkeit befallen hätte, ist es wahrscheinlicher, daß sie auf das Deck stürzt statt gegen die Reling, die übrigens recht hoch ist, um dann ins Wasser zu fallen. Ganz zu schweigen von der Tatsache, daß das Mädchen eine ausgezeichnete Schwimmerin war, athletisch, in guter Form, da sie früher zur Volleyballmannschaft ihrer Schule gehörte.

Die einzige Hypothese, der die Ermittler nicht näher nachgegangen sind, ist die eines Mordes. Die Autopsie von Maddalenas Leiche ergab Blutergüsse am Kopf der jungen Frau: Spuren, die den Gutachtern zufolge vom Aufprall gegen die Schiffswand während des Sturzes herrühren (eine solche Rekonstruktion würde den Tod rechtfertigen, weil das Mädchen in dem Fall bewußtlos ins Meer gestürzt wäre und demnach nicht mehr hätte schwimmen können). Wenn sie nun aber jemand mit einem stumpfen Gegenstand betäubt hat, um sie dann ins Meer zu werfen?

»Sämtliche Untersuchungen wurden gewissenhaft und mit äußerster Genauigkeit durchgeführt«, sagt der Polizeiinspektor Leone, der seinerzeit beim Einsatzkommando von Palermo im Dienst war und heute dem Kommissariat von Alcamo zugeteilt ist. »Keine Vermutung wurde ausgeschlossen. Auch nicht diejenige eines Mordes. Aber bei den Nachforschungen unter den Passagieren, die an jenem Abend auf dem Schiff waren, fand sich niemand, der Beziehungen irgendwelcher Art zu der jungen Frau oder zu

ihrer Familie gehabt haben könnte. Und auch die Zeugenaussagen führten zu keinem einzigen Verdachtsmoment.«
Wie auch immer, der Fall scheint abgeschlossen. Die Akte geschlossen wie das Meer vor Palermo, das Maddalenas Körper bedeckte, als er von der Fähre nach Neapel stürzte.
»Mord? Nein, das glaube ich wirklich nicht«, erwidert Marcello Pancamo, der Bruder des Opfers, den wir telephonisch in Rom erreichten, wo er lebt und arbeitet. »Meine Schwester hatte keine Feinde. Ihre Liebesbeziehungen waren unbeschwert, sie lebte ein Leben wie alle anderen Mädchen ihres Alters. Die Polizei hat diese Möglichkeit berücksichtigt, glaube ich, aber sie wurde sofort ausgeschlossen. Leider ist der Tod meiner Schwester ein tragischer Schicksalsschlag, ein immer noch unerträglicher Schmerz für unsere Familie, die ihr Lächeln und ihre Fröhlichkeit niemals vergessen wird.«
Ein Unfall oder ein Selbstmord, in beiden Fällen eine tragische Heimtücke des Schicksals, das sich in der letzten Sommer- und ersten Herbstnacht gegen eine zweiundzwanzigjährige junge Frau verschwor, die eine nordische Färbung und normannische Augen hatte. Doch vielleicht ist es nicht so. Vielleicht gibt es jemanden, der eine andere Wahrheit kennt, sie aber versteckt. Voller Schuld und Reue.

10. Kapitel

 Triefend vor Melancholie und bedrohlich ist der Himmel. Dunkle Wolkenbänke steigen hinter den Felswänden des Addaura auf. Eine abenteuerliche Situation, wie geschaffen, um die Kraftanstrengung des Ingenieurs Vitanza noch lobenswerter erscheinen zu lassen. Unter diesem Himmel würde er nun auf den zweiunddreißig Kilometern des Küstenstreifens der Vergine Maria eisern schwitzen und leiden, um giftige Schlacken und Fette abzubauen.
Wenn es nur regnen würde, dachte der Ingenieur. Regen hätte die Plackerei geradezu geheiligt, hätte den allzu irdischen Sorgen um die Atemnot, den Schmerz in den Lungen, die feinen Stiche in der Seite, die Vitanza zu ignorieren versuchte, mystische Weihen verliehen: Hart war es, als achtundfünfzigjähriger Mann, nach einem mit ausgiebigen Mittag- und Abendessen, mit der Lust auf Gebratenes und fetten Auberginenauflauf verbrachten Leben, plötzlich einen Sportler zu spielen, nur um den Altersunterschied zu der sechzehn Jahre jüngeren Frau zu überbrücken, der er seine Ehe geopfert hatte.
Würde es doch regnen, betete Vitanza. Welch eine Ekstase, hauptsächlich aber welch ein hervorragendes Alibi, um den Lauf frühzeitig abzubrechen, dem er sich nun seit zwei Jahren mit einer Demut hingab, die fast jener Selbstverleugnung gleichkam, mit deren Hilfe er es zum stellvertretenden Bezirksdirektor des Sizilianischen Sparkassenverbandes gebracht hatte. Freilich hatte er seine Ursprünge als

Buchhalter, angestellt als Kassierer bei der Filiale in Gerla, verschleiern müssen, um schließlich den angesehenen, wiewohl gefälschten Ingenieurstitel zu ergattern.
Doch in seiner Sehnsucht nach einem sintflutartigen Regen steckte außerdem die stillschweigende Hoffnung, auf diese Weise der Begegnung mit dem jungen Mann zu entgehen, der pünktlich, immer an den Tagen und genau zu dem Zeitpunkt dasaß, an dem er selbst hier vorbeikam, den Rücken an die steinerne Kaimauer des Thunfischanlegers gelehnt, aufs Meer starrte, mit einem Stöckchen flüchtige Zeichnungen in den Sand ritzte und Vitanza mit einer leicht ironischen Miene beim Vorüberlaufen beobachtete, bis er nicht mehr zu sehen war. Ganz offensichtlich verachtete der Mann jede Form sportlicher Aktivitäten, obwohl er immer mit kurzen Hosen, Sweatshirt, Turnschuhen und weißen Baumwollsöckchen bekleidet war. Doch seltsamerweise wirkten sich diese Details, während Vitanza das Stück Strand überquerte und noch einige Kilometer danach, ebenfalls demoralisierend auf die guten Vorsätze des Ingenieurs aus, ließen sie doch den Zweifel aufkeimen, er gebe womöglich eine höchst lächerliche Figur ab.

Der junge Mann saß wieder da, obwohl der Himmel in Schwarz getaucht war. Ganz auf seinen Lauf konzentriert, folgte der Ingenieur Vitanza dem schnellen Rhythmus seiner Füße auf dem Sand, nicht ohne angespannte Erwartung der üblichen ironischen Blicke wie Pfeile, von denen er sich immer wieder durchbohrt fühlte. Dieses Mal wurde er begnadigt. Und nicht wegen des grauen Himmels und der spärlich fallenden Regentropfen.
Lo Nardo war an diesem Vormittag in »rückwärtsgewandte Phantastereien« versunken, wie Betta sie verächtlich nannte; unentwegt auf eine Fotografie starrend, versuchte er, die genaue Anzahl der Sommersprossen auf dem Gesicht von

Maddalena Pancamo herauszufinden. Doch er bekam die Zahl nicht zusammen.
Das Foto hatte bei den Schriftstücken aus dem Nachlaß des Richters Fanara gelegen. Aber Leonardo hatte beschlossen, es Ignazio Sferrazza nicht zu zeigen. Tagelang hatte er es in der Schublade seines Schreibtisches in der Bibliothek versteckt, wo er es immer nur kurz hervorzog, wenn Pellegrino nicht in der Nähe war.

Es war ein Sommerfoto. Eine Porträtaufnahme. Maddalena lächelte ins Objektiv. Ein Lächeln ohne Vorahnungen und ohne weitere Bedeutung. Hinter Maddalena sah man undeutlich weiße Klippen, die Lo Nardo nicht kannte: Vielleicht war es nicht in Sizilien aufgenommen, obwohl der Lichteinfall an die sizilianische Sonne erinnerte.
Aus der Schublade war das Foto in die geräumige Tasche aus weißem Leinen gewandert, einem Werbegeschenk beim Kongreß über Michele Amari und seine Geschichte der Muselmanen in Sizilien. Lo Nardo benutzte diese Tasche, wenn Pellegrino ihn zwang, kreuz und quer durch die Stadt zu laufen, um die Leihbücher der Bibliothek zurückzuholen. In der Tasche war es ein paar Tage lang geblieben, denn er hatte sie zu Hause auf der Truhe abgelegt. Und mehrmals war Lo Nardo kurz davor gewesen, es Betta zu zeigen, um zu überprüfen, ob dies wirklich das Mädchen war, das seine Frau gekannt hatte. Er war aber immer wieder davon abgekommen, fast als fürchtete er, Bettas Empfindlichkeit zu reizen, oder, das war es eher, etwas moralisch Verwerfliches zu tun.
Heimlich wie ein Ehebrecher hatte er Maddalenas Foto mit an den Strand genommen, wohin er sich zweimal in der Woche um einer sportlichen Ertüchtigung willen begab, zu der er inzwischen nicht einmal mehr anzusetzen versuchte: Nachdem die Lust verflogen und jeder Rest von

Schuldgefühl ausgemerzt war, blieb nur der minuziöse Ritus des sinnlosen An- und Ausziehens der Sportkleidung.

Statt dessen kehrte nun plötzlich das Schuldgefühl zurück. Und Lo Nardo konnte sich das nicht erklären, denn niemand – auch Betta nicht – hätte ihm seine Trauer und sein Mitleid mit einem Mädchen vorwerfen können, das vor über fünfzehn Jahren gestorben war und nur noch in der Erinnerung der Menschen existierte, die sie gekannt hatten.

Er fuhr mit dem Finger über Maddalenas Gesichtszüge, über die helle Haut, und zeichnete ihr Profil nach. Eine prächtige Lombardin, hätte Vittorini gesagt. Eine Sizilianerin aus der Lombardei, doch die hohen Wangenknochen, die etwas vorspringende Nase, die durchscheinend hellen Augenbrauen mußten aus einem noch nördlicheren Norden stammen. Nördlicher, vielleicht aus dem Dänemark der Mutter. Oder noch weiter entfernt, aus der Vergangenheit, den kriegerischen, blutigen Vermischungen unbekannter Ahnen, die bei jedem Raubzug, jedem Überfall, jeder Vergewaltigung Samen und Kinder hinterließen.

Er blickte zum Meer. Zum verhangenen Himmel, der schwer wog, voller Wasser.

Wieder ließ er sich von Maddalenas Lächeln verführen, das durch die Wechselfälle der Zeit und des Zufalls hindurch niemand anderem zu gelten schien als ihm.

Ein Frauenheld war Leonardo nie gewesen, und seine Lehrjahre des Gefühls waren recht bescheiden verlaufen: Verlobt mit einer Schulkameradin am Gymnasium, von der er sich mühsam getrennt hatte, um Platz für ein kurzes Intervall der Ausschweifung zu schaffen, das von mehreren wankelmütigen Beziehungen gekennzeichnet war, jeweils relativ harmlos mit langen Diskussionen und wütenden

Kopfschmerzen beendet, hatte er schließlich im ersten Studienjahr Betta kennengelernt.
Der Tod seines Vaters, quälend und langsam fortschreitend wie die Krankheit, die so lange in ihm gewütet hatte, bis sie ihn besiegte, war irgendwie zu der engen und zwingenden Bindung mit dem dunkelhaarigen Mädchen geronnen, das ausersehen war, seine Frau zu werden.

Ihm blieb ein schwaches Bedauern beim flüchtigen Anblick junger Frauen: aufregende Geschichten spielten sich in seiner Phantasie ab, ausgelöst von einer schlanken Fessel, von einer zornigen Handbewegung, einem unpassenden Gelächter, einem zu kurzen Rock. Maddalena weckte mit diesem Foto Leonardos geheimste Wünsche: durch die Farben, ihre Gesichtszüge, durch ihre unwiederbringliche Abwesenheit und Ferne. Er haßte es, sich schuldig zu fühlen wie ein Betrüger. Vor Maddalenas Lächeln wußte er, daß er es war: ein Betrüger und schuldig.
»Entschuldigen Sie!«
Er blickte von dem Foto auf, verbarg es schnell an der Brust: »Ja, bitte?«
Das T-Shirt des Mannes war schweißnaß, klebte an seinem Angestelltenbauch. Er hüpfte abwechselnd von einem Fuß auf den anderen, zur Entspannung der Muskeln:
»Entschuldigen Sie, wenn ich so indiskret bin.«
»Was gibt es?«
»Halten Sie mich bitte nicht für aufdringlich. Darf ich mich vorstellen: Ingenieur Vitanza, stellvertretender Bezirksdirektor des Sizilianischen Sparkassenverbandes.«
»Angenehm. Lo Nardo.«
»Wissen Sie, es ist reine Neugierde, um Himmels willen, es steht Ihnen frei, nicht zu antworten …«
»Wenn ich Ihnen helfen kann.«

»Ich sehe Sie immer in Shorts und Turnschuhen, aber laufen Sie denn nie?«
»Ich laufe nicht gerne.«
»Aha, ich verstehe.«
»Zu anstrengend.«
»Wahrhaftig, es ist anstrengend. Aber es tut gut.«
»Es tut gut?«
»Ja, ich fühle mich gut. Ich treffe Sie häufig. Seit zwei Jahren.«

»Seit zwei Jahren?«
»Ich bin mir ganz sicher: seit zwei Jahren, jeden Mittwoch und Freitag, das hat mich neugierig gemacht.«
»Seit zwei Jahren«, überlegte Lo Nardo laut. »Das war mir gar nicht bewußt.«
»Wirklich nicht?«
»Nein.«
»Jeden Mittwoch und Freitag komme ich hier vorbei.« Und schon verriet Vitanzas Stimme seine Enttäuschung. »Seit zwei Jahren.«
»Das tut mir leid. Ich bin sehr zerstreut.«
»Aha, ich verstehe. Dann entschuldigen Sie bitte.« Der Mann drehte sich um, begann wieder zu laufen. Nach ein paar Schritten stolperte er, doch er lief weiter, wenn auch leicht humpelnd.
»Sie müssen entschuldigen«, rief Leonardo, doch der Mann war schon zu weit entfernt. Er folgte ihm mit den Augen, bis er hinter dem Thunfischanleger verschwand.

Juni 1985

»Bleib so stehen. Lächle. Fertig.«
»Jetzt ist es genug.«
»Noch eins. He, dreh dich nicht um. Du bist wunderschön.«
»Hör auf«, sagt Maddalena, legt die flache Hand aufs Objektiv. »Du weißt, daß ich keine Fotos mag.«
Der Mann läßt den Fotoapparat sinken, umarmt Maddalena, küßt sie.
Sie läßt sich nach hinten fallen, auf das über dem weißen Kies an der Scala dei Turchi ausgebreitete Tuch. Sie spürt das Gewicht des Mannes auf ihr. Sie schließt die Augen, und als sie sie wieder öffnet, blendet sie das starke Licht, das von den gipshaltigen Klippen zurückgeworfen wird.
Einer dieser Junitage, die lange anhalten unter dem hellen Himmel.
»Du bist wunderschön«, sagt der Mann leise an ihrem Ohr.
»Du findest mich wunderschön«, lacht Maddalena.
»Fast liebe ich dich.«
»Fast ist nicht genug.«
»Es ist schon viel. Sonst wäre es zuviel.«
»Stimmt. Und zuviel ist nicht gut«, bemerkt Maddalena, und ihre hellen Augen werden dunkler.
Der Mann löst sich von ihr. Er sucht das Päckchen Zigaretten, zündet eine an. Schweigend raucht er, auf das Meer vor der Küste Afrikas blickend. Mit den Fingern kämmt er sich die dunklen Haare.

Maddalena legt sich die Hände an die Brust, als wollte sie die Leere füllen, die er hinterlassen hat.
Das entfernte Geräusch eines Baggers, vom Wind in Fetzen herbeigezerrt, erreicht sie. Maddalena steht auf, stellt sich neben ihn. Sie lehnt sich an seine Schulter:
»Verzeih mir, Fabrizio, es war keine Absicht.«
»Es ist nicht deine Schuld. Das weiß ich wohl. Du hast ja recht«, sagt Fabrizio traurig.

»Sprechen wir nicht mehr drüber. Laß uns nicht alles kaputtmachen.«
»Das stimmt. Sprechen wir nicht mehr drüber. Aber das ändert nichts.«
»Ich habe dich nicht gebeten, es zu ändern.«
»Du hast mich nicht darum gebeten, aber ich weiß, daß du recht hast.«
»Fabrizio, quäl dich nicht immer.«
»Du bist so jung.« Fabrizio umarmt sie.
»Du bist auch jung«, lacht Maddalena.
»Na ja. Als ich fünfzehn war, wurdest du gerade geboren.«
»Aber ich bin erwachsen geworden.«
»Das stimmt.«
Scala dei Turchi umgibt ihre Umarmung mit seinem hellen Licht. Menschenleer der Strand, einsam das Meer an diesem Dienstag im Juni. Fabrizio erhebt sich.
»Springst du rein? Das Wasser ist kalt«, sagt Maddalena. Sie beobachtet Fabrizio, seine schmale Nase, die angespannten Muskeln unter der dunklen Haut; sie staunt bei dem Gedanken, wie sehr ihr dieser Mann gefallen kann, der vor fünf Monaten noch ein Unbekannter für sie war, ihrem Leben und ihren Gedanken fremd.
»Aber die Luft ist warm«, erwidert Fabrizio.
»Es ist herrlich hier, heute, mit dir.«
Fabrizio mustert die Umgebung.

»Es ist wirklich herrlich.«
»Wir sollten glücklich sein. Wir sind es, in diesem Moment.«
»Ich wünschte, ich wäre dir früher begegnet.«
»Wir hätten uns auch niemals begegnen können. Wie schade!«
Auch Maddalena ist aufgestanden, schmal wirkt sie in

ihrem roten Badeanzug. Sie umarmt Fabrizio:
»Ich liebe dich. Und alles andere interessiert mich überhaupt nicht.«
»Wie schaffst du das bloß?«
»Dich zu lieben? Das geschieht ganz von allein«, lächelt Maddalena.
»Mich zu ertragen, obwohl du weißt, wie ich bin. Meine Situation. Meine Frau, meine Familie. Diese gestohlene, heimliche Zeit. Und ich mache dir überhaupt keine Hoffnungen.«
»Ich brauche deine Hoffnungen nicht. Ich will nur dich, ich will in diesem Moment hier mit dir zusammensein. Bin ich nun deine bevorzugte Geliebte oder nicht?«
»Eines Tages wirst du es leid sein.«
»An dem Tag sage ich dir Bescheid.«
»Du wirst mich umbringen. Aber vorher töte ich dich.«
»Keine schlechte Idee«, und sie zerzaust ihm die Haare, drückt ihm einen Kuß auf den Mund.
Fabrizio hält sie an den Hüften. Maddalena ist lebendig, silbern, weich in den geschmeidigen Gelenken. Ihre hohen Wangenknochen rücken sie in eine Ahnenreihe aus kalten, nördlichen Breitengraden.
»Ich hab Hunger«, und schon löst sie sich von ihm, läuft zu den Brötchen mit Ziegenkäse und Tomaten, die sie unterwegs an einem Stand gekauft haben.
Der weiche Käse fühlt sich kühl an unter den Zähnen, im Lächeln Maddalenas, in der Farbe des Windes vom Land

und vom Meer, der ihr die Haare zerzaust und unter die ausgebreiteten, zuckenden Badetücher fährt, die sich in Segel verwandeln möchten.
»Was war das?« erschrickt Maddalena, als sie sich wieder hinlegen, das Gesicht zur Sonne gewandt.
»Was?«
»Hast du kein Geräusch gehört?« Und sie bedeckt sich den Busen, von dem der Badeanzug gerutscht ist.
»Nein.«
»Dort oben«, Maddalena zeigt auf die Spitze der Klippen über ihren Köpfen.
»Ich sehe nichts.«
»Wahrscheinlich habe ich es mir nur eingebildet. Ich bin immer noch ein bißchen durcheinander.«
»Hast du deine Hausschlüssel auswechseln lassen?«
»Ja. Aber das ist es nicht. Ich habe mich wie vergewaltigt gefühlt.«
»Ich verstehe.«
»Nicht so sehr wegen des Autos, das ist mir nicht so wichtig. Aber als ich es aufgebrochen gefunden habe und es aussah, als wäre es durchsucht worden, war das ein schlimmes Gefühl. Schlimm und seltsam: sie haben nur einen Schlüsselbund mitgenommen und die gerade entwickelten Fotos, die Fotos von mir. Nicht mal das Autoradio haben sie angerührt.«
»Stimmt, das ist seltsam.«
»Ja, seltsam. Die Schlüssel sind kein Problem. Ich habe das Schloß auswechseln lassen. Aber der Gedanke, daß jemand meine Fotos hat.«
»Um diese Zeit sind sie sicher schon in irgendeiner Mülltonne verschwunden.«
»Hoffentlich. Ich möchte nicht von Leuten betrachtet werden, die ich nicht kenne.«

Fabrizio schaut auf die Uhr.
»Wir brechen lieber auf.«
»Fünf Minuten noch«, bittet sie in gespielt flehendem Ton.
»Gut. Fünf Minuten.«
»Wann, hast du gesagt, kommst du wieder?«
»Gegen sechs.«

»Dann ist noch Zeit.«
»Nein, es ist niemals genug Zeit.«
Maddalena schließt die Augen. Der ganze Sommer liegt vor uns, denkt sie. Ein ganzes Leben. Genug, um auch Fehler zu machen. Und sie räkelt sich in der Sonne, im voraus alle Tränen genießend, die sie weinen wird, wenn sie sich von Fabrizio trennt.

11. Kapitel

»Im Format zwanzig mal fünfundzwanzig, in Ordnung?«
»Ja.«
»Schwarzweiß, nicht wahr?«
»Genau«, bestätigt Lo Nardo.
»Für Schwarzweißabzüge brauchen wir ein paar Tage länger. Ich muß die Fotos ins Labor schicken. Sagen wir Mittwoch nächster Woche?«
»Sehr gut.«
»Auf den Namen Lo Nardo, wenn ich mich recht erinnere?« fragte der Fotograf.
»Ja, Lo Nardo.«
Maddalenas Foto lag auf dem Ladentisch des Fotografen. Lo Nardo streifte es noch einmal, bevor er es in einem Umschlag verschwinden sah, dann in einer Schublade voller Papiertüten mit anderen Filmen, die entwickelt werden mußten.
»Dann bis nächste Woche.«
»Auf Wiedersehen«, erwiderte Lo Nardo den Gruß. Als er sich zur Tür umdrehte, stand er direkt vor einem stämmigen, kleinen Mann, dunkler Anzug und Krawatte.
»Wenn ich richtig verstanden habe, heißen Sie Lo Nardo?« fragte der Mann.
»Leonardo Lo Nardo.«
»Angenehm. Rechtsanwalt Calogero Pintacorona«, stellte sich der andere vor und streckte ihm die Hand hin.
»Ganz meinerseits«, antwortete Lo Nardo.

»Nein, das Vergnügen liegt auf meiner Seite. Ich kannte Ihren Papa.«
»Ach ja?«
»Man hat mir von Ihnen erzählt. Ich weiß, daß Sie sich mit Zeitgeschichte beschäftigen.«
»Als Dilettant.«
»Alle Historiker sind Dilettanten: die Bedeutung der

Geschichte ist flüchtig.«
»Dann bin ich ein größerer Dilettant als die anderen.«
Sie waren aus dem Laden des Fotografen getreten und standen nun auf dem Bürgersteig der Via Roma vor den Ständen, wo gefälschte Markenbrillen, Handtaschen und raubkopierte Videos verkauft wurden.
»Wissen Sie eigentlich, daß ich im wissenschaftlichen Beirat Ihres Instituts sitze?« fragte Pintacorona, doch er erwartete keine Antwort. »Wir sind sehr erfreut, daß ein junger talentierter Mann wie Sie sich für unsere Geschichte begeistert.«
Wir sind sehr erfreut. Doch wer ist wir?
»Andererseits«, fügte der Anwalt hinzu, »sind gerade dies die Zielsetzungen des Instituts: die zeitgeschichtlichen Forschungen über die Geschehnisse in unserem Sizilien zu vertiefen und zu fördern.«
In unserem Sizilien. Wessen Sizilien?
»Darum«, fuhr Pintacorona fort, »nimmt man mit allergrößter Befriedigung zur Kenntnis, daß Sie sich vorgenommen haben, einigen Aspekten unserer allerjüngsten Geschichte nachzugehen. Und noch faszinierender erscheint mir die Entscheidung, sich auf die Familie Pancamo zu konzentrieren, deren Name sich mit so vielen noch unerforschten Episoden unserer Vergangenheit verbindet.«
Unserer Vergangenheit. Unserer.
»Ich bin an Ihren Studien außerordentlich interessiert.

Kommen Sie, wir gehen ein paar Schritte«, und Pintacorona schob ihn sanft voran.
»Eigentlich müßte ich in die Bibliothek zurück …«
»Pellegrino wird es Ihnen nachsehen. Er war es, der mir gesagt hat, daß ich Sie bei dem Fotografen finden würde.«
»Aber das wußte Pellegrino ja gar nicht.«
»Na, sagen wir, er hat zu raten versucht, und wir haben Glück gehabt. Erzählen Sie mir von sich, Lo Nardo. Wie alt sind Sie eigentlich?«

Und unter Abwicklung eines endlosen Fragenkatalogs führte Pintacorona ihn durch die enge Gasse aus Verkaufsständen mit Stoffen, T-Shirts und Unterhosen in der Via Bandiera.
Steif und verlegen antwortete Lo Nardo so knapp, wie die Höflichkeit irgend zuließ, mehrmals mußte er seine vom Stimmengewirr des Bazars verschluckten Antworten wiederholen.
»Ich denke, man könnte darüber mit Professor Santomauro sprechen«, fuhr Pintacorona fort, der sich mittlerweile bei Lo Nardo untergehakt hatte. »Sie kennen ihn nicht? Wie das? Ein guter Freund, übrigens auch er Mitglied des wissenschaftlichen Beirats Ihres Instituts. Sicher, man sieht ihn selten, denn die Fakultät nimmt ihn sehr in Anspruch, seit er Vorsitzender geworden ist. Nun, ich meine, ein Exzerpt, eine Vorschau vielleicht ließe sich durchaus in der vom lieben Professor Santomauro geleiteten Zeitschrift veröffentlichen. Eine schöne Zeitschrift, kennen Sie sie?«
Sie überquerten die Via Maqueda, kämpften sich durch den ohrenbetäubenden Lärm der Autobusse und drangen wieder in die Eingeweide des Marktes ein, der sich bis zum Capo hinzog. Die Rufe der Verkäufer nahmen an Lautstärke zu.

Leonardo achtete schon nicht mehr auf das, was Pintacorona sagte: Er sah die Bewegung seiner Lippen, die braune Krawatte mit hellen Punkten, das tiefblaue Hemd; er spürte die Blicke der Vorübergehenden, die den Anwalt erkannten, der es jüngst zu einer gewissen Berühmtheit gebracht hatte, sogar im Fernsehen erschienen war als Häftling im Untersuchungsgefängnis, angeklagt der Beihilfe zur Bildung einer mafiaartigen, kriminellen Vereinigung, eine Anklage, die sich übrigens in erster und zweiter Instanz in einen vollkommenen Freispruch verwandelt hatte, so daß nunmehr jeder noch so winzige dunkle Punkt in einer Laufbahn getilgt war, die allenfalls die unvermeidlichen Verkrustungen der Umwelt hatten beschmutzen können.

Nachdem sie die Piazza Monte di Pietà überquert hatten, drückte Pintacorona gegen ein mit hellem Holz verkleidetes Portal und trat ein, Lo Nardo hinter sich herziehend.

Augenblicklich erstarben die Schreie der Verkäufer an den Ständen mit Artischocken, Lamm- und Ziegeninnereien, Trödel, Saatgut, grünen Bohnen, Kartoffeln, Stockfisch, Schwertfisch und Haifisch.

Die Stille im Kreuzgang von Sant'Agostino war überraschend, unterbrochen nur vom Knirschen des edlen Leders von Pintacoronas Schuhen auf dem Kies und dem dumpfen Schmatzen der Gummisohle von Lo Nardos Langschäftern.

Pintacorona hatte aufgehört zu sprechen. Mit gesenktem Kopf führte er Leonardo in das dämmrige Quadrat des Kreuzgangs, in das Wechselspiel von Licht und Schatten, das die unregelmäßige Folge der mit Mosaiken geschmückten arabischen und normannischen Säulen erzeugte.

Der Prior und der Novize. Gebete. Meditation. Keuschheit. Gehorsam. Frieden. Die stehende Luft des Kreuzgangs hervorgehoben durch das Echo einer sich entfernenden Sirene.

Was mache ich eigentlich hier? fragte sich Lo Nardo.

»Sie werden sich fragen, warum ich nach Ihnen gesucht habe«, antwortete Pintacorona, möglicherweise weil er Leonardos Verwunderung ahnte. »Abgesehen vom vornehmlich historischen Interesse …«

Vornehmlich.

»Abgesehen vom historischen Interesse, mein geschätzter junger Freund, werden Sie bei Ihren Studien zweifellos auf die Tatsache gestoßen sein, daß die Familie Pancamo durch ihre Ursprünge und wechselvollen Schicksalswege aufs engste mit der Familie verbunden ist, deren Namen ich, obzwar ohne irgendeinen persönlichen Verdienst, doch mit Stolz und Freude trage.«

Und Pintacorona zog seinen Arm hervor, den er bei Lo Nardo untergehakt hatte, stellte sich direkt vor ihn: »Leider wird die Geschichte von Dilettanten gemacht.«

»Das sagten Sie bereits.«

»Ich sage und ich wiederhole es. Und die Dilettanten halten sich stets bei der üblichen Vulgata auf, bei den berühmten Präzedenzfällen, beim unmittelbaren Archetyp. Und wenn die Geschichte einmal aufgeschrieben ist, mein lieber Freund, dann wird sie zur Geschichte. Denn die Geschichte ist erst dann Geschichte, wenn sie erzählt, wenn sie rekonstruiert wird. Dann wird sie nämlich objektiv, verstehen Sie, objektiv. Mit Verlaub: alles Bockmist.«

»In der Tat.«

»Ich freue mich, daß Sie verstehen. Daß Sie verstehen, was ich meine, und mir zustimmen. Wenn die Geschichte jedoch objektiv, wenn sie Geschichte geworden ist«, dozierte Pintacorona und näherte sich Lo Nardo mit einem bedeutungsvollen Flüstern, »dann ist es schwierig, sie zu widerlegen. Dafür braucht man Zeit. Das dauert Jahre. Denn die Geschichte, meine ich, die kann nur von der Geschichte selbst widerlegt werden: andere Dokumente, andere Quellen führen zu anderen Überlegungen und anderem wohlklingenden Bockmist, um es kurz zu sagen.«

»Ich glaube, ich habe verstanden«, stammelte Leonardo verwirrt.

»Gut. Schön wär's, wenn jeder seine eigene Geschichte schreiben würde. Jeder so, wie er will. Wie er meint. Vor allem, wie er sie kennt. Doch die Geschichte wird von den Historikern geschrieben, und das ist das Problem. Denn alles wissen sie nicht, diese Idioten. Sie können nicht alles wissen. Sie tasten sich so vorwärts. Sie suchen etwas Bestimmtes, finden etwas anderes und müssen nun versuchen, dies in die geschlossene Schachtel ihrer Thesen, ihres Forschungsziels hineinzuzwängen. Dazu dienen die Vorworte, wußten Sie das? Mit dieser Abhandlung wollen wir folgendes beweisen … alles Bockmist! Denn wenn etwas nicht ganz genau aufgeht, dann ist das die Schuld der kleingeschriebenen Geschichte, die nicht in die großgeschriebene Geschichte reinpassen will, auch wenn man sie da hineinpreßt. Gibt es jedoch ein Vorwort, dann paßt auch das noch rein, was nicht reinpassen will, denn letztendlich, werte Herrschaften, ist das genau die These. Und der ganze Rest? Bockmist!«

»Gewiß, Herr Rechtsanwalt.«

»Bravo. Sie mögen ja ein Dilettant sein, aber wenigstens sind Sie nicht begriffsstutzig. Dieses Problem erkläre ich meinen Freunden von der Universität nun schon seit Jahren immer wieder, aber das sind Historiker, und sie sagen: die Quellen, die Urkunden, die Dokumente, die Seminare, die Interpretation, die Überprüfung, die Revision. Alles

Bockmist! Die Geschichte, die schreibst du doch, also schreib sie gefälligst richtig auf, verfluchte Scheiße! Schreib sie so auf, wie diejenigen sie erzählen, die die Geschichte kennen!«

»Ja, aber was habe ich …?«

»Ich komme zum Punkt und erkläre mich. Sie schreiben derzeit über die Familie Pancamo. Anständige Menschen, um Himmels willen, einige davon Freunde, wie Professor Marcello Pancamo, Gott hab ihn selig, Abgeordneter wie mein Vater Saverio. Ausgezeichnete Beziehungen, freundlich, herzlich sogar, wage ich zu sagen. Aber was die Beurteilung der Fakten angeht, nun, da bitte ich Sie, auch den Rang der Familie Pintacorona entsprechend zu würdigen, die vor langer Zeit ebenfalls eine wichtige Rolle in der Geschichte von Giallonardo gespielt hat.«

»Das ist mir bekannt.«

»Sehen Sie. Man weiß ja, wie diese Dinge laufen: ein kleines Städtchen, zwei wirtschaftlich bedeutende Familien, zu viele Hähne im Hühnerhof, und so wird man zu Feinden. Ein zu starkes Wort, nicht wahr? Gegner. Rivalen in der Politik, bei den Geschäften, bei den Dingen des Alltags.«

»Hören Sie, meine Forschungen sind rein privater Natur, sie sind gar nicht für eine Publikation bestimmt.«

»O nein: Das dürfen Sie mir jetzt aber nicht sagen!« Und Pintacorona umfaßte Lo Nardos Arm. »Sie sind jung. So reden Sie jetzt. Das denken Sie jetzt. Dann merken Sie, daß die Arbeit mühsam ist, langwierig und langweilig. Der Berg Ihrer Aufzeichnungen wächst. So entsteht die Versuchung: warum nicht etwas schreiben? Vielleicht nur ein paar Seiten. Eine kleine Abhandlung. Und es gibt immer irgendeine Zeitschrift, die das veröffentlicht. Und dann ist da ein Bürgermeister, ein Stadtrat, ein lokaler Verkehrsverein, der sagt: Wir haben Ihren Aufsatz gelesen, und da wir uns gerade mit der Erforschung unserer Stadtgeschichte beschäftigen, um den jungen Menschen die Ursprünge unserer Gemeinschaft nahezubringen, warum lassen wir da nicht gleich ein Buch auf Kosten der Kommune drucken, mit der Schirmherrschaft der Provinz und mit Zuschüssen von der Region? Ich weiß, wie diese Dinge laufen.«

»Ich versichere Ihnen, ich habe nicht die geringste Absicht …«

»Lassen Sie's gut sein, mein Freund. Lassen Sie das. Ich kenne mich aus in diesen Dingen. Dann fahre ich in den Ferien nach Hause, gehe in die Buchhandlung meiner Heimatstadt und finde ein schönes Buch. Ich kaufe es. Lese darin. Und was finde ich?«

»Was?«

»Bockmist finde ich.«

»Bockmist?«

»Genau das: Bockmist! Die Pintacorona hier und die Pintacorona da. Die Pintacorona von unten und die Pintacorona von oben. Und die Pancamo dagegen? Die Pancamo hüh und die Pancamo hott, die schönen Pancamo, die guten Pancamo, die reichen Pancamo, die Pancamo, die Pancamo, die Pancamo. Alles Bockmist!«

»Aber ich habe niemals …«

»Im Vertrauen, mein lieber Freund: die Historiker, ich meine die, von denen die Geschichte mit Großbuchstaben geschrieben wird, das sind alles Idioten. Und sie verlieben sich immer in die gleichen Figuren.«

»Na, das würde ich nicht sagen.«

»Denken Sie nach. Die Geschichte braucht Helden, das sage nicht nur ich. Die Geschichte in Großbuchstaben muß immer auf irgend jemandes Seite stehen, sonst wäre sie nutzlos und unverwendbar. Nur die andere, die Geschichte in Kleinbuchstaben, die schlägt sich auf niemandes Seite, weil sie die Geschichte eines jeden von uns ist. Mit uns selbst schreibt sie sich und ereignet sich, um dann mit uns zu sterben. Nur eines will ich Ihnen sagen: Die Pancamo sind keine Helden. Auch die Pintacorona sind keine Helden, und wir wollen durchaus nicht als solche gelten. Aber auch nicht als Dummköpfe.«

»Es ist spät, ich muß zurück in die Bibliothek.«

»Bravo. Gehen Sie arbeiten«, sagte Pintacorona, und schon brachte er Lo Nardo zur Tür des Kreuzgangs zurück. »An Ihrem Platz werden Sie einige Papiere finden, die ich dort für Sie hingelegt habe. Es handelt sich um die Kopie eines Manuskripts von Don Ettore Pintacorona. Ein Vorfahre von mir. Erinnerungen. Ein Tagebuch. Sehr interessant, Sie werden schon sehen. Wenn Sie etwas geschrieben haben, kommen Sie mich besuchen. Ich werde mit Professor Santomauro darüber sprechen, wir sorgen dafür, daß Sie etwas in der Zeitschrift meines Freundes veröffentlichen können. Eine schöne Zeitschrift, voll mit Geschichte: alles Bockmist, aber gut gemacht.«

Als Lo Nardo die Tür öffnete, schlug ihm der Gestank des Marktes in die Nase.

»Ich gehe dann.«

»Gehen Sie. Ich bleibe noch ein wenig hier. Haben Sie gemerkt, was hier für ein Frieden herrscht?«

»Ich gehe. Auf Wiedersehen.«

»Auf Wiedersehen.«

Pintacorona verschwand hinter dem Portal, das zufiel und das uralte, kühle Geheimnis des Kreuzgangs wieder hinter sich verschloß.

Juli 1912

170 | Dieses Rindvieh von einem Bürgermeister hat sich sogar die Schärpe umgebunden, Schwachkopf, dämlicher, der er ist.

Und es spielt die Kapelle, die nicht mal einen Marsch hinkriegt, so lausig sind die: Meine Augen wollen nicht mehr, ich halt mich nicht auf den Beinen, aber ein feines Ohr, o ja, das ist mir geblieben.

Ein Rindvieh der Bürgermeister und Rindviecher alle, die in die Hände klatschen, denn alle denken, was wunder sie da Großes vollbracht haben mit dieser Marmorplatte an der Mauer in der Ecke der Piazza.

Das größte Rindvieh aber ist der Bürgermeister, hat er doch die Dreistigkeit besessen, mich zu fragen, ob ich bei der Zeremonie dabeisein will, im Namen der alten Freundschaft mit dem Patrioten unseres Ortes, dem großen Helden, diesem Kotzbrocken. Aber ich hab ihm nicht mal geantwortet: Ich hab ihn im Spiegelsaal stehen lassen, mit seinem Ohrfeigengesicht, anders sieht er ja eh nie aus, und hab mich in mein Zimmer zurückbringen lassen.

Und von da hab ich sie gehört, wie sie in die Hände klatschten wie die Affen und Makaken, die sie sind. Man erzählt mir, daß einige sich sogar erlaubt haben, zu meinen Fenstern hochzublicken, die ich geschlossen hielt. Sie glotzten hoch und zeigten sich gegenseitig mit dem Ellenbogen die schwarzen Tücher, die ich von Mastro

Petro hab anhängen lassen. Schöne Trauertücher mit Schleife, mit Stange, mit Falte und einem *marranzano*, unserer sizilianischen Maultrommel.
Mein Glück ist, daß ich nicht mehr aus diesem Haus raus kann, daß meine Füße inzwischen wie Ricotta sind und ich mir in die Hosen pisse. Und nun muß ich kurz vor meinem hundertsten Geburtstag in vier Monaten, am 21. Oktober 1912, so etwas noch erleben: Die Piazza von Giallonardo wird nach diesem Erzschurken und Hundesohn Gioacchino Pancamo benannt, dem großen Patrioten.

Da braucht man wirklich Mut, Patriot unter den Namen dieses ehrlosen Lumpen zu schreiben, der nicht einmal jetzt, da ihn die Teufel der Hölle auffressen, begreift, wo er ist, so wie er sein ganzes Leben lang nie irgendwas begriffen hat. Und trotzdem, bei all seiner Einfältigkeit hat er immer das Glück der Faulpelze und der Idioten gehabt, denen die reifen Feigen in den Mund fallen, so daß er, wenn er überhaupt mal aufs Meer rauskam, immer mit dem Arsch voller Tintenfische zurückkehrte, weil bei ihm die Dinge immer irgendwie richtig liefen, dieser Hahnrei, verflucht sei er.
Mein Glück ist, daß ich nicht mal mehr einen Fuß hinter den anderen setzen kann, so muß ich wenigstens nicht an der Marmorplatte mit dem Namen dieses elenden Bastards vorbeigehen. Und sein Glück ist es auch, da unten bei den Toten, denn wenn ich mich bewegen könnte, klar, dann würde ich ihm zweimal Spucken am Tag nicht ersparen: einmal auf dem Hinweg und einmal auf dem Rückweg, so würde ich ihm das Gesicht waschen, den Namen und das feierliche Andenken an diesen Patrioten aus stinkender Scheiße.
Aber die Genugtuung, ihn zweimal am Tag mit dem Elixier meiner Spucke einzuparfümieren, die spare ich mir

auf, bis wir uns in der Hölle treffen, wo sie ihn nun schon seit vierzig Jahren braten, mit oder ohne Teigmantel.
Denn er hat sogar das Glück gehabt, eines plötzlichen Todes zu sterben. Mit achtundfünfzig Jahren ist ihm das Herz innerhalb von drei Minuten stehengeblieben, keinen Furz konnte er mehr tun, und dann haben sie ihm ein geradezu päpstliches Begräbnis ausgerichtet, ich bitte um Entschuldigung wegen des Vergleichs mit dem Heiligen Vater. Seine Frau und Kinder standen da und flennten um ihn, als hätten sie ihren Hund verloren, dabei hat er wenig Geld hinterlassen, viel Ruhm zwar, aber mit Ruhm kann man sich gerade mal den Arsch abwischen.

Mit achtundfünfzig wollte ich auch lieber sterben, denn damals habe ich drei Weibern den Hof gemacht, aber so, wie sich's gehört, am Morgen, am Mittag und am Abend; Frieden hatte ich keinen im Bett. Also wünschte ich mir, gerade dann in die Ewigkeit einzugehen, wenn ich an den Brüsten von Santa Torrisi, denen von Donna A. und denen der Contessa aus Palermo hing. Ihr Palazzo stand immer offen für mich und ihre Schenkel auch, zu jeder Stunde, sogar wenn ihr Mann im Haus war, dieser arglose Gimpel und Hahnrei.
Und jetzt mit hundert Jahren will mir das Sterben nicht gelingen, obwohl ich jede Nacht zu allen vermaledeiten Heiligen bete, sie sollen mich holen kommen. Denn im Kopf, da sitzen mir die Gedanken und die Kraft wie damals, als ich klein war, aber die Augen haben mich im Stich gelassen und die Beine sind die eines drei Monate alten Wickelkinds.
Auch zum Sterben braucht man Glück. Verdammt viel Glück. Nur der Kopf bleibt mir. Und die Gedanken. Und die Sachen, an die ich mich erinnere, so lebendig, als wären sie heute passiert. Ein brillanter Kopf in der steifgefrorenen Hülle des Körpers.

Aber bevor der Tod, dieser verfluchte Hundsfott und Mörder endlich beschließt, mich hier in diesem Palazzo abzuholen, wo er mich vergessen hat, muß ich wenigstens noch berichten, wer er wirklich war, Gioacchino Pancamo, Afterpatriot der Scheiße, geboren 1812 in Giallonardo und gestorben 1870 in Palermo, ein Idiot im Leben und ein Hohlkopf im Tod, in saecula saeculorum, Amen.

Da mir die körperliche Kraft fehlt, eigenhändig aufzuschreiben, was ich gesehen habe, und was – ich schwöre es vor Gott – die reine Wahrheit ist, vertraue ich diese Erinnerungen der Feder meines Mastro Petro an. Zwar hat er nur die ersten Grundschulklassen besucht, denn mehr braucht es nicht, die Bücher zu führen bei der Verwaltung der Güter meiner Familie, den Pintacorona, er ist also vielleicht dümmer als ich, der ich keine reguläre Schulbildung habe und mir nicht zutraue, recht zu schreiben. Aber Bücher hab ich gelesen in meinem Leben, mehr als Gioacchino Pancamo, der sich Literat und Gelehrter nennen ließ, und der einen Esel höchstens um sein dickes Rohr beneiden müßte, aber im übrigen waren er und ein Esel ganz und gar ein und dieselbe Sache.

Daß es an einem Sonntag war, das ist sicher. Juli war's, und auch das hat sich mir ins Hirn geprägt wie die Seite eines Buches. Man schrieb das Jahr 1828. Sechzehn Jahre war ich alt und so stark wie ein Stier. Mein Vater hatte mich ins Priesterseminar gesteckt, wollte mich unbedingt zum Pfaffen machen, denn so war es festgelegt in unserer Familie, daß der zweite oder dritte Sohn die Kutte anlegen mußte. An meinen Bruder Serafino dagegen gingen der Titel und das ganze Erbe, weil er der Erstgeborene war.

Das Seminar von Girgenti lag vor der Kathedrale von San Gerlando, dem höchsten Punkt der Stadt, wo es heute noch steht. Wir waren etwa hundert Jungen, solche, die dran glaubten, und solche, die einen Furz drauf gaben wie ich. Gioacchino Pancamo brachte ganze Nächte damit zu, zu Gott und allen Heiligen, zur Jungfraumaria und Jesuschristus zu beten. Schon mit sechzehn Jahren, denn zwischen uns lagen nur wenige Monate, hatte er ein Gesicht wie ein Prediger, wie eine von diesen ernsten Figuren, die

zu Monsignores gemacht werden.

Wir wurden wie im Gefängnis gehalten. Aber im Gegensatz zu uns kamen die Zuchthäusler von San Vito wenigstens manchmal raus und konnten in den Gärten beim Gefängnis die Erde umgraben, damit dort Zucchini, Auberginen und Tomaten für die Speisung aller eingesperrten Christenmenschen wuchsen. Für uns dagegen gab es keinen Ausgang, nur Gebete und Rosenkränze und Litaneien und Heimlichkeiten in den Aborten.

Im Sommer war es nicht mal in der Kathedrale kühl. Durch die vergitterten Fenster drangen das blendende Licht und die Hitze, die die ganze Talebene von Raffadali bis Santa Elisabetta, von Ioppolo bis Aragona erfüllten. Vom höchsten Zimmer im Refektorium aus sah ich das Meer, und mir war, als könnte ich es berühren, und ich dachte an meine Kameraden in Giallonardo, die jetzt schnell wie der Wind an der Straße zur Küste liefen, um Weibern und Eidechsen hinterherzujagen.

Mir ging mächtig viel im Kopf herum, obwohl ich jung war und wenig von der Welt wußte. Aber ich hielt die Augen offen, und so hatte ich herausgefunden, daß das Eingangsportal des Seminars gleich nach dem Mittagessen unbeaufsichtigt blieb, weil der wachhabende Küster auf den Getreidesäcken des Vorratslagers neben den Küchen einduselte, so daß ihm der Kopf nach hinten kippte und der Mund offenstand. Das Türschloß war nicht abgesperrt, der Riegel lose: zack, zack, zweimal stoßen, und da lag der Vorplatz des Seminars, weiß unter der grellen Sonne.

Das Problem würde allenfalls sein, wie man abends wieder reinkam, wenn der Pater Prior seinen Kontrollgang durch die Zimmer machte, nachdem er den ganzen Sonntag über im Landhäuschen seiner Schwester Erfrischung gesucht hatte. Aber ich wußte genau, um welche Uhrzeit er mit der Kalesche zurückkommen würde, und einmal hatte ich mich schon probeweise hinter die Kutsche geschlichen. Im Dunkeln hatte niemand gesehen, wie ich zwischen die Räder schlüpfte und mich heimlich in die Vorhalle des Seminars einschmuggelte.

Doch als ich draußen vor dem Tor stand und den eingenickten Wächter schnarchen hörte, tauchte plötzlich dieser Volltrottel Gioacchino Pancamo hinter mir auf.

»Und du, was willst du hier?« fragte ich.

»Ich geh raus, wie du, Ettore«, sagte er mit seinem dünnen Stimmchen.

»Bist du jetzt endgültig vom Affen gebissen?«

»Nein, ich sage, daß ich auch rausgehe.«

»Geh doch beten und laß mich in Ruhe.«

»Wenn du mich nicht rausläßt, sag ich alles dem Prior.«

»Bist immer schon ein Aas gewesen, Pancamo.«

»Du hast mich nicht gesehen, und ich dich nicht.«

»Aber wenn es dich erwischt, hab ich nichts damit zu tun.«

»Wer hat dich um was gebeten?«

»Wenn wir draußen sind, geht jeder seines Wegs.«

»Mit dir, Pintacorona, geh ich keinen Moment lang auf derselben Straße.«

»Um so besser.«

Als wir auf der Piazza waren und uns umgeschaut hatten, verabschiedeten wir uns nicht mal voneinander: ich ver-

schwand in die eine Richtung, er in die andere, und auf Nimmerwiedersehen.
Ich schlenderte durch die Viertel Rabato und Bibbirria und besuchte Maruzza la Ciàula, die Oregano und Meeresschnecken verkaufte, sie hatte dicke Brüste und einen festen Hintern, ließ sich anfassen, und für ein paar Münzen ließ sie mich den Rest erledigen, so wie ich's wollte.

Erleichtert spazierte ich aus der Stadt, um über die Felder zu streifen: Ich stahl Melonen, aß Tomaten, pißte unter Mandelbäumen, bewarf die Hirten mit Steinen, knüpfte die Maultiere los, die die Bauern an Olivenbäume gebunden hatten, stach das Vieh mit Artischockenstacheln und schüttete die vollen Wasserbehälter in die Häuser.
Frei wie ein Vogel war ich: vor mir lag mein ganzes Leben, ich sah mein Meer und die gelben Steine der Tempelruinen, nahm mir vor, hinzugehen, kam aber nie an, denn allzuviel lenkte mich ab, außerdem wurde ich müde, und plötzlich bekam ich Angst, weil die Sonne schon die Stunde der heimlichen Rückkehr ins Seminar anzeigte.
Das Einschleichen verlief glatt und unbeobachtet wie das Gleiten der Kutschräder, zwischen denen ich mich versteckte. Ich fand den Weg zurück in den Schlafsaal, pünktlich zum zweiten Abendappell.
Dennoch wurde dies eine unruhige Nacht, kaum daß der Prior und der Propst die Abwesenheit von Gioacchino Pancamo bemerkten: Mit Fackeln rannten die Pfaffen kreuz und quer durchs Haus, rafften ihre Röcke und riefen sich zu: »Mir sagt ein Gefühl, da ist Übles geschehen.«
»Ein furchtbares Unglück! Ein Stein, der vom Himmel fiel!«
»So klug war er, so vernünftig.«
»Er war, er war. Ist er etwa tot? Seht lieber zu, daß Ihr etwas unternehmt, statt allerorten Unkenrufe zu verbreiten.«
»Und wer sagt es seinem Vater?«

»Die Räuber haben ihn verschleppt.«
»Küster, seid Ihr sicher, daß Ihr ihn nicht rausgehen saht?«
»Bei der heiligen Seele meiner armen Mutter: Den ganzen Tag saß ich vor dem Tor, und niemand kam nach Euch heraus, Monsignore.«
Von meiner Bettstatt aus hörte ich dieses Stimmengewirr aus Dummheiten, und dabei verfluchte ich Gioacchino Pancamo wegen der höllischen Nacht, die er uns bereitete, denn an Schlaf war ja nicht zu denken bei all diesen Schwarzröcken, die von einer Ecke des Seminars zur anderen rannten, sich die Haare rauften und die Seele aus dem Leib jammerten, obwohl wir Jungen todmüde waren und genau wußten, daß uns binnen kurzem, noch vor dem Morgengrauen, die Frühmesse nicht mal dann erspart bleiben würde, wenn einer von uns fehlte.
In den folgenden Tagen kam heraus, daß dieser Strohkopf in Gesellschaft dreier ausländischer Reisender bei den griechischen Ruinen gesehen worden war.
Mein Vater, der mich besuchen kam, erzählte mir, daß dieser nichtsnutzige Hundesohn Gioacchino Pancamo aus heiterem Himmel beschlossen hatte, sich drei Franzosen anzuschließen, die schwerreich waren, nichts zu tun hatten und auf der Suche nach alten Steinen durch Sizilien zogen.
Gioacchinos Mutter aber wurde krank vor Kummer, bis sie daran starb, und sein Vater beschloß, sich in das Mönchskloster von Giallonardo zurückzuziehen. Das war günstig für meinen Vater, denn die beiden gehörten verfeindeten politischen Gruppierungen an, und so wurde mein Vater Bürgermeister.
Zwei Jahre später, mein armer Vater war schon tot, und ich hatte die Kutte des Priesterseminars weggeworfen, traf ich Gioacchino Pancamo an der Strandpromenade von Palermo wieder.

Es war ein ziemlich kühler Abend, der Sommer war fast vorüber. Ich spazierte gerade mit Mimì Lojodice, Fifi Aronica und den drei Schwestern Filippa, Franca und Flora, die vielen Hoffnungen machten und wenige erhörten, über die Promenade, als jemand meinen Namen rief. Da ich schon gesehen hatte, daß er es war, tat ich so, als hätte ich nichts gehört, aber der Affe kam hinter mir her. »Mein

lieber guter Ettore«, sagte er mit einer französischen Aussprache und ein wenig heiser.

»Lieber Gioacchino, man wartet noch immer auf dich im Seminar.«

»Stimmt, seit jenem Sonntag haben wir uns nicht wiedergesehen.«

Er hatte sich einen Vollbart wachsen lassen und lief mit einem Buch unter dem Arm auf der Promenade herum. Ich sah, daß er zu einer Gruppe von Tintenklecksern gehörte, die nichts als bedrucktes Papier fressen und sich den Kopf mit den Gedanken anderer Leute vollstopfen.

»Ich muß mich bei dir bedanken«, fügte er hinzu, wieder mit diesem verstimmten R aus Paris. »Und es tut mir leid, daß ich das nicht schon früher getan habe.«

»Mir danken? Und wofür?«

»Dafür, daß du mich aus dem Seminar herausgelassen hast, vor allem aber dafür, daß du mir nicht erlaubt hast, mit dir zu gehen.«

»Jungenstreiche.«

»Nein, das meine ich nicht. Sieh mal, Ettore, ich habe dich immer beneidet: Die Art, wie du das Leben anpackst, wie du intensiv am Leben teilnimmst, war für mich ein ständiger Anlaß zum Kummer. Ich wollte sein wie du, aber es gelang mir nicht. Immer blieb ich abseits, eingeschlossen in meine Schüchternheit, ich war unfähig, in das Wesen der Dinge einzudringen, wie du es konntest.«

»In das Wesen der Dinge eindringen? Gioacchino, hör mal, das sagt man aber anders!«
»Siehst du, auch um diese Art, Späße zu machen, habe ich dich beneidet. Du bist so prall, so gesund, so schamlos. An jenem Tag wäre ich gerne mit dir gegangen, um mich von dir führen zu lassen, um mir ein bißchen vom Leben zu stehlen. Aber deine Antwort hat mich zu Eis erstarren lassen, und aus Stolz bin ich nicht zurückgekehrt. Ich lief in der Stadt herum, dann sah ich die Ruinen der Tempel, und sie zogen mich an. Ich mußte lange unter der heißen Sonne gehen, bis ich sie erreichte. Und dort hat sich mein Leben verändert.«
»Denk mal, ich bin nie hingegangen.«
»Ich begegnete drei Franzosen. Drei Bildungsreisenden. Einer besonders, der Älteste, war und ist ein außergewöhnlicher Mann. Ein Gelehrter, ein Schriftsteller, ein großer Geist.«
»Und wer soll das sein?«
»Ich glaube nicht, daß du ihn kennst. Er heißt Henri Beyle. Er ist durch ganz Europa gereist und hat Napoleon kennengelernt.«
»Nie gehört.«
»Hier in Sizilien kennt ihn niemand. Er selbst sagt, daß er erst nach seinem Tod berühmt werden wird, vielleicht erst in hundert Jahren. Aber darum geht es nicht: Nach dieser Begegnung bin ich nicht mehr derselbe gewesen. Und dafür muß ich dir in gewisser Weise danken.«
»Zuviel der Ehre, Gioacchino«, antwortete ich und deutete eine Verbeugung an. Aber mein Sarkasmus freute mich nicht. Irgend etwas in Pancamos Stimme beunruhigte mich, wie die Ahnung von etwas, das ich verloren hatte, für immer.
Es war nur ein Augenblick. Mimì und Fifì riefen nach mir,

denn die drei Schwestern Zarcone aus Caramazzù hatten beschlossen, weiterzugehen, in den Park hinein, und da war es angeraten, ihnen zu folgen.

Gioacchino Pancamo ging zurück zu seinen Freunden, um weiter mit diesen Klugscheißern zu reden, die sich, statt mit Weibern, bloß mit Ideen abgeben.

»Wer ist das?« fragte Mimì, während er Donna Filippa ein Zeichen gab, sie könne weitergehen, wir würden hinterherkommen.

»Einer, der Frankreich entdeckt hat.«

»Französische Weiber?« fragte Fifì.

»Nein, Männer«, antwortete ich.

»Oh, wie schade. Und wie schmerzhaft, wenn man unten zu liegen kommt.«

Gioacchino Pancamo drehte sich nicht einmal um bei unserem brüllenden Gelächter. Vielleicht hatte er nicht verstanden.

Fünfzehn Jahre später schaffte es dieser Drecksack, der absolut nichts begriff, sich eine Kugel in die Schulter jagen zu lassen, als er im Januar 1848, in den Tagen des Aufstands, wo es ein paar Tote gab, über die Piazza Cassaro ging. Ein weißer Verband genügte, nach vierzig Tagen war er wiederhergestellt und zum Helden der Aufständischen ernannt.

Ohne daß er begriff, wie ihm geschah, denn er begriff ja nie etwas, holten sie ihn in das provisorische Komitee der Piazza Fieravecchia, wo er dann Edikte und Proklamationen unterzeichnete, zusammen mit Rosolino Pilo, Giacinto Carini, Giuseppe La Masa, Giuseppe Oddo Barone, dem Baron von Bivona und dem Fürsten von Villafiorita. Und vier Monate später machte Ruggero Settimo ihn zum Minister seiner provisorischen Regierung, die nur darauf wartete, vor den Neapolitanern die Hosen runterzulassen.

Als die Bourbonen an die Macht zurückkehrten, blieb er der ahnungslose Blödian, der er war, denn es fiel ihm nicht mal ein, nach Malta zu fliehen, wie die anderen es taten. Der General Filangieri hielt ihn für so vertrottelt, daß er sich gar nicht darum bekümmerte, ihn erschießen zu lassen, sondern ihn in eine Zelle im Kastell am Meer steckte, wo ihm das Mittag- und Abendessen von einem Diener serviert wurde.

Und als dieser Galgenstrick und Jammerlappen Garibaldi in Sizilien landete, um die alten Revolutionäre glücklich zu machen, wurde Gioacchino Pancamo triumphierend gefeiert, zum Senator des Königreichs gemacht und zum Helden Siziliens und des Vereinigten Italien ausgerufen, denn schaden konnte er nun niemandem mehr, das Alter und die Erfahrung hatten ihn noch schwachköpfiger gemacht, wenn das überhaupt noch möglich war.

Nun dachte ich immer, ich hätte mit meinen hundert Jahren alles erlebt und würde mich über nichts mehr wundern, nicht mal über einen Floh, der hustet. Aber das Leben ist infam und hat mir nichts ersparen wollen. Also mußte ich sogar das noch ertragen: Gioacchino Pancamo, der Patriot, geehrt mit einer Marmortafel auf der Piazza mitten in der Stadt.

Die einzige Genugtuung, die mir bleibt, ist der Gedanke, daß er wenigstens zeit seines Lebens zu blöd war, um zu erkennen (denn er hat ja nichts kapiert, nicht mal seinen eigenen Schatten), daß er dem größten lebenden Schriftsteller begegnet war.

Alle Bücher habe ich gelesen, alle Tagebücher, alles, was Henri Beyle, der sich Stendhal nannte, geschrieben hat. Bei jeder Zeile, bei jedem Satz, bei jedem Wort trifft mich der Schlag, wenn ich daran denke, daß ich ihm hätte begegnen können, an jenem Sonntag im Juli des Jahres 1828.

Ich hätte zum ersten und einzigen Mal in meinem Leben mit einem wirklichen Genie sprechen können. Aber das Glück ist nie auf meiner Seite gewesen, es hat mich immer in der falschen Ecke zurückgelassen.

In dieser Agonie, die nicht aufhören will, tröste ich mich, indem ich mir einrede, daß Stendhal niemals nach Sizilien gekommen ist, weder an jenem Sonntag, noch sonst irgendwann: Wenn es so wäre, hätte ich ihm nicht begegnen können, weder ich noch Pancamo (und wer weiß, welcher Franzose ihn statt dessen damals verarscht hat).

Aber inzwischen ist zuviel Zeit vergangen, um die Wahrheit noch auszukosten, und außerdem kümmert es niemanden mehr einen Scheißdreck.

12. Kapitel

Ein dicker Wassertropfen klatschte ihm auf die Nase.
Liborio Bellavia hielt verblüfft inne, die Hacke in der Hand erhoben wie ein Szepter. Er blickte zum Himmel auf und musterte das kompakte Grau. Dann streckte er die freie Hand nach dem nächsten Spritzer aus.
Nichts.
Doch diese Andeutung von Regen genügte, ihn von seinem Vorhaben abzubringen: Die Arbeiten für den Zugangsweg zur Gruft der Familie Fragamone Tarallo wurden auf einen unbestimmten, späteren Zeitpunkt verschoben. Bellavia beschloß, sich in Erwartung einer ruhigeren Wetterlage in das Wärterhäuschen zurückzuziehen.
Der Wind, der von den offenen Schluchten zum Meer hinunterwehte, hatte sich inzwischen gelegt, die Luft stand still. Bellavia stellte die Hacke in der Ecke ab, der leichtfertige Anfall von Arbeitswut war im Keim erstickt. Er kehrte an seinen Tisch zurück, wo das Rätselheft auf der Seite mit dem noch unvollendeten Kreuzworträtsel aufgeschlagen dalag. Er machte dort weiter, wo er aufgehört hatte, 17 senkrecht: gebildeter Mann mit großen Kenntnissen. Neun Buchstaben, erster Buchstabe ein G. Aber er kam einfach nicht drauf, also wandte er sich den drei Buchstaben bei 5 waagerecht zu: Die Hälfte vom Norden. Das war leicht, obwohl er zwischen NOR und DEN schwankte. Diese Unsicherheit ließ Liborio Bellavia, den städtischen Totengräber von Giallonardo, in jenes Grübeln verfallen,

das ihn manchmal hinterrücks erwischte, um ihn in tiefe Abgründe zu ziehen, aus denen er verdutzt und völlig erschöpft wieder auftauchte.

»Im Regen sind die Toten noch einsamer.« Mit diesem Gedanken sah er sich nun plötzlich konfrontiert, und daran knüpfte sich ein anderer, wie sehr sich nämlich die Menschen, die lebenden wohlgemerkt, bei Regen aneinander-

drängen, wenn sie in ihren Häusern sitzen oder sich unter Balkone flüchten, wo sie dann vereint sind im gemeinsamen Warten auf Wetterbesserung.

Bei Regen blieben in der dumpfen Stille des Friedhofs nur noch die Toten zurück, extrem selten wurden die Besuche der vom dunklen Himmel abgeschreckten Familienangehörigen.

Das Auftauchen von Leonardo Lo Nardo im Wärterhäuschen unterbrach diesen ungehinderten Gedankenfluß. Bellavia war noch ganz benommen, so sehr erstaunte ihn immer wieder, daß diese Ideen plötzlich wie von selbst auftauchten, gegen seinen Willen.

»Sie wünschen?« fragte der Totengräber.

»Ich suche das Grab des Richters Fanara.«

»Regnet es?«

»Ich habe nicht den Eindruck, daß es regnet.«

»Vor kurzem hat es geregnet.«

»Ein paar Tropfen«, präzisierte Lo Nardo.

»Wenn es regnet, kommt überhaupt niemand.«

»Das Grab des Richters Fanara?«

»Ganz hinten, immer geradeaus. Vor der Kapelle. Sie finden den Weg leicht, da steht ein Metallgerüst.«

»Auf dem Grab?«

»Nein, an der Kapelle. Sie wird restauriert, heißt es. Seit zwölf Jahren.«

»Das kennt man ja.«

»Tja. Die Arbeiten sind eingestellt.«
»Danke und auf Wiedersehen.«
»Auf Wiedersehen. Ach, entschuldigen Sie bitte. Vielleicht können Sie mir helfen. Neun Buchstaben: gebildeter Mann mit großen Kenntnissen. Fängt mit G an.«
»Gelehrter?«
»Gelehrter? Richtig, das paßt. Danke!«
»Keine Ursache.«

Leonardo ging über den Friedhof. Er ließ die Wegkreuzung aus zypressenbestandenen kleinen Alleen hinter sich, die durch das große, auf einen Steinhaufen gepflanzte Eisenkreuz sakrale Würde erhielt. Am hinteren Ende stützte ein Gerüst aus Metallstangen die Fassade der Friedhofskapelle und verbarg ihre vom Regen und der Zeit ausgewaschenen Tuffsteinquader.
Eine ungeschliffene Marmorplatte, kein Foto, keine fliegenden Engel, keine zerbrochenen Ketten. Nur der Vor- und Nachname, die Daten: Rosario Fanara, 1932–2001. Ein nüchternes Bild ohne Tränen, wie es zu dem einsamen Ende des Richters und wahrscheinlich auch zu seinen spärlichen testamentarischen Verfügungen paßte.
Lo Nardo dachte an den Satz, den er auf den Grabstein von Luigi Lo Nardo hatte meißeln lassen: »Vater, auch wenn du nicht mein Vater wärst, auch wenn du ein Fremder für mich wärst, ich würde dich um deiner selbst willen genauso lieben.«
Und ihn packte die Sehnsucht nach seinem Vater, das spontane Bedürfnis, wieder sein zerstreutes Lächeln zu sehen, mitsamt seiner unvernünftigen Starrköpfigkeit, dem unentwirrbaren Knäuel der Feindschaft, das Söhne und Väter seit jeher verbindet.
Er nahm die Rose, die er in Palermo an einer Ampel der Umgehungsstraße gekauft hatte. Er legte sie auf die Mar-

morplatte und sagte sich, daß der Tränenschleier, den er jetzt zwischen seinen Lidern zu zerdrücken versuchte, nicht Fanara gelte.
Ein Regentropfen benetzte den rohen Grabstein. Weitere folgten, das flüchtige Gewebe zwischen Trocken und Naß wurde dichter. Leonardo fand eine Zuflucht unter dem Gerüst. Es würde bald aufhören. Vielleicht.

 Leonardo lehnte sich gegen die alte Kirchentür und spürte, wie sie hinter ihm nachgab. Er spähte durch den halboffenen Spalt: Durch den abgedeckten Teil des Daches der alten Kapelle fiel Licht ins Innere.
Er ging hinein und trat auf Marmorreste, Bruchstücke von Ziegelsteinen, Gestrüpp. Was von der Kapelle geblieben war, zeugte von einer spätbarocken, mehrfach umgearbeiteten Architektur. Eindrucksvoller war sie auf jeden Fall jetzt, da der Regen durch das klaffende Loch in der Decke drang, das Mittelschiff ein Raub von allerlei Unkraut geworden war und Feigwurz sich um eine Säule rankte.
Er blieb stehen und hörte dem Regen zu, der sich zwischen dem Gipsstaub am Boden seinen Weg suchte und auf die breiten Blätter des Feigenbaums trommelte.
Er versuchte herauszufinden, ob er wohl im Begriff war, verrückt zu werden, und sah sich in gewisser Weise dadurch bestätigt, daß er an diesem Samstagmorgen unter dem zerbrochenen Deckengewölbe der Kapelle des Friedhofs von Giallonardo stand.
Aber der Tag hatte schon schlecht angefangen. Bereits der Freitagabend war voll unheilschwangerer Vorzeichen gewesen. Bei der Rückkehr nach Hause war er auf der Treppe Bettas Schwester in die Arme gelaufen. Und diese Begegnung hatte ihn in Alarmbereitschaft versetzt: Ihr gereizter Gruß genügte, ihm schwante sofort, daß sich daheim etwas Bedrohliches verdichtete. Aber es war zu spät, um

zu fliehen oder den Kurs und die Wege des Schicksals zu ändern.
Ihn empfing Bettas Schweigen. Kalt und widerspenstig. Der Zorn seiner Frau entlud sich in der Geste, mit der sie ihm Maddalenas Foto und die Schwarzweiß-Vergrößerung entgegenschleuderte, die er bei dem Fotografen in Auftrag gegeben hatte. Dieser Trottel hatte offenbar gedacht, er tue ihm einen Gefallen, wenn er Betta alles aushändigte. Sie war nämlich bei ihm gewesen, um eine alte Minolta reparieren zu lassen, die seit drei Jahren auf der Anrichte im Wohnzimmer vergammelte. Oder vielleicht war der Fotograf gar kein Trottel, sondern hatte den Jago spielen wollen, denn es gibt ja kaum ein größeres Vergnügen.
Vergeblich alle Erklärungen; der Versuch zu erläutern, daß die Person auf dem Foto – auf beiden Fotos – seit über fünfzehn Jahren verstorben war, wurde abgelehnt. Im Gegenteil, gerade diese Suche nach einem Milderungsgrund führte zum brüsken Abbruch der Konversation, die an der zugeknallten Schlafzimmertür zerschellte.
Leonardos Nachtruhe erlitt Schiffbruch auf dem Sofa im Wohnzimmer, wo er sich selbst, den Fotografen und die Minolta verfluchte, die ein würdigeres Ende im Mülleimer verdient hätte: so was wurde ohnehin nicht mehr hergestellt, es lohnte sich nicht einmal, sie wieder funktionstüchtig zu machen.
Er hätte nicht genau sagen können, ob sie beim Einschlafen oder kurz vor Morgengrauen gereift war, die Entscheidung, das Auto zu nehmen, Palermo hinter sich zu lassen, auf die Schnellstraße nach Agrigent zu fahren und bei Giallonardo abzubiegen, obwohl der Morgen so finster war, daß die Fahrer der wenigen Autos einander ungläubig beäugten.

Mit Sicherheit aber hatte die Entscheidung Gestalt angenommen, als Betta wieder im Wohnzimmer erschienen war, auf dem Gesicht die Spuren einer durchgrübelten Nacht und im Kopfkissen erstickter Wutanfälle, und erklärte, sie habe beschlossen, auf die künstliche Befruchtung, auf eine mögliche Schwangerschaft und auf ein mögliches, in welcher Weise auch immer mit Leonardo Lo

Nardo zu teilendes Kind zu verzichten. Eine Erklärung, die so kalt und glatt klang wie Grabsteinmarmor.

Einige lateinische Schriftzüge auf einer Marmorplatte zu seinen Füßen lenkten Leonardo von seinen pessimistischen Überlegungen ab. Mit Mühe entzifferte er wenige Worte: »EIUS … SECULOR … INCIP …«

Schnell wurde er der Sache überdrüssig, wie immer, wenn er verstaubte lateinische Sätze buchstabierte. Als er sich umblickte, entdeckte er hinter der vom Feigenbaum umschlungenen Säule eine kleine Seitenkapelle, die seine Neugierde weckte. Seine Erkundung brachte einen hölzernen Altar zum Vorschein, über dem ein altes, bis zur Unergründlichkeit verdunkeltes Gemälde hing. Die anderen Wände waren mit Grabplatten bedeckt.

Schon beim ersten Blick überfiel ihn ein Schwindelanfall. Von Grabstein zu Grabstein, von Marmortafel zu Marmortafel, von Inschrift zu Inschrift sprang ihm von allen drei Wänden der Name Pancamo entgegen. Die Daten folgten aufeinander: 1834, 1871, 1799, 1821. Und unzählige Namen von Frauen und Männern, in ersten oder in zweiten Namen durch diesen Nachnamen verbunden.

Hatte er vorhin gefürchtet, kurz vor dem Wahnsinn zu stehen, so sah er sich jetzt endgültig bestätigt, allerdings fast mit euphorischer Befriedigung. Maddalena mit ihren in der Sonne leuchtenden Sommersprossen und das Foto, das Betta ihm entgegengeschleudert hatte, hatten ihn direkt in die Familienkapelle der Pancamo geführt. Vielleicht, das war wahrscheinlicher, hatte auch der Richter Fanara ihn in diesen Raum gelenkt, wo Leonardo seine ganze Besessenheit in Stein gemeißelt wiederfand.

Doch das war ein zu kühner Gedanke, der das Zufallsglück und das Schicksal herausforderte, indem er den Richter Fanara zu einem allzu zweckdienlichen und vorausschauenden Deus ex machina machte, und das auch noch post mortem.

Freilich der Zufall … Irgendwo hatte er gelesen, daß Zufall und Schicksal eins sind: die Legende von Jonas, dessen Name wahllos gezogen wurde, als es darum ging, den göttlichen Zorn zu beschwichtigen, der einen Sturm entfesselt hatte. Für die Menschen der Antike konnte der Zufall nicht fehlgehen: Er war das einzige Regulativ des Chaos. Und der Gedanke war tröstlich für Lo Nardo, denn wenn man alles unter dem Zufall subsumiert, wird man dort auch alles wiederfinden.

Ganz oben, ihrer Entdeckung trotzend, schwarz angelaufen und glanzlos, die offenbar älteste Grabstele.

Lo Nardo kletterte auf den Holzaltar. Er ignorierte das Knirschen der Bretter, die eilige Flucht einer Ratte. Mühevoll entzifferte er Namen und Worte.

HIER RUHT IM FRIEDEN DES HERRN
DONNA MARIA PANCAMO MACHÌ,
GEBORENE GIACOMO SANTO
GEBOREN IN GIALLONARDO UND HIER VERSTORBEN
MIT 52 JAHREN
IM MORGENGRAUEN DES 20. MÄRZ 1799
AM VERDAMMTEN SCHLAGFLUSS.
BARMHERZIG, MILDTÄTIG, FROMM
ÜBERAUS ACHTSAM.

GEHORSAME TOCHTER, TREUE EHEGEMAHLIN,
LIEBEVOLLE MUTTER
FÜR IHRE FAMILIE
EIN ENGEL DES FRIEDENS UND DER FREUDE
WELCHE DURCH IHR HINSCHEIDEN
FÜR DEN EHEGATTEN UND KINDER
NUN FÜR IMMER VERLOREN SIND:

ACH! VEREHRUNGSWÜRDIGE MUTTER
EMPFANGT DIESES DAUERHAFTE MONUMENT
DAS EUER SOHN EUGENIO HIER ERRICHTETE,
TRÄNENÜBERSTRÖMT,
ALS UNTERPFAND SEINER AUFRICHTIGSTEN
VEREHRUNG.
MÖGET IHR IHN SEGNEN!

»Was machen Sie denn da oben?« rief der Totengräber.
Leonardo sprang vom Altar herunter. Er setzte einen Fuß unglücklich auf und spürte einen Schmerz im Fußgelenk.
»Hier darf man nicht rein. Wenn was passiert, werde ich zur Verantwortung gezogen«, zeterte Bellavia wütend.
»Entschuldigen Sie bitte.«
»Ich muß den Friedhof abschließen. Seit zwanzig Minuten suche ich schon nach Ihnen.«
»Ich bin hier reingegangen, weil es regnete.«
»Hier drin regnet es auch. Das Dach ist eingestürzt. Aber es wird nicht repariert. Die Arbeiten sind eingestellt.«
Während sie auf den Ausgang des Friedhofs zugingen, meinte Leonardo plötzlich zwischen all den Grabsteinen und Säulenstümpfen auf einem Grabmal das eingefrorene Lächeln Maddalenas zu erkennen. Aber er hatte nicht den Mut, stehenzubleiben, um das zu überprüfen.
Der Totengräber begleitete ihn zum Ausgang.

»Entschuldigung, sind Sie aus Giallonardo?« fragte Lo Nardo.
»Ja, seit 1948. Praktisch seit ich geboren bin.«
»Hm, haben Sie jemals etwas von der Familie Machì gehört?«
Der Totengräber strich sich mit der Hand über die Wangen und kniff die Augen zusammen:
»Nein, diesen Nachnamen gibt es nicht in Giallonardo.«
»Sind Sie sicher?«
»Sicher? Seit dreißig Jahren bringe ich alle Toten dieses Städtchens unter die Erde. Ich kenne sie alle. Als Tote, aber ich kenne sie. Von jedem Toten, der hier liegt«, sagte er und wies mit dem Finger auf den Friedhof, »kann ich Ihnen alles sagen: Geschmäcker, Geliebte, Interessen, Verwandtschaften, Freundschaften und Feindschaften. Und auch von den Lebenden weiß ich viel. Denn hier kommen sie alle vorbei.«
»Und es gibt keinen Machì? Nicht mal einen einzigen?«
»Nie gehört. Seit ich hier bin, hab ich niemals einen getroffen. Keinen lebenden und erst recht keinen toten. Das kann ich beschwören.«
»Und trotzdem gibt es in der Friedhofskapelle einen Grabstein mit diesem Nachnamen.«
»Wann ist er gestorben?«
»Es war eine Frau. 1799 ist sie gestorben.«
»Da kann ich Ihnen nicht helfen. Ich bin nur für meine Toten zuständig, für die, die ich kenne. Bei den Toten von früher müssen Sie sich an Professor Di Vita wenden.«
»Di Vita?«
»Nunzio Di Vita: Sie finden ihn im Kulturverein, in der Stadt. Wenn einer vor über hundert Jahren gestorben ist, kennt er ihn.« Dann fügte er mit leiser Stimme hinzu: »Er beschäftigt sich mit Geschichte. Alter Kram, Tote aus der

Vergangenheit. Mich langweilt das: Ich ziehe die jüngeren Toten vor, die sozusagen noch frisch und lebendig sind.« Und der Totengräber lachte in sich hinein: Sein Scherz hatte ihm gefallen.

Januar 1956

»Im Jahr 1939 waren Sie ...«

»Das, was ich immer gewesen bin: Direktor des Gymnasiums von Giallonardo und Leiter des städtischen Theaters.«

»Tatsächlich: So steht es hier auch im Bericht der Präfektur.«

»Die Präfektur brauchen wir dafür nicht. Alle wissen es. Und du weißt es auch.«

»Ich bedaure, daß ich diese vertrauliche Anrede zurückweisen muß, aber ich befinde mich hier mit einem dienstlichen Auftrag«, präzisiert Gesuele Pancamo gereizt.

»Egal ob mit du oder mit Sie oder mit Ihr, du bleibst doch immer was du bist: ein Jammerlappen.«

»Ich übergehe diese Beschimpfung, die den Tatbestand der Beamtenbeleidigung erfüllt, wenn sie zu Protokoll genommen wird«, bemerkt Pancamo an den Angestellten gewandt, der das Gespräch mitschreibt.

»Ja, übergeh das. Übergeh es ruhig, besser so«, kommentiert Achille Pintacorona.

Die Fresken mit ihren zu grellen Farben, die an der Decke des Ratssaals im Rathaus von Giallonardo prangen, bleiben ungerührt, wie immer. Der Sonnenwagen, das Werk eines unbekannten Künstlers, bewegt sich nicht, vielleicht wegen des langen Risses, der ihn seit 1908 durchquert, als das Erdbeben von Messina den ganzen Palazzo erschütterte.

Der Angestellte der Präfektur, der zur Abfassung des Protokolls bestellt wurde, nutzt die Pausen, um das bewegte

Treiben halbnackter Göttinnen, robuster Titanen und Putten mit den Gesichtern von Bauernkindern zu studieren. Er verbirgt damit eine gewisse Verlegenheit: niemals hätte er an der Befragung im Rahmen des Verfahrens der Amtsenthebung eines vermutlichen Faschisten teilnehmen wollen, wie es das Dekret Nenni vom 14. November 1945 vorschreibt. Er ist peinlich berührt und schämt sich, denn

dies hier scheint ihm eher die Arbeit eines Sbirren zu sein, und sich selbst sieht er immer noch mit dem schwarzen Umhang der Faschisten bei den Versammlungen, die der frühere Präfekt einberief.
Aber Gesuele Pancamo hat sich auf die Sache versteift. Und zur Zeit, bei dem schwindelerregenden Aufstieg und Fall immer wieder neuer und abgesetzter Präfekten in den letzten drei Jahren, erfüllt Pancamo die Verwaltungsaufgaben der Präfektur, bis der neue Beamte eingesetzt wird, dessen Ankunft aus Florenz seit zwei Monaten angekündigt ist und von Mal zu Mal verschoben wird.
Hier befiehlt Gesuele Pancamo, und Gesuele Pancamo will die in Rom wissen lassen, daß es auch in Sizilien keine Gnade für Kollaborateure gibt. So hat er gesagt: »Keine Gnade.« Doch nun wird er von einer Erinnerung an die jüngste Vergangenheit eingeholt, er fällt in die Rhetorik Mussolinis, ein Lapsus, der ihn verrät.
»Professore Pintacorona, Sie wissen, daß wir bis nach Giallonardo gekommen sind, um ein Gesetz anzuwenden. Ein Gesetz des Königreichs Italien, das befolgt werden muß wie alle Gesetze. Dura lex, sed lex«, hebt Pancamo erneut an, in fast wohlwollendem Ton.
»Du hältst mir eine Predigt auf Latein? Wer bist du denn, der Stadtpfarrer? Latein kann ich besser als du, hab ich dich doch jahrelang die Übersetzungen abschreiben lassen, als wir Klassenkameraden waren.«

»Professore«, und Pancamo erhebt sich hinter seinem Schreibtisch, »die Reminiszenz an unsere gemeinsamen Jugendjahre wird mich gewiß nicht zu parteiischen Entscheidungen bewegen. Ihre captatio benevolentiae wird Ihnen keine Vorteile verschaffen.«
Er setzt eine beleidigte Miene auf. Pintacorona schüttelt den Kopf. Und lächelt.
»Pintacorona, da gibt es nichts zu lachen. Sie riskieren die Entlassung und sogar eine Gefängnisstrafe. Es gibt zahlreiche Beweise für Ihre aktive Mitgliedschaft in der faschistischen Partei«, und Pancamo schlägt mit der flachen Hand auf die schmale Akte, die auf dem Tisch liegt.
»Oha, die Beweise. Das gefällt mir.«
»Ihr Sarkasmus ist fehl am Platz. Ja, Beweise. Genau die.«
»Natürlich. Die Beweise. Wie könnte man sonst behaupten, daß in Italien alle Faschisten waren?«
»Nicht alle, mein lieber Professore Pintacorona, nicht alle.«
»Du warst mit Sicherheit einer, Pancamo. Ich erinnere mich noch gut daran, wie du dir den Hut mit dem schwarzen Federbusch aufgesetzt hast. Ich für meinen Teil habe den nie getragen.«
»Ich erinnere Sie daran, daß Sie hier Gegenstand eines Untersuchungsverfahrens sind, nicht ich.«
»Klar, weil du ein Sbirre und Mafioso bist.«
Der Angestellte schreckt zusammen. Sbirre und Mafioso sind zwei gegensätzliche Begriffe: man ist entweder das eine oder das andere.
»Sbirre und Mafioso«, fährt Pintacorona gelassen fort. »Mafioso, weil ausgerechnet der Präfekt Mori dich ins Gefängnis steckte, auch wenn du den Amerikanern dann erzählt hast, daß du wegen deiner antifaschistischen Meriten im Gefängnis gesessen hast. Und Sbirre, weil du immer

ein Spitzel der Sbirren gewesen bist und dich auch jetzt wie ein Sbirre benimmst.«
Auf Pancamos Stirn tritt Schweiß, das Gesicht rötet sich. Er greift zu der Akte, blättert in den Dokumenten: »Kommen wir zu uns, Pintacorona. Sie wollten Beweise? Bitte sehr, das sind sie.«
Gesuele Pancamo zieht ein Blatt Papier mit allerlei Stempeln hervor. Er liest laut vor: »Duce, stets erfüllen die Sonnenuntergänge im italischen Reich Dein Volk mit festem Vertrauen. Unser Geschlecht, die tapferen jungen Menschen, die kleinen Leute, sie wissen recht wohl, daß die Nacht unter Deinem Schutz friedlich sein wird. In den finsteren Schatten der Nacht findet wachsam der Führer Erquickung von den Mühen des Tages, gleich dem Krieger, der ruht und doch auf jedes Geräusch aus dem feindlichen Lager achtet, et cetera, et cetera. Geschrieben 1924 von Achille Pintacorona. Was sagst du dazu?«
»Der Stil leidet tatsächlich unter den damaligen Einflüssen. Schwülstig, würde ich sagen. Auf jeden Fall überladen, wenngleich nicht ohne eine untergründige Spur freundlicher Ironie.«
»Ich habe Sie nicht um einen literaturkritischen Exkurs gebeten. Ich verlange Erklärungen.«
»Was für Erklärungen willst du denn, Pancamo? Du hast diesen Aufsatz doch auch geschrieben, in der letzten Klasse am Gymnasium. Unsere Lehrerin Sammartino, übrigens eine fromme Kirchgängerin, schmolz dahin beim Anblick von Mussolini und ließ uns alle drei Monate eine Ode auf den Duce schreiben. Mir gab sie allerdings immer eine Eins, und die ganze Klasse mußte meine Aufsätze abschreiben, während du die schlechteste Note bekamst und Schläge auf die Hand noch dazu, weil du so frech warst.«
»Pintacorona, was Sie da vorbringen, das sind Unterstel-

lungen. Dies hier sind hingegen offizielle, urkundliche Beweise!«

»Dieses Arschloch kann scheinbar nicht anders als mir gewaltig auf den Sack zu gehen«, ruft Pintacorona aus, was dem Sekretär ein verstohlenes Grinsen entlockt. »Ist das schon alles?«

»Ihre Ausdrucksweise ist bezeichnend für Sie.«

»Und deine ist dein Markenzeichen.«

»Nehmen Sie dieses Dokument als Anlage zum Protokoll«, sagt Pancamo und übergibt dem Angestellten den alten Schulaufsatz. »Schreiben Sie: Der Beklagte erkennt das ihm vorgelegte Schriftstück als von eigener Hand verfaßt an. Gehen wir voran.«

»Oder zurück«, lächelt Pintacorona.

»Hier, noch ein Fundstück.«

»Archäologie der Sbirren.«

»Ein weiteres Beweisstück«, und er zieht ein schmales Bändchen mit grünem Umschlag aus der Akte. »Auf dem Frontispiz lese ich: *Metallisches Gedicht vom dröhnenden Soldaten*, von Achille Pintacorona, gedruckt von der Tipografia Moderna, Giallonardo 1928.«

»Dreihundert Exemplare auf eigene Kosten gedruckt, die gesamten Einnahmen aus dem Olivenverkauf. Als meine selige Mutter das entdeckte, sprach sie sechs Monate lang kein Wort mehr mit mir.«

»Das gehört nicht hierher. Lesen wir lieber: Ungeheures Brausen ergießt sich über den Krieg – Dröhnen – Dröhnen – Drrrrrröööhnnnnen – die Nacht knallt – pfeifende Kugeln – Kanonen donnern …«

»Kanonen donnern«, fährt Pintacorona fort, die Augen bei der Erinnerung halb geschlossen. »Der Donner donnert – donnernd – dröhnender Soldat – verbundener Faschist – die Seele aus Kanonenrohr – aus Eisen der Helm – zittern

– zittern – zzzttttrrrrr – Zähne auf Zähnen – Finger verkrallt – dröhnender Soldat – kein – Glockenläuten im Ort – mehr – donnernde Kanonen – dröhnender Soldat – mit Verbänden verbunden …«

Das Kinn auf die Hand gestützt, genießt der Angestellte die Verse. Anerkennend, bewundernd.

»Kurzum, ein faschistisches Gedicht«, stellt Pancamo fest.

»Ein Gedicht. Ein Gedichtversuch. Wer schreibt mit achtzehn keine Gedichte? Natürlich hört man deutlich den Marinetti-Ton heraus, ich würde sogar ein wenig D'Annunzio nicht ausschließen«, erklärt Pintacorona gerührt.

»D'Annunzio. Ebenfalls ein Faschist.«

»Klar, Pancamo. Gib das zu Protokoll.«

»Bestimmt. Pintacorona, da kannst du sicher sein. Alles wird zu Protokoll gegeben. Das hier ist ein Verfahren, eine ernste Angelegenheit.«

»Es fällt mir schwer, zu glauben, daß irgend etwas, womit du zu tun hast, ernst gemeint sein könnte.«

»Hier gibt es noch mehr.« Pancamo zieht ein zusammengefaltetes Plakat aus der Akte.

»Der Spielplan der letzten Theatersaison! Das war 1939, denn als der Krieg begann, haben wir den Betrieb eingestellt«, ruft Pintacorona begeistert aus.

»Gut. Dann erkennen Sie es also wieder? Tatsächlich steht Ihr Name unten auf dem Plakat, in Großbuchstaben. Leitung: Achille Pintacorona.«

»Eine schöne Spielzeit war das, mit hochrangigen Schauspielern«, erklärt Pintacorona dem Angestellten, ohne auf Pancamo zu achten. »Das Theater war immer voll, auch bei jeder Wiederaufführung.«

»Gehen wir den Spielplan durch. *Così è (se vi pare)* von Pirandello Luigi. *Enrico IV* von Pirandello Luigi. *Come tu mi vuoi* von Pirandello Luigi …«

»Na und?«
Pancamo bereitet sich darauf vor, ihm den endgültigen Schlag zu versetzen.
»Wissen Sie denn nicht, daß Pirandello Luigi Faschist war?«
Pintacorona bricht in schallendes Gelächter aus, das auf den Angestellten übergreift und im ganzen Palazzo des Rathauses widerhallt, während der Beklagte den Ratssaal verläßt, die Treppen hinuntergeht, die Vorhalle durchquert und immer weiter lacht und lachend ruft, Gesuele Pancamo könne ihn mal am Arsch lecken.

13. Kapitel

»Sie werden es nicht glauben: Man hat Achille Pintacorona entlassen«, schloß Nunzio Di Vita.
»Doch, doch, ich glaube es«, nickte Lo Nardo.
»Vielleicht war er kein Faschist gewesen«, fuhr Di Vita fort, während er seinen sandfarbenen Pullover zurechtzupfte. »Doch von dem Moment an wurde er einer. Auf eine verbissene und dumme Art, wie viele Faschisten hier in unserer Gegend. Wichtigtuerische Ehrenmänner, die vermeintliche Werte der Vergangenheit glorifizierten, die Mafia verabscheuten und Emporkömmlinge verachteten: von allen respektiert, von wenigen ernst genommen. Denn alle haben sich gefragt, was diese Leute eigentlich dazu treibt, sich immer noch als Faschisten zu gerieren, wenn es doch nichts mehr nützt. Jetzt dagegen, da es nützlich sein könnte, haben viele in sich den Faschisten wiederentdeckt, doch erst nachträglich.«
Der Saal im Gebäude des Kulturvereins von Giallonardo lag im ersten Stock und blickte auf die Piazza.
Nunzio Di Vita trat zum Balkon und öffnete die Tür einen Spaltbreit:
»Kommen Sie, kommen Sie her«, sagte er zu Leonardo. »Bitte sehr, ich will Ihnen etwas zeigen. Ich bleibe im Saal, es ist ziemlich kalt draußen.«
Leonardo ging auf den Balkon. Di Vita blieb hinter den Fenstern der Balkontür stehen und erklärte ihm durch den schmalen Spalt die Topographie des Ortes:

»Sehen Sie, das ist die Piazza Gioacchino Pancamo. Auf der linken Seite steht der Palazzo Pancamo, auf der rechten der Palazzo Pintacorona. Die beiden Gebäude sind ganz ähnlich, vielleicht ist der Palazzo Pintacorona etwas älter, aber nur wenig. Einer dem anderen gegenüber, seit eh und je schon. Gegenspieler, wie ihre Bewohner. Aber kommen Sie doch wieder rein. Es ist kalt.«

Eine noch empfindlichere Kälte schien in dem Saal des Kulturvereins zu herrschen, wo sizilianische Tageszeitungen auf den Sesseln und Sofas verstreut herumlagen.

»Vom Balkon des Palazzo Pintacorona aus«, fuhr Di Vita fort, »hielt Almirante 1957 oder 58 eine denkwürdige Wahlrede. Sie endete damit, daß er und Achille Pintacorona ganze Passagen der *Göttlichen Komödie* auswendig rezitierten, unter den Beifallsstürmen der Bauern und Fuhrleute, die glaubten, sie wären im Theater. Der alte Pintacorona hatte wenigstens die Genugtuung gehabt, Gesuele Pancamos Tod noch zu erleben: ein Jahr zuvor, es war während der Tage der Landbesetzungen, hatte ihn ein Kleinlaster überfahren, den ein Carabiniere fuhr. Pancamo war eigentlich dort gewesen, um das zu verteidigen, was vom Grundbesitz der Familie übriggeblieben war. Doch sein Cousin Marcello, damals schon ein Kommunist, erklärte ihn zum Helden der Bauernaufstände. Von einem Carabiniere überfahren …«

»Zum Sterben braucht man auch Geschick«, sagte Leonardo.

»Sogar viel mehr als zum Leben«, pflichtete Nunzio Di Vita ihm bei. Der pensionierte Gymnasiallehrer für Geschichte und Philosophie versuchte seit zweiunddreißig Jahren, ein Buch über die Geschichte von Giallonardo zu schreiben: sechzehnmal schon hatte er den Plan seines Werks entworfen, doch immer wieder machte ein neues

Dokument ihn unsicher, so daß er meinte, weitere Forschungen zu benötigen. Vor sechs Monaten, an seinem vierundsiebzigsten Geburtstag, hatte er begriffen, daß er kein Buch schreiben, sondern es sich nur vorstellen wollte. Die mittägliche Stille wurde von der Pendeluhr im Saal und vom fernen Brummen eines Motorrads noch verstärkt.

»Nun steht er leer, der Palazzo Pancamo. Nach dem Tod von Gesuele«, fing Di Vita wieder an, als hätte er seinen Bericht nie unterbrochen, »blieb nur Achille Pintacorona als Beherrscher der Piazza übrig. Doch er überlebte seinen Widersacher nicht lange. Noch am Abend der Wahlrede von Almirante fühlte er sich plötzlich elend, und die Krankheit zerfraß ihn innerhalb von vierzig Tagen. Während des dreitägigen Todeskampfes konnte man auf der ganzen Piazza sein irres Lachen und immer wieder denselben Satz hören: Pirandello ein Faschist, Pirandello ein Faschist, Pirandello ein Faschist, mit stets wechselnden Tonlagen und Akzenten.«

»Und jetzt ist auch der Palazzo Pintacorona unbewohnt?«

Nunzio Di Vita antwortete nicht gleich. Er sah Leonardo schräg von der Seite an und murmelte dann:

»Fast.«

»Fast?«

»Es ist, als ob er unbewohnt wäre.«

»Ich verstehe nicht: Ist er unbewohnt oder nicht?«

»Lassen Sie's gut sein, mein Freund – Sie erlauben mir doch, Sie so zu nennen, oder? Lassen Sie's gut sein. Dieser Palazzo enthält alles Leid der Vergangenheit und die Qualen der Gegenwart.«

»Ich verstehe immer noch nicht.«

»Wissen Sie, was Augustinus sagte, der heilige Augustinus? Das Gedächtnis ist die Gegenwart der Vergangenheit.

Manchmal schadet zuviel Erinnerung. Lassen Sie's gut sein. Der Palazzo Pintacorona steht heute leer, er ist erloschen und starr wie ein Toter.«
Di Vita schüttelte nachdenklich den Kopf. Jäh sprang er von seinem Sessel auf. Er strich sich den sandfarbenen Pullover über der Hose glatt und zog das Jackett an, das er auf ein Sofa gelegt hatte. Er schien es plötzlich eilig zu haben.
»Ich muß jetzt gehen. Bitte entschuldigen Sie mich.« Hastig drückte er Leonardo die Hand.
»Ich gehe auch«, sagte Leonardo.
Sie verließen den leeren, stillen Kulturverein durch das Treppenhaus voller Feuchtigkeitsflecken. Di Vita lief schnell, ohne auf den unregelmäßigen Verlauf der Treppenstufen zu achten. Auf der Piazza stellte sich der Lehrer dicht neben Leonardo, als müsse er ihm ein Geheimnis anvertrauen: »Machì haben Sie gesagt? Sind Sie sicher, daß Sie diesen Namen auf dem Grabstein gelesen haben?«
»Ganz sicher.«
»Neben dem Namen Pancamo?«
»Genau, neben dem Nachnamen Pancamo.«
»Ich höre diesen Nachnamen zum ersten Mal. Zum ersten Mal. Er ist mir nicht bekannt.«
Er ging fort, vielleicht um neue Dokumente ausfindig zu machen, um sein Buch im Licht der jüngsten Entdeckung wieder einmal neu zu entwerfen. Er entfernte sich im trüben Nachmittag, kopfschüttelnd und vor sich hin murmelnd:
»Er ist mir nicht bekannt. Ist mir nicht bekannt. Warum ist er mir nicht bekannt?«
Lo Nardo blickte ihm amüsiert und gerührt hinterher, doch plötzlich lenkte ihn die Bewegung eines Fensterladens am Balkon des Palazzo Pintacorona ab.
Das Aufblitzen eines Gesichts hinter der Scheibe. Es war

ein bekanntes Gesicht. Doch vielleicht auch nur eine Täuschung, ein Reflex aus der Vergangenheit. Der Gegenwart. Reglos lag der Palazzo da mit seinen alten Mauern, verschlossen im Dunkel seiner Räume, vergessen zwischen dem trockenen Gestrüpp in den Fugen der Steine. Auch Lo Nardo vergaß ihn bald, während die Häuser von Giallonardo im Rückspiegel immer kleiner wurden und das
 Auto wieder die Straße nach Palermo einschlug.

Er wollte nach Hause zurück. Mit Betta sprechen, die Kanten ihrer Beziehung abschleifen, ihre Züge sanfter machen.

Das Grau des Nachmittags löste sich rasch in einem dunkleren Farbton auf, der fast schon nächtliche Finsternis war. Die Scheinwerfer der Autos flammten auf. Gelb strahlten die Straßenlaternen an den Kreuzungen. Perlen aus Licht auf den Hügeln kennzeichneten die Ortschaften im Tal des Belice, die hoch über der Straße lagen.

Hinter Contessa Entellina blendeten ihn nach einer Kurve die Lichtblitze eines Lastwagens. Das Bild der Straße erlosch. Auf den Pupillen nur ein leuchtendes Flackern. Er bremste. Spürte, daß alles rutschte. Ohne Kontrolle.

Seine Hände blieben an das Steuer geschmiedet, das sich jetzt widerstandslos drehte. Er kniff die Augen zusammen, nahm im Geist den Aufprall vorweg.

Das Auto blieb stehen, wühlte Erde auf. Die Scheinwerfer durchschnitten das Feld, der Motor drehte im Leerlauf.

Er stieg aus dem Wagen und suchte Halt, seine Beine zitterten. Er war von der Straße abgekommen, am Asphaltrand aufgefahren. Nichts Schlimmes.

Er atmete tief durch. Ich muß nach Hause zurück, dachte er. Nach Hause.

In dem Moment, als er wieder ins Auto steigt, sieht er einen Blitz im Rückspiegel, wie ein Schemen, ein Reflex aus

der Vergangenheit. Der Gegenwart. Wie das Gesicht hinter der Scheibe. Das bekannte Gesicht, das im Palazzo Pintacorona aufgetaucht war. Bekannt, im Gedächtnis gespeichert, aber wie verzerrt, anders. Doch, er war es! Machì. Doktor Machì. Bettas Arzt. Der Arzt aus Rom.
Pancamo Machì.
Ein Pintacorona.

September 1985

Der Zollwächter glotzt erst auf ihre Beine, dann wandern die Augen zum Busen hoch. Die Untersuchung, die mit einem Blick auf den Hintern abschließt, scheint ihn zufriedenzustellen. Maddalena erwidert seine Blicke mit einem übertriebenen Lächeln, das sarkastisch sein soll. Doch vielleicht entgeht es dem Zollwächter.

Weiß und rostfarben liegt das Schiff am Hauptkai.

Maddalena bleibt unschlüssig am Zeitungskiosk stehen. Sie nimmt das »Giornale di Sicilia« und die neueste Ausgabe von »AD«, einer Architekturzeitschrift.

Wenige Lastwagen stehen vor dem aufgeklappten Heck des Schiffes, ein spärliches Grüppchen Touristen, zahlreich nur die Verwandten eines Paares, das sich für die Hochzeitsreise einschifft: die Männer haben ihre Krawatten über den vom Hochzeitsessen aufgeblähten Bäuchen gelockert, den Frauen ist die Wimperntusche unter Tränen zerflossen, die Freunde grinsen und rufen obszöne Anspielungen zum Schiffsdeck hinauf, wo das Brautpaar sich über die Reling beugt und Blumen hinunterwirft.

Maddalena liebt den Hafen, Schiffe, den Dieselgeruch, der sich mit dem Geruch des Meeres und des Eisens der Poller vermischt.

»Eine Stadt ohne Hafen hat keine Fluchtwege«, denkt sie. Alle wollen aus Palermo fliehen, der Stadt, die »ganz Hafen« ist, wie sogar ihr Name ironisch sagt. Alle wollen weg, besonders diejenigen, die sich niemals weit von hier entfernen.

»Die Fahrkarte«, sagt der Matrose am Fuß der Gangway gelangweilt.
Maddalena sucht in ihren Jackentaschen. Sie wühlt im Rucksack. Die Fahrkarte ist nicht da.
Im Geist geht sie noch einmal die letzten Minuten durch, bevor sie das Haus verlassen hat: die Fahrkarte lag auf dem Schreibtisch, aber sie hat sie mitgenommen, daran erinnert sie sich. Sie ist sich sicher. Fast sicher.

»Nun, Signorina?« fragt der Matrose immer noch gelangweilt und ohne Anteilnahme an Maddalenas Nöten.
»Ich suche danach, sehen Sie das nicht?«
»Tun Sie das. Zeit ist noch genug.«
Sie zieht den Taschenkalender heraus, das Tagebuch, ihr Foto, das vor zwei Monaten gemacht wurde, die Zeichnung vom Pelican Chair.
Die Brieftasche. Das Auftauchen des Scheins mit der blauen Schrift beruhigt die aufgewühlten Nerven.
»Da ist sie.«
Der Matrose betrachtet sie eingehend, dann reißt er eine Ecke ab.
»Bitte sehr«, und er zeigt auf die Gangway.
»Danke«, antwortet Maddalena verärgert.
Auf der Hälfte der Treppe, den Rucksack wieder auf dem Rücken, dreht sie sich zur Stadt um. Palermo versinkt in der ersten Abenddämmerung.
Maddalena weiß, daß nur die Lichter zu sehen sein werden, wenn das Schiff vom Kai ablegt. Dann werden sie in der Ferne verlöschen und schließlich wird Palermo, ganz Sizilien, in der Nacht begraben sein.

14. Kapitel

 Erst vor der Eingangstür bemerkte er, daß er bei seiner morgendlichen Flucht die Haustürschlüssel vergessen hatte. Auf dem Klingelbrett prangte ein gelber Notizzettel: »Für Leonardo. Dringend. Ich muß mit dir sprechen. Ignazio (schaff dir ein Handy an, Steinzeitmensch!).«

Den Zettel noch in der Hand klingelte er. Niemand öffnete. Betta war ausgegangen oder hatte sich zu ihrer Schwester geflüchtet, wie immer in Krisenzeiten.

Dringend. War Betta etwas passiert?

Er verscheuchte die Angst. Es war nur Ignazios übliche Manie, alle Welt in Aufregung zu versetzen. Vor einiger Zeit hatte er einen Zettel am Klingelbrett hinterlassen, der wie eine Vorladung klang: »Ersuche die über sämtliche Ereignisse informierte Person um unverzügliches Erscheinen in meiner Wohnung.«

Mit dem Auto zwängte er sich durch den Samstagabendverkehr. Er sprengte die dichten Menschentrauben vor den Weinhandlungen, wo Weingläser auf Autodächern abgestellt waren, blonde Mädchen mit entblößtem Nabel herumstanden und Namenskürzel – Toti, Gero, Sabrì, Valù – ungehört durch die Luft schwirrten.

Geduldig wartete er in den Staus. Die abschüssige Straße nach Mondello flimmerte von den roten Bremslichtern Hunderter Schlange stehender Autos. Er stellte sich die wimmelnde Menge auf der kleinen Piazza Mondello vor: Kinder, die auf den Schultern ihrer Väter eingeschlafen wa-

ren, junge Leute im Zwiebeldunst der Bratküchen, Scharen von Junggesellen mit Hunger auf Frauen und gekochten Tintenfisch.
Es war schon zehn Uhr vorbei, als er an Ignazios Häuschen in der kleinen Straße zwischen Valdesi und Addaura ankam, die dunkel war wie der Schatten der Magnolienbäume.
»Wo bist du bloß gewesen?« tadelte Ignazio ihn sofort.
»In Giallonardo.«
»Wer hat dich denn dahin gebracht?«
»Ich selbst.«
»Heute nachmittag ist Betta vorbeigekommen«, sagte Ignazio mit leiser Stimme, damit seine Frau ihn nicht hörte, die im Nebenzimmer die Kinder zu Bett brachte. »Sie war außer sich vor Wut. Sie sagt, sie will sich scheiden lassen. Sie ist zu ihrer Schwester gezogen.«
»Das habe ich mir schon gedacht. Es wird vorübergehen.«
»Wenn du es sagst.«
»Das war die ganze Dringlichkeit?«
»Nein. Ich muß dir etwas zeigen.« Und er ging auf sein Arbeitszimmer zu.
Als er zurückkehrte, hatte er einen mit Gummibändern zusammengehaltenen Ordner in der Hand, aus dem Papiere und Dokumente herausrutschten.
»Sieh her, das ist die Akte über den Tod von Maddalena Pancamo«, erklärte Ignazio und legte sie auf den Tisch. Sorgfältig nahm er die Gummibänder ab, öffnete den Ordner und suchte zielsicher zwischen den Dokumenten mit der Aufschrift »Polizeipräsidium von Palermo«, »Strafgericht«, »Staatsanwaltschaft am Gericht von Palermo«.
»Ich habe sie im Archiv bekommen«, fügte er nicht ohne Stolz hinzu. »Theoretisch dürfte man die Akten nicht aus dem Gerichtsgebäude bringen, aber bei mir hat man eine Ausnahme gemacht.«

In diesem Moment kam die Ehefrau von Ignazio Sferrazza Papa ins Wohnzimmer. Sie küßte Leonardo auf die Wange, doch eine Spur skeptischer Zurückhaltung war ihr anzumerken:
»Alles in Ordnung?«
»Alles bestens«, übertrieb Leonardo.
»Immer mit deinen Papieren beschäftigt«, meinte sie zu

ihrem Mann.
»Tja«, murmelte Ignazio, der vornüber gebeugt saß und etwas suchte.
»Entschuldigt bitte, aber ich bin müde. Ich gehe schlafen.«
»Gute Nacht«, wünschte Leonardo.
»Nacht«, fügte Ignazio hinzu, zerstreut den Kuß seiner Frau erwidernd.
Eine Autohupe und kreischende Bremsen kündeten vom immer noch starken nächtlichen Verkehr draußen. Nach ein paar aufgeregten Rufen kehrte die Stille zurück, die Geräusche verloren sich in der Ferne.
»Wo ist sie nur?« grübelte Sferrazza Papa, während er in den Papieren wühlte. Dann richtete er sich kerzengerade auf, zwischen Zeigefinger und Daumen drei Blätter, mit einer verrosteten Büroklammer zusammengeheftet, die ihre Spur auf dem Papier hinterlassen hatte:
»Ich hab sie.«
»Was ist das?« fragte Leonardo.
»Die Passagierliste.«
»Was für eine Liste?«
»Die Namen all der Leute, die in der Nacht, als Maddalena ins Meer rutschte, an Bord der Fähre nach Neapel waren.«
»Die Liste wurde Maddalenas Verwandten vorgelegt. Und sie sagten, sie könnten keinen einzigen bekannten Namen finden.«

»Stimmt, so wird es in einem der Artikel berichtet, die Fanara dir geschickt hat, bevor er starb. Ich habe das anhand meiner Fotokopien kontrolliert.«

Ignazio hatte Kopien von sämtlichen Akten haben wollen – genau so hatte er gesagt: von den Akten –, um seine eigenen Nachforschungen anstellen zu können.

»Entschuldigung, Ignazio«, unterbrach ihn Leonardo, »hat Betta dir eigentlich was von einem Foto gesagt?«

»Welches Foto?« fragte Sferrazza Papa, doch sein Tonfall war so zweideutig, daß Leonardo es vorzog, das Thema fallenzulassen.

»Nichts. Nichts Wichtiges. Klammer zu. Mach weiter.«

»Gut«, fuhr Ignazio fort, »also den Verwandten von Maddalena Pancamo kam bei den Namen der Passagiere auf dem Schiff keine Idee oder ein Verdacht. Aber es gibt einen Namen, der mir dagegen etwas sagt. Ein Name, den ich vielleicht schon einmal gehört habe. Doch bevor ich weitermache, muß ich eine objektive Bestätigung haben.«

»Raus mit der Sprache.«

»Der einundsiebzigste Passagier von zweihunderteinundzwanzig scheint ein gewisser Machì gewesen zu sein. Sagt dir das etwas?«

September 1985

Das Meer donnert in der Nacht, es fegt über die Seiten des Schiffs. Sie ist über alle Decks bis zur Kommandobrücke gegangen, hat hinter der Scheibe heimlich den müde routinierten Kapitän beobachtet, der allein die Monotonie der Route, die Winde und Strömungen kennt.

Sie hat sich von einer öltriefenden Kartoffelkrokette versuchen lassen, eine kleine Abschiedsgeste für Sizilien, schwer verdaulich und ungesund wie vieles andere auf der Insel.

Vier Männer spielen Karten im großen Saal für Passagiere. Maddalena ist nicht müde genug, um sich in ihrem Sessel zusammenzurollen, die Füße auf dem Rucksack. Sie steht auf dem Backborddeck, das windgeschützter ist. Zwischen dem unverständlichen Stampfen des Schiffes, dem lauten Dröhnen des Meeres und der Motoren bellt von Zeit zu Zeit ein Hund, der in einem Eisenkäfig eingesperrt ist. Das Deck ist verlassen. Ganz hinten raucht eine an die Brüstung gelehnte Frau.

Irgendwo schlägt eine Tür, Metall auf Metall.

Sie hebt die Augen von den Hochglanzseiten der »AD«, das Gefühl, beobachtet zu werden, lenkt sie ab. Niemand ist da, sie sieht nur den Rücken eines Mannes, der sich entfernt. Es bleibt das Gefühl, daß er vor ihr stehengeblieben sein muß, doch vielleicht ist das nur ein vager Eindruck von unangenehmer Nähe. Sie zieht den Rucksack zu sich auf die Bank aus Holz: um ihn zu beschützen, um sich von ihm beschützen zu lassen.

Es gibt keine Lichter auf dem Meer.
Es gibt keine Lichter in der Nacht.
Sie hätte Fabrizio anrufen können, ihn am Telefon grüßen können, wenn auch nur kurz. Vielleicht ein Abschiedsgruß. Ihn zumindest von ihrer Abfahrt informieren, ihrer Reise nach Dänemark, die Tage, wenn nicht Wochen dauern wird.
Sie hat es nicht getan. Vielleicht um ihn zu bestrafen, um ihm ein bißchen weh zu tun, oder damit sie nicht erklären muß, daß sie auch vor ihm flieht, hauptsächlich vor ihm. Sie wird ihn von Rom aus anrufen. Oder von Kopenhagen, mit der Hast eines Ferngespräches, bei dem die fallenden Münzen Worte und Sätze zerstückeln. Sie wird ihn anrufen, bestimmt. Aber nicht gleich.
Ein Schatten bewegt sich auf der Treppe, die zum Oberdeck hinaufführt. Maddalena spürt einen Schauer, es fängt an, kalt zu werden. Sie holt den Baumwollpullover aus dem Rucksack, zieht ihn an. Sie kauert sich zusammen, die Knie unters Kinn gezogen, die Arme um die Beine geklammert.
»Ich bin eine Katze«, sagt sie zu sich. Aber sie weiß, daß das nicht stimmt, sie liebt das Wasser und das Meer zu sehr, und sie hat das Bedürfnis, treu zu sein.
Die Tür vom Passagiersaal wird weit aufgestoßen, ein untersetzter Typ kommt heraus, scheint ein Lastwagenfahrer zu sein. Er trocknet sich die Hände an den Jeans ab und bleibt stehen, um in die schwarze Nacht zu starren, dann fährt er wieder mit den Händen über die Jeans. Seine Bewegungen sind nervös, er geht wieder hinein.
Es gefällt Maddalena, so dazusitzen, zusammengekauert, vor dem Wind geschützt, den Rücken am weiß gestrichenen Eisen des Schiffs, während das Meer in der unergründlichen Dunkelheit schäumt; als wäre sie die einzige

Passagierin auf einem Ozeandampfer, der sich in nächtlichen Gewässern verloren hat.

15. Kapitel

Wenn Fofò Maranella nicht so viel Erfahrung hätte, wie alle ihm einhellig attestierten, und seine Gedankengänge nicht vom Geiz gesteuert würden, der bei ihm jede Regung der Neugierde schon im Keim erstickt, dann hätte er die beiden Kunden, den alten Mann und den jüngeren, die seit anderthalb Stunden ein Tischchen in seiner Bar besetzten, schon um fünf Uhr nachmittags gefragt, wer sie waren und woher sie kamen; vor allem aber, warum sie beschlossen hatten, ausgerechnet im sonntäglich leeren Giallonardo zu stranden.

Die zwei führten mit leiser Stimme ein intensives Gespräch. Ein Gespräch, das gelegentlich von einem Blitz erhellt wurde, offenbar so etwas wie ein Geistesblitz des Jüngeren, den die Bedenken des Älteren aber sofort auslöschten. Dann faßte der Jüngere sich wieder an den Kopf, als hätte er Kopfschmerzen: eine Vermutung, die sich übrigens bestätigte, als er Fofò Maranella um ein Alka Seltzer bat.

Doch nicht einmal das Schmerzmittel konnte Leonardo Erleichterung verschaffen; wie betäubt war er nach der mit endlosen detektivischen Vermutungen von Ignazio Sferrazza Papa durchwachten Nacht, zu denen sich lähmend ein extrem tanninhaltiger Nero d'Avola gesellte, der ihm praktisch auf nüchternen Magen aufgedrängt worden war. Gegen drei Uhr morgens hatte Ignazio sogar noch Spaghetti Aglio e Olio aufgetischt, die sich wie ein Grabstein auf Leonardos Magen gesenkt hatten.

Das einzige Ergebnis der ganzen nächtlichen Sitzung war: Man muß nach Giallonardo zurück, in den Palazzo Pintacorona eindringen, herauskriegen, warum Doktor Machì sich dort versteckt, und von ihm ein Alibi für die Nacht des 21. September 1985 verlangen.
Wie ein Staatsanwalt hatte Sferrazza Papa dem nun zum Kriminaloberinspektor beförderten Leonardo Order er-teilt, den konkreten Teil der Ermittlungen zu übernehmen, da Ignazio sich selbigem nicht persönlich widmen konnte, familiärer Verpflichtungen halber, im vorliegenden Fall einem sonntäglichen Mittagessen im Hause der Schwiegermutter aus Anlaß des fünfundvierzigsten Geburtstags seiner Schwägerin.
»Was hab ich denn damit zu tun?« hatte Leonardo gefragt.
»Du kennst die Akten. Du weißt, wie die Dinge liegen: Ich hab dir doch alles erklärt, die Faktenlage ist eindeutig«, hatte Ignazio überheblich geantwortet, weil ihn schon die Klärung der üblichen Formalitäten verdroß: »Geh hin, sieh nach, kontrolliere. Diskret und vorsichtig. Bleib in Deckung. Verrate dich nicht. Versuch, zu verstehen. Komm zurück und referiere, von mir aus auch mündlich.«
»Verbindlichen Dank, daß du keinen schriftlichen Bericht von mir verlangst.«
»Wo immer sich laut Gesetz strafrechtlich zu verfolgende Verbrechen feststellen lassen, ist nicht ausgeschlossen, daß zur Protokollierung übergegangen werden muß.«
»In Ordnung, gute Nacht«, hatte Lo Nardo das Gespräch beendet, um alsbald in einen kurzen, unruhigen Schlaf auf Sferrazza Papas Wohnzimmersofa zu fallen.
Am Sonntagmorgen war er spät in dem bereits leeren Haus aufgewacht. Eine schriftliche Nachricht von Ignazio verriet die häuslichen Verstecke von Kaffee, Milch, Keksen und einem Rest Cassata im Kühlschrank. Außerdem

wünschte er ihm trocken gute Arbeit und schloß mit den Worten: »Auf nach Giallonardo!«
Er versuchte zu Hause anzurufen. Nichts. Vergeblich wie auch bei Bettas Schwester. Der Sonntag in Mondello präsentierte sich mit einem leichten Dunstschleier.
Gerade als er sich dazu durchgerungen hatte, auf das ganze Unternehmen zu verzichten, packte ihn ein »ich könnte ja«, das er nicht schnell genug bereute.
»Ich könnte es ja Pellegrino erzählen«, dachte er.
Vierzig Minuten später stand er vor der kleinen Villa in Giacalone und klingelte, in der Hoffnung, daß der Bibliothekar schon beim Mittagessen saß, im Sessel eingeschlummert oder in Gedichte vertieft, auf jeden Fall aber zu müde war und wohlüberlegte Bedenken vorbringen würde, deren Sinn darin bestand, ihn von dem Vorhaben abzubringen.
So war es nicht. Wenige Andeutungen genügten, schon erteilte Pellegrino der Schwester Anweisungen, ihm ein paar Sachen einzupacken, den Schal für die Nackenschmerzen und, nicht zu vergessen, die Anthologie der Dichter des 20. Jahrhunderts, herausgegeben von Mengaldo in der Reihe Oscar Mondadori. Von Leonardo ließ er sich zusammenfassend die letzten Etappen von »Maddalenas Geheimnis« berichten, wie er die ganze Geschichte inzwischen nannte: kurz darauf waren sie bereits im Auto auf der Straße nach Giallonardo.
Pellegrino war in einem Zustand unbändiger Erregung, was sich in einer wirren Anhäufung erfundener Geschichten aus seinem Leben äußerte, bei denen er in den Rollen eines Portiers in der Baker Street, eines Maschinisten im Orient-Express, eines Straßenfegers in der Rue Morgue und des Schwimmlehrers von Philip Marlowe auftrat.
Das Problem war nunmehr, in den Palazzo Pintacorona

hineinzukommen. Über drei Stunden lang hatten sie die uneinnehmbare Festung beobachtet. Doch weder hatte sich ein Fensterladen geöffnet, noch hatte es andere Anzeichen für die Anwesenheit von Menschen im Inneren gegeben. Die wenigen Passanten heuchelten Desinteresse an den beiden Fremden, doch die wußten, daß sie nicht unbemerkt bleiben würden. Und damit stellte sich das Problem der Geheimhaltung, denn es war keinesfalls geraten, Aufsehen zu erregen und womöglich die Carabinieri von Giallonardo auf den Plan zu rufen.

Als sie den Barmann fragten, ob im Palazzo jemand wohne, antwortete Fofò Maranella mit einem Grunzen:

»Niemand. Manchmal geht die Alte rein.«

»Welche Alte?«

»Eine Alte.«

Es war unmöglich, ihm noch mehr zu entlocken.

Der Himmel half ihnen. Um sieben Uhr abends, als der Inhaber der Bar sich gezwungen sah, seinen Geiz zu überwinden und die Lichter anzumachen, begann ein leichter Regen zu fallen, eine neblige Feuchtigkeit, die die Piazza leerte und auf dem Asphalt Spuren der wenigen Autos hinterließ, die Matsch spuckend vorüberfuhren.

»Wir müssen handeln«, sagte Pellegrino.

»Wie bitte?« fragte Leonardo, eingeschlossen in seinem Kopfschmerz.

»Jetzt. Dies ist der richtige Moment. Wir gehen zum Palazzo Pintacorona und versuchen anzuklopfen.«

»Und was sagen wir?«

»Ich habe einen Plan.«

Pellegrinos allzu selbstsichere Antwort beunruhigte Leonardo; prompt hämmerte ihm ein noch heftigerer Schmerz gegen die Schläfen. Pellegrino ging voraus und Leonardo folgte. Aus irgendeiner Schlucht seines betäubten Hirns hallte die schwache Versuchung, stehenzubleiben, sich selbst und Pellegrino davon zu überzeugen, daß es besser war, umzukehren, vom nutzlosen und vielleicht schädlichen Verlangen nach Erkenntnis abzulassen. Doch er fand nicht die Kraft, dem aufkeimenden Zweifel, der zur Vorsicht mahnte, eine Stimme zu verleihen. Er stand Pellegrino bei, aber er hätte an diesem Sonntag, zu dieser Stunde lieber nicht auf diesem Platz sein wollen, denn inzwischen waren ihm die ursprünglichen Antriebe, die ihn auf die Fährte einer alten, längst vergangenen Geschichte gesetzt hatten, nicht mehr gegenwärtig; vergessen waren die Gründe, warum sich durch den in einem Buch entdeckten Zeitungsausschnitt ein gigantischer und überflüssiger Mechanismus in Gang gesetzt hatte.

Durch das Toben des Blutes in seinem Schädel war ihm auch Maddalenas Blick auf dem Foto ferngerückt: Obsessionen verflüchtigen sich schnell. Sie vergrößern sich aus eigener Kraft, aber es genügt, Abstand von ihnen zu nehmen, um auch ohne sie auszukommen.

»Ich würde den Haupteingang meiden«, bemerkte Pellegrino, »wir gehen besser hinten herum.«

Sie umkreisten den Palazzo durch feuchte Gäßchen voller Katzenpisse und Moos, denen selbst die Sonne und der Schirokko sich verweigerten.

Pellegrino blieb plötzlich stehen und zeigte auf eine kleine Tür an der Rückfront des Gebäudes:

»Hier.«

»Hier?«

»Versuchen wir es mit Anklopfen. Das scheint ein Nebeneingang zu sein.«

»Ein Nebeneingang?«

»Lo Nardo, hören Sie auf, andauernd zu wiederholen, was ich sage.«

Vom pochenden Kopfschmerz überwältigt, verzichtete Leonardo resigniert auf eine Entgegnung.
Die Schläge gegen die kleine Holztür hallten leer im Inneren wider. Sie lauschten schweigend. Pellegrino versuchte es erneut. Stille.
Dann gedämpftes, schlurfendes Scharren, das menschliches Leben verriet. Die Tür öffnete sich ein wenig, gab

einen schwachen Lichtschein frei und das Gesicht einer alten Frau.
»Welch Begehren habt Ihr?« fragte die Frau in einem alten Dialekt.
»Einwohnermeldeamt. Es ist wegen der Volkszählung«, brachte Pellegrino hastig die lang überlegte Antwort hervor.
»Wie?«
»Wir sind Angestellte der Stadtverwaltung, Signora. Eine kleine Kontrolle: wir suchen den Doktor Machì.«
»Ein Irrtum. Jener ist nicht hier.«
»Lebt außer Ihnen noch jemand im Palazzo? Wir sind gekommen, um dieser Person einen Besuch abzustatten.«
»Ah, der Krankenbesuch. Ihr seid vom Hospital?«
»Ja, vom Krankenhaus.«
»Warum sagtet Ihr so nicht gleich?«
»Wir haben uns mißverständlich ausgedrückt.«
»Die Signori möchten bitte einen Augenblick warten, ich führe hinauf.«
Die Frau schloß die Tür vor Leonardo und Pellegrino, die fragende Blicke wechselten, kehrte jedoch sofort zurück, jetzt trug sie einen Morgenmantel. Mit einer Geste bedeutete sie ihnen, ihr zu folgen, und ging an der Außenseite um den Palazzo herum. Vor dem Haupteingang suchte sie lange in ihrer Tasche, dann zog sie einen Schlüssel heraus. Das Portal öffnete sich auf einen unbeleuchteten Innen-

hof. Im Hintergrund teilte sich der Aufgang in zwei einander symmetrisch gegenüberliegende Treppen. Die Alte ging voran, sie bewegte sich zielsicher in der Dunkelheit und schützte ihren Kopf mit einem Taschentuch vor dem feinen Regen, der in der Luft des großen Innenhofes hing. Sie stiegen Stufen hinauf, die von der Zeit zerfressen waren, gingen durch Türen, die vor Feuchtigkeit aufquollen, schritten über unebene Böden, durchquerten leere Säle, Kammern voller Kredenzen, Kommoden, Tische, Stühle, Spazierstöcke und Pfeifen, sie wanderten durch lange, fensterlos blinde Flure und vorbei an Veranden ohne Glasscheiben, die wie schwarze Augenhöhlen auf die Nacht blickten. Das Flügelschlagen einer Taube erschreckte Leonardo. In der Düsternis, die nur der durch die Fensterläden fallende, schwache Schimmer des Abends durchbrach, folgte er den Schritten der Alten und denen Pellegrinos.

Die Stille im Palazzo schien seine Kopfschmerzen besänftigt zu haben, sie brachen sich an der träumerischen Erwartung eines unbekannten Weges. So war vielleicht jede Reise in die Vergangenheit, alles historische Forschen: leise, ungewisse Schritte im hallenden Echo eines leerstehenden Gebäudes.

Die Alte blieb stehen. Schmale Lichtstreifen zeichneten den Umriß einer Tür.

»Alfredino, ich bin es«, flüsterte sie.

Sie drückte die Tür auf.

Auf einem kleinen Bett an der Wand sitzend, hob der Mann die Augen – der Blick war nicht überrascht, nicht neugierig, allenfalls gleichgültig.

Leonardo erkannte das Gesicht wieder: die Erbschaft genetischer Kreuzungen und familiäre Vertrautheiten verliehen ihm Ähnlichkeit mit Doktor Machì. Aber er wirkte wie dessen mißlungene, ungetreue Kopie. Im Blick und im

Körper trug er die Zeichen eines tief verborgenen Leidens, eines lang zurückliegenden Verlusts, einer Schuld anderer: die offenkundigen Spuren einer unheilbaren geistigen Verwirrung.

Die Alte näherte sich dem Mann, der ihren Bewegungen mit achtloser Aufmerksamkeit folgte, und strich ihm mit der Hand über die Haare.

»Ist er nicht müde, der Signorino Alfredo Pintacorona?«

Der Mann streckte sich auf dem Bett aus, angekleidet. Die Alte zog ihm die Decke bis unters Kinn.

»Unglücklicher«, murmelte sie zu Leonardo und Pellegrino gewandt. »Er ist gut, aber die Krankheit ist sein Kreuz.«

Lo Nardo suchte die Augen des Mannes, die sich schon in einem vorgetäuschten Kinderschlaf geschlossen hatten.

Auf dem Nachttisch neben dem Bett standen ein Wecker, der die falsche Zeit anzeigte, ein Fläschchen Medizin, ein gerahmtes Foto. Leonardo trat vor, um es genauer zu betrachten.

Es war Maddalena. Maddalena Pancamo.

Er streckte den Arm aus, wollte das Foto an sich nehmen, da umklammerte die Hand des Mannes sein Handgelenk. Leonardo sah Alfredo Pintacorona direkt in die weit geöffneten Augen.

»Mein.« Und der Mann riß das Foto an sich, drückte es gegen seine Brust.

September 1985

Der Sonnenstrahl bricht sich im gefärbten Glas. Er wird grün, als er sich zerteilt, doch mit roten und blauen Reflexen, eine winzige Spektralanalyse auf dem hellen Holz des Tisches.

Maddalena unterbricht ihn, sie hält das Licht, das durch das Fenster fällt, mit der Handfläche zurück. Das Glas wird dunkel und opak. Sie nimmt die Hand weg, und der Zimmerregenbogen leuchtet wieder auf.

Die leichte Berührung durch eine Hand auf ihren Haaren überrascht sie, aber der Augenblick vergeht zu schnell, sie erkennt die Liebkosung ihrer Mutter nicht, ihr stilles Lächeln, ein grünes Lächeln mit roten und blauen Reflexen.

Maddalena dreht sich um: Mama ist verschwunden. Jetzt sieht sie ihren Bruder Marcello mit dem blauen Anzug und der Krawatte, die Kleidung eines erwachsenen Mannes, zu groß für den kleinen Jungen mit geballten Fäusten, mit zurückgehaltenen Tränen in den Augen.

Und Papa, der sie drückt. Er umklammert ihre Schulter, bis er ihr weh tut, Maddalena möchte ihm sagen, er soll aufhören, aber der Vater hört ihre stummen Worte nicht: er starrt auf die weißen Blumen in dem schwarzen Auto.

Weiße Blumen, grüne Blumen, mit Rot- und Blautönen. Die gleichen Reflexe wie auf den grünen und blauen Gläsern, die in einer Reihe auf den Regalen der Antiquitätenhändler in der Bregade und der Store Kongensgade stehen. Grüne, rote, blaue Strahlen. Zwischen den Reflexen der Blick einer Frau, das gleiche flüchtige Lächeln ihrer Mutter: sie verschwindet im Licht der gebrochenen Sonnenstrahlen.

Andere, unbekannte Blicke erschrecken Maddalena. Sie öffnet die Augen. Gegen die Schotten des Schiffs drängt die Nacht mit träger Kraft. Sie trocknet sich die Lippen: sie hat geschlafen, den Kopf über die Knie gebeugt.

Das Deck ist menschenleer. Sie spürt den auf sie gerichteten letzten Blick, den der Traum zurückgelassen hat, ein feindlicher, andererseits vertrauter Blick.

Sie erhebt sich von der hölzernen Bank, reckt den Rücken, streckt die Arme aus und geht zur Reling, der Wind weckt sie endgültig auf. Jetzt ist es kälter. Sie schließt die Augen, um den Wind zu schmecken.

Ein Licht in der Ferne, winzig und schwebend, vielleicht ein Schiff, vielleicht der Leuchtturm von Ustica. Sie versucht sich vorzustellen, daß jemand von dort zu den Lichtern ihres Schiffes hinspäht, so wie sie jetzt dieses Licht betrachtet: Augen, die sich vergeblich ineinander spiegeln, sich in der Nacht nicht erkennen.

Im Rücken spürt sie die Gegenwart eines Menschen. Sie dreht sich ruckartig um. Sie ist nicht erschrocken. Überrascht, das ja. Der Mann ist jung, er mustert sie mit finsteren, harten Augen. Als hätte er Angst bekommen, blickt er sich um.

»Maddalena?« fragt er mit einer tiefen, fast alten Stimme. Sie bejaht mit einem Kopfnicken.

»Maddalena Pancamo?« wiederholt er. Und er kommt näher. Er kommt zu nah.

»Wer bist du? Was willst du?« Maddalena weicht zurück.

»Du … wir sind vereint, für immer, wir zwei«, sagt der Mann, aber er scheint verwirrt, er ist verwirrt.

»Ich kenne dich nicht«, sagt Maddalena, während sie mit Blicken nach jemandem sucht.
»Aber ich kenne dich. Maddalena, wie schön du bist.«
Und der junge Mann hebt eine Hand, wie eine Liebkosung oder eine Drohung. Maddalena öffnet den Mund, aber ihre Stimme versagt.
Sie versteht nicht, warum der Mann ihr mit einer Hand den Mund verschließt. Sie hat Angst, das ja, jetzt. Auch der Mann hat Angst. Er zittert. Maddalena reißt die Augen auf.
Aber die Hand ist stark, breit, grob.
Sie weiß nicht, warum sie jetzt mit dem Kopf gegen eine Kante aus Eisen schlägt. Entsetzen überflutet sie: Scheiße, was macht dieser Typ da?
Wieder schlägt sie mit dem Kopf auf, härter. Ein dumpfer Schlag. Sie ertrinkt. Sie ertrinkt in der Schwärze, die hinter ihren Augen aufsteigt. Sie merkt nicht mehr, daß sie fällt. Sie weiß nicht, daß sie hinunterstürzt.
Nur den Aufprall auf dem Wasser spürt sie. Sie versinkt. Doch das Meer erfüllt sie schon: im Mund, in der Nase, im Hals. Überschwemmt vom Meer ist der Atem.
Sie sinkt tiefer. Tiefer.
Nach unten, wo es dunkel und still ist.
Und sie hat keine Kraft mehr, wieder aufzusteigen, sie will es nicht mehr.

16. Kapitel

 In den weiten, leeren Räumen des Palazzo hatten sie nicht gehört, daß er angekommen war. Beim Hinausgehen fanden sie ihn in der Mitte des Eingangssaals, zu seinen Füßen noch die Koffer und leichten Taschen einer eilig vorbereiteten Reise.

Er zeigte sich nicht erstaunt. Nicht so wie sie, nicht so wie Leonardo, dem es die Sprache verschlug, den Verblüffung und Unbehagen in Verwirrung stürzten.

Er hatte den nassen Regenmantel auf einen alten Stuhl gelegt.

»Dottore!« rief die Alte aus. »Ihr hier, wann kamt Ihr an?« Und im Tonfall der Frage erklang der Ärger darüber, daß sie nicht benachrichtigt worden war.

»Gerade eben. Ich bin eben erst angekommen. Ich bitte um Entschuldigung, Teresa, aber ich hatte keine Zeit, Sie zu benachrichtigen. Wie geht es ihm?«

»Wie sollte es ihm schon gehen? Wie gewöhnlich. Er scheint mir ruhiger.«

»Ich verstehe.« Dann zu Pellegrino gewandt, vor allem aber zu Leonardo: »Bitte gestatten Sie: ein paar Minuten nur. Gehen Sie bitte nicht fort, ich muß mit Ihnen sprechen.«

Sie blieben im großen Eingangssaal und warteten.

»Ist er es?« flüsterte Pellegrino.

»Ja, er: Doktor Machì«, antwortete Leonardo, noch immer fassungslos vor Erstaunen.

Kopfschüttelnd machte Teresa sich mit dem Regenmantel und dem Gepäck zu schaffen.
Aus dem Zimmer von Alfredino Pintacorona drang undeutliches, zärtliches Stimmengewirr, dann hörte man die entschlossene Stimme Machìs, ein Lachen, vielleicht ein Schluchzen, plötzlich unterbrochen von lautem Radiolärm, Stühlerücken, Husten. Dann Stille.
Machì kehrte zu ihnen zurück. Er sah müde aus, hatte die geröteten Augen eines Menschen, dem Schlaf fehlt, doch sein Gesichtsausdruck war heiter, offen, zuversichtlich. Das gleiche Gesicht wie Alfredino Pintacorona, die Züge waren jedoch klarer gezeichnet, mit der Tinte der Gewißheit.
»Teresa, Sie können gehen. Gute Nacht, wir sehen uns morgen wieder.«
Die Alte gehorchte, schüttelte aber unter mißbilligendem Gemurmel den Kopf.
»Bitte folgen Sie mir«, sagte Machì und ging voraus. Mit sicherem Schritt führte er sie durch das rätselhafte Planquadrat des Palazzo: er öffnete Türen, hinter denen sich endlose Zimmerfluchten verbargen, fensterlose Flure, vermauerte Treppen, blinde Spiegel, trügerische Hohlräume. Sie gelangten in das, was früher vielleicht einmal die Bibliothek des Palazzo gewesen war. Der Bestand war geplündert: breite, entblößte Regale offenbarten, daß hier ganze Sammlungen verschleudert und Enzyklopädien halbiert wurden. Übrig blieben ein paar Buchreihen, unversehrt standen sie unter ihrem Staub, der den periodischen Raubzügen ohne Kriterium oder Methode widerstanden hatte.
»Bitte setzen Sie sich«, sagte Machì. Und mit Blick auf Lo Nardo: »Ich wußte, daß ich Sie hier treffen würde. Vielleicht nicht gerade im Palazzo, aber auf jeden Fall in der Nähe.«

Er brauchte eine ganze Weile, um die Holzscheite im Kamin anzuzünden. Über den zaghaften Beginn eines Feuers gebeugt, schien er Pellegrino und Leonardo zu vergessen, die auf einem Sofa Platz genommen hatten.

»Gut«, sagte er, als die Flamme kräftiger wurde. Er rieb sich die Hände.

»Gut«, kam es wieder. »Da wären wir.«

 Leonardo und Pellegrino hatten sich nicht erlaubt, Blicke zu wechseln. Sie warteten.

»Ihre Frau hat mich angerufen«, hub der Arzt an, den Rücken zum Kamin gewandt. »Sie weinte. Sie hat mir gesagt, sie wolle auf den geplanten Eingriff verzichten.« Er starrte auf einen Punkt über Leonardos Kopf: »Ich habe versucht, zu verstehen, was sie zu dieser Entscheidung treibt, so etwas passiert nämlich nicht oft. Sie hat mir von Ihrer, sagen wir mal, Obsession erzählt. Sie hat den Namen Maddalena Pancamo erwähnt, und da sind mir Ihre hartnäckigen Fragen bei unserer ersten Begegnung in Rom wieder eingefallen. Ihre Frau war sehr besorgt, ja aufgewühlt: Sie hat angedeutet, daß Sie Nachforschungen betreiben, können wir das so nennen? Und dann hat sie etwas gesagt, das mich sogar veranlaßt hat, hierherzu kommen, um Sie hier zu treffen, vielleicht auch, um Ihnen eine Erklärung zu geben. Alles hat in Giallonardo angefangen, hat Ihre Frau gesagt. In Giallonardo. Ich habe das erste Flugzeug genommen. Und jetzt sitzen wir hier zusammen, in meinem Haus, das mir und meinem Bruder gehört.«

»Zitternd das Wort in der Nacht«, rezitierte Pellegrino und bereute es sofort.

»Brüder. Zwillinge, um genau zu sein«, fuhr Machì fast belustigt fort.

»Aber Sie heißen doch …«, versuchte Leonardo zu begreifen.

»Attilio Machì, während mein Bruder Alfredo Pintacorona heißt. Das finden Sie seltsam, nicht wahr?«
Lo Nardo bejahte mit den Augen.
»Zufälle. Verrückte Zufälle des Personenstandsregisters. Wir sind beide hier geboren, und zwar in diesem Palazzo, denn mein Vater hielt an diesem alten Familienritual fest, und wurden daher im Einwohnermeldeamt von Giallonardo eingetragen, obwohl wir immer in Palermo gelebt haben. Ich weiß nicht, wie es kam, und es interessiert mich auch nicht, warum, aber als ich mich vor vielen Jahren für einen Master-Fortbildungskurs in England einschrieb, tauchte auf meiner Geburtsurkunde aus dem Rathaus von Giallonardo der doppelte Nachname auf, der schon seit Jahrhunderten begraben ist: Pintacorona Machì. In England hielten sie das für meinen *surname*. Ich wurde mit dem Nachnamen Machì als Kursteilnehmer eingetragen, und teils aus Faulheit, teils als Abwehrzauber – denn es heißt, dieser Nachname bringt Unglück – habe ich ihn danach weiter benutzt. Attilio P. Machì, das P steht für Pintacorona. So wie auch mein Bruder heißt.«
Es machte ihm sichtlich Spaß, diese Geschichte zu erzählen. Doch dann setzte er schlagartig eine traurige Miene auf, allerdings mit einer Dosis routinierter Schauspielerei: »Bis zu seinem achtzehnten Lebensjahr war Alfredo ein normaler Junge, vielleicht trug er ein wenig zu viel Verschwiegenes mit sich herum. Die Krankheit trat ganz plötzlich zutage, kurz vor den Abiturprüfungen: der überaus klare und feine Kristall seiner Seele bekam einen Sprung. Wenn es eine Schuld gibt, die ich mir nicht vergeben kann, dann ist es die, daß ich mich zu wenig um ihn gekümmert, sein Leiden nicht beachtet habe, um mich ungestört meinem Studium widmen zu können. Solange unsere Mutter noch lebte, hat sie ihm beigestanden, frei-

lich in den Grenzen einer Mutter, die zu oft mitleidet, die alles rechtfertigt. Alfredos Abdriften wurde unumkehrbar. Schizophrenie.«

Er hielt bei dem letzten Wort inne.

»Schizophrenie. Er ist verrückt«, fuhr er fort, ohne den Tonfall und die Modulation zu wechseln. »Die Medikamente mildern die heftigsten Anfälle, die verheerendsten Spaltungen. Teresa betreut ihn wie einen Sohn, schließlich kennt sie ihn seit seiner Geburt. Und in diesem Palazzo findet er Trost, ausgeschlossen von der Welt, geborgen in den Räumen der Vergangenheit. Sein Theater der Erinnerung.«

Mit ausholender Geste wies er so lange auf die verwüstete Bibliothek, bis Leonardo und Pellegrino sich gezwungen sahen, die traurige Leere der staubigen Regale ringsumher zu betrachten. Das Theater der Erinnerung.

»Verstehen Sie eigentlich, was das bedeutet: der Taumel der Vergangenheit?« fragte Attilio Machì verschwörerisch, den Blick fest auf Leonardo gerichtet.

»Die Vergangenheit ist unumstößliche Gewißheit«, entgegnete Lo Nardo, überrascht über seine sinnlose Antwort, und seine eigene Stimme erschreckte ihn.

»Eben. Die Vergangenheit. Die Engländer sprechen vom *past perfect*, um eine abgeschlossene Handlung anzuzeigen, eine Handlung, deren sämtliche Konsequenzen erschöpft sind, die nunmehr endgültig ist. Die Kugelgestalt der Vergangenheit, kompakt und undurchdringlich wie eine Frucht aus Alabaster. In unseren Breitengraden dagegen ist die Vergangenheit immer Imperfekt.«

Das Holz im Kamin knackte, wie um den Hall in der weiträumigen Bibliothek zu unterstreichen.

»Wir sind beim letzten Akt angelangt«, dachte Lo Nardo.

»Wir sind beim letzten Akt angelangt, Signori«, sagte Machì.

»Die Umgebung ist angemessen, die Darsteller sind würdevoll, dicht gewoben ist das Rätsel.«
Machì schauspielerte nach einem Drehbuch, das er auswendig gelernt zu haben schien. Vielleicht hatte er einen solchen Moment schon seit langem vorbereitet, vielleicht hatte er ihn bis in die winzigsten Details geplant, die jetzt zu all dem hinzukamen, was sich in der zerstörten Bibliothek des Palazzo Pintacorona abspielte.
»Wahrscheinlich schulden wir Ihnen einige Erklärungen«, sagte Pellegrino. Doch eine Handbewegung Machìs zeigte, daß er Unterbrechungen nicht duldete.
»Ich bitte Sie«, sagte er. »Hier bin ich derjenige, der erklärt. Alfredo versank im Strudel der Vergangenheit: in seinen zerrissenen Gedankengängen tauchten alte Familiengeschichten auf, eine Mischung aus Legenden und Gerüchten, die sich durch die Jahrhunderte ziehen und uns in unzähligen Episoden und Personen den Pancamo gegenüberstellen. Sein Wahn speiste sich aus besessener Lektüre, krampfhaften Nachforschungen, willkürlichen Interpretationen. Alfredo wollte die Geschichte der Familie Pintacorona neu schreiben, er wollte sie von dem Unstern befreien, der sie seit jeher dazu verdammt, auf der falschen oder zumindest der scheinbar weniger noblen Seite zu stehen. Im Sommer 1985 entdeckte er Maddalena Pancamo.«
Auch Pellegrino bemerkte das leichte Zittern, das Leonardo durchfuhr, während Machì auf seine Erzählung konzentriert blieb: »Alfredo begann ihr zu folgen, sie zu beschatten, ihr Kommen und Gehen zu beobachten, ohne daß sie davon wußte. Das alles habe ich erst später erfahren. Zu spät, viel zu spät. Ich glaube, er war auf gewisse Weise in sie verliebt. Sie faszinierte ihn, und er konnte sich nicht eingestehen, daß ein Mitglied der Pancamo wieder

einmal die Oberhand über einen Pintacorona gewann, sogar wenn es um die Verwirrung der Gefühle geht. Ich weiß nicht, wie er es fertigbrachte, aber Alfredo hat viele Fotos von diesem Mädchen gesammelt, die er heute noch aufbewahrt. Ich glaube, er versuchte ihr Geheimnis zu verstehen, er wollte die verborgene Chiffre entschlüsseln, durch welche die Schönheit einer Frau sogar zur Grausamkeit
 werden kann, weil sie für manche verboten ist. Er wollte den Fluch über den Pintacorona bekämpfen und fiel ihm dabei selbst zum Opfer. Er stürzte in die Falle und blieb verhext. Ohne Erlösung.«

Das Prasseln der Flamme wurde von dem feinen Knistern der Holzwürmer begleitet, die an dem alten Holz der Bücherregale fraßen. Machì starrte jetzt ins Feuer, die Hände auf den Kaminsims gestützt. Vielleicht verbarg er seine Erschütterung, oder er ging seine Rolle noch einmal durch.

»Ich weiß nicht, was passiert ist«, murmelte er leise. »Ein paar Tage lang gab es kein Lebenszeichen von Alfredo. Wir befürchteten das Schlimmste, dann rief er mich an: er war in Neapel, hatte sich in den Straßen einer Stadt verlaufen, die er nicht kannte. Ich fuhr hin, um ihn abzuholen, begleitete ihn hierher, und von hier hat er sich seitdem nie mehr wegbewegt.«

»Wann genau war das?« fragte Lo Nardo, und seine Stimme zitterte.

»Was?«

»Als Ihr Bruder sich in Neapel befand.«

»Ende September, am Ende des Sommers.«

»Und Sie haben niemals gedacht, daß ...«

»Was hätte ich denken sollen?« schrie Machì und drehte sich mit einem Ruck zu ihm herum. »Daß mein Bruder Maddalena Pancamo umgebracht hatte? Nein, das dachte ich nicht sofort. Die Nachricht vom Tod des Mädchens verbreitete sich erst einige Zeit später, als die Leiche im Meer gefunden wurde. Ich war zu dem Zeitpunkt schon wieder in die Schweiz zurückgekehrt. Maddalena Pancamo war nur in Palermo und für die Palermitaner, nur für gewisse Palermitaner, eine Nachricht wert. Im übrigen Italien und in der Welt war sie jedoch nur eine, die von einem Schiff gestürzt war. Natürlich, später dachte ich oft daran. Aber was hätte ich denn tun sollen? Meinen Bruder anzeigen? Ihn in die Gefängnispsychiatrie einsperren lassen? Dieses Mädchen war tot, doch Alfredo war lange vor ihr gestorben.«

Leonardo senkte den Blick auf die gesprungenen Keramikfliesen.

»Aber jetzt erklären Sie mir doch bitte mal«, und Machì kam auf ihn zu, beugte sich über Leonardo und blickte ihm direkt in die Augen. »Sie haben viele Fragen gestellt, Sie haben mich und jetzt meinen Bruder mit den Pancamo in Zusammenhang gebracht, und das alles, weil ich zufällig eine Arztpraxis mit einem Kollegen teile, dem ich nie begegnet bin, der nicht den geringsten Verdacht hatte, daß ein Machì etwas mit Maddalena Pancamo zu tun haben könnte. Sie haben alles mögliche miteinander verknüpft, Sie haben lange gebohrt, nachgeforscht, untersucht. Und jetzt? Was wollen Sie nun eigentlich unternehmen?«

Lo Nardo suchte Pellegrino. Auch der wartete auf eine Antwort. Leonardo zuckte mit den Schultern.

»Denken Sie darüber nach, Lo Nardo, denken Sie gut nach«, fing Machì wieder an, aber jetzt war alles gekünstelte Posieren von ihm abgefallen, das Drehbuch war zerrissen, seine Worte bebten vor Wut und Verbitterung. »Oh, ich kann mir gut vorstellen, wie aufregend es ist, einen Mörder zu entlarven, einen Mord anzuzeigen, ein

Geheimnis der Vergangenheit aufzudecken. Ist es das, was Sie wollen? Zum Rächer der Zeit, zum Detektiv der Erinnerung werden, dem Opfer und dem Schlächter ihre Rollen zuteilen, die Wahrheit wiederherstellen, die Geschichte neu schreiben? Aber diese Vergangenheit hat eine Gegenwart aus Fleisch und Blut und aus Leiden. Das Fleisch und Blut und das Leiden meines Bruders, mein eigenes, das unserer Familie. Und außerdem, wenn Sie gestatten, das Fleisch und Blut und das Leiden, das zu Ihnen und Ihrer Frau gehört. Diese Vergangenheit verbindet Sie beide nämlich mit der Zukunft. Mit Ihrer Zukunft. Es ist Ihr Leiden, das durch meine Hände und mein ärztliches Können zum Fleisch werden will. Denken Sie daran, Lo Nardo, vergessen Sie das nicht. Maddalena ist tot, nichts kann sie wieder zum Leben erwecken. Aber Ihr Kind befindet sich auf der schmalen Schwelle zum Leben, und nur Sie allein können entscheiden, ob es wirkliches Leben oder nichts sein wird, wirkliches Leben oder nicht einmal der Traum von einem Leben.«

August 1793

Hinterher sagten sie, daß man keine besonderen Fähigkeiten brauchte, um die bösen Vorzeichen zu erkennen. Und sie sagten auch, daß es anders nicht habe kommen können, und daß alle gewußt hätten, wie es enden würde. So sprach die Maragnesa, die ihre Ziegen melkte und die Zukunft aus der Vormilch las. So sprach auch Mastro 'Ntonio, der nicht lesen und nicht schreiben konnte, sich aber für ein großes Licht hielt, nur weil er die Namen aller Paladine von Karl dem Großen auswendig hersagen konnte, von Roland bis Rinaldo und das sogar in umgekehrter Reihenfolge. Und so sprach auch Pater Vartolo, der sich mit der rechten Hand bekreuzigte, wenn er zu Gott betete und ihn für all die Male um Vergebung bitten mußte, die er das Kreuzzeichen mit der Linken gemacht hatte, um die Geheimnisse der Zukunft zu erfahren, denn die hütet allein der Satan.

Alle jedoch, wirklich alle sagten, daß es kein Stein gewesen war, der vom Himmel fiel, und auch kein großes Feuer in der Luft, denn es genügte ja vollauf, von den alten Zeiten zu wissen, und man brauchte doch nur die Namen und Nachnamen aussprechen, um zu begreifen, daß diese Ehe böse enden mußte, nicht ganz so böse zwar, wie sie dann am 8. August, am Fest des heiligen Gaetano, wirklich ausging, mit Messerstechereien und Toten, das gewiß nicht, aber ein schlimmes Ende, ja, das stand wahrlich fest.

Nicht so ganz schlimm, mit dem Toten im Haus, dem

Sommer in Trauerkleidung, den schwarzen Schleiern vor den Spiegeln im großen Saal, aber böse würde diese Ehe ganz bestimmt enden. Was dann am 8. August auch wirklich geschah.

Und so redeten alle, denn alle wußten, daß ein Machì auf keinen Fall eine Machì heiraten durfte, gleichgültig ob das unter anderem Vorzeichen geschah, indem man die ersten Vornamen hinzufügte.

Als ob es nicht schon reichte, daß Eleonora eine Pancamo und Scipione ein Pintacorona war, nein, beide brachten auch noch das Verhängnis mit, Machìs zu sein, der eine durch die Großmutter mütterlicherseits, die andere durch den Großvater väterlicherseits, auf jeden Fall aber waren sie einander durch jenes Unglücksblut zu nahe, das die Machì in sich trugen, seit sie an den Küsten Siziliens gelandet waren, mit ihren bunten Berberfürstengewändern, blutrünstig und gierig nach sizilianischen Weibern, so daß man heute noch von dem Tag erzählt, als Friedrich II. sich höchstpersönlich aus dem Palazzo dei Normanni herbeibemühen mußte, im Gefolge seine riesige Schar aus Falken und Rittern, alle bewaffnet mit Schwertern, Stöcken und Gold, um bis in den Süden, in diese rauhe, wilde Gegend zu kommen, wo die Machì lebten und herrschten, als gäbe es weder König noch Kaiser, um sie im Guten oder im Bösen zu überzeugen, daß man den Christen nicht die Köpfe abschneiden darf, bloß weil einer scheel geguckt hatte, oder weil man um jeden Preis sein Vorrecht verteidigen will, allen braven Töchtern einen reinzustecken.

Im Guten oder im Bösen, die Machì schienen ein Einsehen gehabt zu haben, und sie änderten ihr Verhalten, ja, sie erwarben sich sogar Titel und Ländereien, einige wurden Grafen, andere Herzöge, und ein paar Barone, aber im Kopf blieb ihnen doch nur der Wüstensand, denn der flog

manchen an gewissen Tagen, wenn der Schirokko ging, davon und ließ die Köpfe hohl und leer zurück, wie die Hälfte der Sanduhr, wenn sie ihre Sandkörner verliert.
Alle sagten das, denn im Laufe von fünf oder mehr Jahrhunderten gab es keinen Christenmenschen in Giallonardo, der nicht den Wahnsinn irgendeines Machì miterlebt hätte, und wenn man sie alle erinnern wollte, müßte man ein komplettes Verzeichnis anlegen, aber wer weiß, vielleicht schreibt es irgendwann wirklich jemand auf.

Erst spazierte Alfonso Machì auf den Zehenspitzen, dann setzte er sich in den Kopf, nur noch auf den Fersen zu laufen: Er sagte, die Füße würden sich unterschiedlich abnutzen, darum wolle er sein Gewicht gleichmäßig verteilen; ja, er entblödete sich nicht, auf den Knien und sogar auf den Händen zu laufen. Als er schließlich versuchte, sich auf dem Bauch kriechend zu bewegen wie ein Wasserlauf, gewahrte er eines Tages nicht, daß die Kutsche seines Cousins Manfredi ankam, worauf der ihn unter den Hufen seines Vierspänners zermalmte.
Ein guter, sanftmütiger Mensch war Emanuele Machì und hatte entsetzliche Angst vor dem Anblick von Blut. Aber er mußte in Zeiten leben, die voller Kriege und Morde waren, viele wurden von seiner Sippe begangen, anderen fielen seine nächsten Anverwandten zum Opfer: um endlich all dem Schreien, dem Wehklagen, den Überfällen und Raubzügen zu entkommen, flüchtete er sich auf den Glockenturm der Mutterkirche, doch auch von dort konnte er immer noch sehen, was sich im Ort ereignete, ja, er hatte sogar einen noch klareren Blick darauf. Also kroch er bis in die große Glocke hinein, und bald kannte er den Rhythmus des Totengeläuts, das er mit seinem verzweifelten Heulen untermalte. Er starb durch einen unvorhersehbaren Schlag des Glockenschwengels, als der Küster näm-

lich beschlossen hatte, das Festgeläut in Gang zu setzen, um den Friedensschluß zwischen den verfeindeten Parteien zu feiern.

Und wer könnte den Anblick von Isabella Machì vergessen, wie sie blutgetränkt von Kopf bis Fuß aus dem Palazzo kam. Das Blut stammte von ihren beiden Kindern, die sie getötet hatte. In diesem Zustand ging sie geradewegs in

die Kirche, um zu beten, und unaufhörlich wiederholte sie, ihre beiden Kinder seien Engel für sie gewesen, aber sie hätten ja nicht fliegen wollen, sie wollten sich einfach nicht in die Lüfte erheben, und da habe sie die Kinder an die Wand geschleudert, um sie zum Fliegen zu bringen. Blutüberströmt kniete sie da und betete zu den Engeln aus Stuck an der Decke der Kirche und rief sie mit den Namen ihrer Kinder, Mimì und Malù, die waren jetzt dort oben an der Decke, lächelten selig und hatten endlich Flügel bekommen.

Darum und wegen vieler anderer Geschichten hatten sämtliche Zweige der Familie, die als zweiten oder dritten Nachnamen den Namen Machì wie eine Bürde mit sich schleppten, es immer vermieden, untereinander zu heiraten. Und das, obwohl die prächtigsten jungen Männer und Frauen darunter waren, vor allem bei jenen, die das normannische Blut in sich trugen, während bei den anderen das Arabische, Kriegerische überdauerte. Dennoch hatte es zwischen einigen von ihnen Liebe gegeben und zwar die wahre Liebe: wie zwischen Girone und Agira, die sich am Morgen des 13. März 1461 gemeinsam vom Wachtturm des Kastells stürzten, weil ihre Familien gegen ihre Liebe waren und sie darob lieber zusammen sterben wollten. Eine Begebenheit, die nebenbei auch bestätigte, wenn es dessen überhaupt noch bedurft hätte, daß die Machì zusammen mit anderen Machì nicht glücklich und zufrieden

leben konnten, wie es für alle Kinder Gottes recht und billig ist.
Das alles waren für Eleonora und Scipione und auch für ihre Familien alte Geschichten, obwohl Donna Adelina, die weiseste und älteste Frau der Familie – 109 Jahre war sie alt und hatte sich eine gute Gesundheit und einen Kopf wie einen geschliffenen Diamanten bewahrt, weil sie nämlich niemals ein männliches Geschöpf angerührt hatte, und sei's der Hofhund oder der Hauskater – nein sagte und abermals nein. Ein Fehler war diese Hochzeit. Alle anderen aber sagten, daß Donna Adelina schrullig war mit ihrer Manie, keine männliche Kreatur anzurühren, nicht mal einen Täuberich oder einen Stieglitz. Aber recht hatte sie, Donna Adelina.
Recht hatte sie, und all jene, die sagten, so hätte es ja enden müssen, hatten auch recht. Aber das sagten sie erst später, hinterher. Das sagten sie, als man am 8. August, am Fest des heiligen Gaetano, bei Tagesanbruch entdeckte, daß Eleonora ihrem Scipione einen Messerstich ins Herz versetzt hatte, einen so glatten und festen Stich, daß der Arme nicht einmal viel Blut verlor und mausetot auf dem Sessel in seiner Bibliothek saß, im Gesicht den Ausdruck eines Menschen, der noch nicht ganz begriffen hat, warum ausgerechnet jetzt seine letzte Stunde schlägt.
Die Magd, die Scipione im Morgengrauen erstochen fand, war die 'Gna Salvina, die Eleonora hatte aufwachsen sehen und in den letzten Jahren alle Tränen ihres kleinen Mädchens getrocknet hatte, wegen der bösen Taten des Ehegemahls, der nämlich französische Bücher entdeckt hatte, schlecht vom König und der Königin sprach und sich in eine Signorinella vom Ballett verguckt hatte, die mit allen Französisch sprach, obwohl sie doch nur aus Caropepe stammte, und der sogar Freudensprünge machte und mit

dem besten Wein feierte, als man ihm die Nachricht überbrachte, daß diese schändlichen Jakobiner König Louis den Kopf abgeschnitten hatten, Gott hab ihn selig, und daß sie die arme Marie Antoinette wie eine Diebin ins Gefängnis gesperrt hatten.

An jenem Morgen war 'Gna Salvina wie immer losgegangen, um heißes Wasser zuzubereiten, und als sie am Gemach der beiden Eheleute vorbeikam, wunderte sie sich, weil die Tür sperrangelweit offenstand, das Zimmer leer war und das Bett noch genau so in Ordnung war, wie sie es am Vorabend zurechtgemacht und zurückgelassen hatte. Und vielleicht war es eine Vorahnung, vielleicht die Sorgen, mit denen 'Gna Salvina sich plagte, weil sie Mitleid hatte mit ihrer Norina, die so viel Leid ertragen mußte, jedenfalls eilte sie sogleich, im ganzen Palazzo ihr kleines Mädchen zu suchen und diesen elenden Scipione.

Gerade war sie vor der Bibliothek angekommen, da hörte sie durch die Tür ein eigenartiges und schreckliches Winseln, wie von einem Hund, der im Boden scharrt und den Knochen sucht, ohne ihn zu finden. Sie aber fand ihre Noruccia, die aus den Büchern der Bibliothek eine nach der anderen alle Seiten herausriß, ohne ihren Tränenfluß anhalten zu können, der ihr schon das ganze Kleid durchnäßt hatte, weshalb sie aussah, als wäre sie gerade aus dem Meer gestiegen, wenn da nicht auch die verwaschenen, roten Blutflecken gewesen wären.

Wunderliche Worte sprach sie, die arme Eleonora. 'Gna Salvina kann sie noch immer wiedergeben, obwohl sie nicht sicher ist, daß sie alles recht verstanden hat.

»Dideroh geht mit dir. Woltär geht mit dir. Russoh geht mit dir. Monteskjö geht mit dir.«

Sie schien zu beten. Und Gebete hatte sie wahrlich nötig, denn als sie die 'Gna Salvina eintreten sah, hielt sie inne,

beide Hände um zerrissene Buchseiten gekrallt, und wies auf den Sessel, wo Scipione zu schlafen schien.
»Die Franzosen sind's gewesen. Sie wollten ihn mitnehmen. Aber Scipione muß hierbleiben, ob er will oder nicht.«
Alle wußten es, daß es mit den beiden nicht lang andauern würde. Und es dauerte nicht lange. Aber das sagten sie erst später, und sie sagten auch, daß Scipione Pintacorona der klügste Kopf in seiner Familie war, aber zu viele Bücher waren ihm schlechte Ratgeber gewesen. Und sie sagten, daß die Pintacorona nach ihm alle wie die Kartoffeln wären, welche nämlich ihren besten Teil unter der Erde haben. Alle sagten das, aber später, während Eleonora sich hinter dem Toten herschleppte und dabei immer noch behauptete, die Franzosen hätten ihren Mann umgebracht, weil man sie als Witwe nach Frankreich bringen wollte, um auch ihr dort den Kopf abzuschneiden.

17. Kapitel

Der regnerische Winter überflutete die Straßen in Mondello, die Unterführungen der Viale Regione Siciliana, die Gäßchen des Kalsa-Viertels und die Fahrbahn auf dem Foro Italico. Außerdem brachte er ein zweistöckiges Wohnhaus im Vicolo Pallone und eine schwarzgebaute, kleine Villa in Mezzomonreale zum Einsturz.

Es regnete und regnete abermals und hörte schließlich auf zu regnen, aber Leonardo bemerkte weder, daß es hell wurde, noch sah er den Himmel, der wieder seinen klaren Januarglanz hatte, wie immer, wenn der Tramontana weht und der Monte Pellegrino so nah rückt, daß sein rosa Fels scharfkantig direkt über dem weiten Halbrund der Cala aufzuragen scheint.

In seinem Schwebezustand in der leeren, erstarrten Wohnung, ohne Elisabetta, die als Exilantin bei der Schwester ausharrte, von wo wenig durchsickerte und dies Wenige nie mehr war als minutenlanges, vorwurfsvolles Schweigen, Ablehnungen seiner Anrufe durch eine Mittelsperson und Scheidungsdrohungen, von hilfsbereiten, gemeinsamen Freunden überbracht, hatte Lo Nardo sich drei Monate lang gegen alle Widrigkeiten geschützt, indem er jede Verbindung zur Wirklichkeit und zur Vergangenheit kappte und so tat, als hätte er Maddalena Pancamo und Attilio P. Machì und Alfredino Pintacorona vergessen. Das drückende Schuldgefühl war ihm mittlerweile zum ständigen Begleiter geworden wie ein

obskures Übel oder ein absurdes Laster, um Pellegrino zu zitieren, der Lo Nardo vergeblich mit väterlichen Aufmerksamkeiten umgab.
An einem Morgen, den der Wind noch blanker gefegt hatte, rief jedoch ausgerechnet Pellegrino bei Ignazio Sferrazza Papa an, um ihn um Hilfe zu bitten. Augenblicklich und höchst dringend.
»Er ist Ihr Freund, oder etwa nicht? Kommen Sie sofort ins Institut: er scheint den Verstand verloren zu haben.«
»Was ist denn passiert?« fragte Ignazio.
»Ich weiß es nicht. Er will ja nicht reden. Ich glaube, er hat einen Brief bekommen oder etwas Ähnliches. Er hat sich im Lesesaal eingeschlossen und will die Tür nicht aufmachen. Ich höre merkwürdige Geräusche. Kommen Sie sofort, ich bitte Sie.«
»Ich bin gleich da.«
Dieses Mal gebrauchte Sferrazza Papa keine Ausflüchte wie den Verkehr und andere Unvorhersehbarkeiten, die seine Fahrten sonst immer verlangsamten. Er hielt sein Versprechen und kam wirklich in der kurzen Zeit im Institut an, die man zu Fuß für die Strecke zwischen der Piazza Vittorio Emanuele Orlando und der Piazza San Domenico braucht.
Gefolgt vom angstbebenden, besorgten Pellegrino, schritt Ignazio auf die versperrte Tür des Lesesaals zu.
»Leonardo, was ist los?« fragte er in einfühlsamem Ton.
Stille.
»Leonardo, ich bin's, Ignazio. Mach die Tür auf.«
Stille.
»Leonardo. Mach auf, bitte.«
Stille. Dann ein lautes Geräusch wie von Gegenständen, die zu Boden fallen.
Ignazio rüttelte an der Klinke.

»Mach auf, Leonardo. Das ist ein Befehl.«
Die Stille kehrte zurück. Pellegrino rieb sich nervös die Hände.

»Lo Nardo, ich bitte Sie, nehmen Sie Vernunft an.«

»Seit wann ist er dort eingeschlossen?« fragte Sferrazza Papa.

»Seit zwei Stunden mindestens.«

Sferrazza Papa fuhr sich mit einer Hand über die Stirn. Er schien unschlüssig, sagte dann aber mit fester Stimme: »Leonardo, komm raus: ich habe etwas über Machì gefunden. Komm raus, und wir sprechen darüber.«

Stille.

Pellegrino, altersgebeugt und mittlerweile auch von den Nackenschmerzen verkrümmt, zitterte fast vor Aufregung.

Die Tür öffnete sich. Zum Vorschein kam Leonardos hochrotes Gesicht. Die Haare waren wild zerzaust, die Augen gerötet, vom Weinen oder vor Wut.

»Du hast also immer noch nichts begriffen?« schrie er. »Machì, Pintacorona, du und dieser ganze Mist interessieren mich einen Scheißdreck. Ich will nichts mehr davon wissen. Ich wollte nie etwas davon wissen.«

Ignazio schob rasch einen Fuß in die Tür und ging auf seinen Freund zu. Aber Leonardo war schneller: er versetzte ihm einen kräftigen, gutgezielten Faustschlag ins Gesicht. Ignazio blieb verblüfft stehen, schwankte und krümmte sich dann vor Schmerz, während ihm Blut aus der Nase rann.

Kurze Zeit später lag Sferrazza Papa, den Kopf in den Nacken gebogen, auf dem großen Tisch mitten im Lesesaal und wehrte sich gegen Pellegrinos Versuche, ihm Eis auf die Stirn zu legen.

»Es stinkt nach Fisch«, protestierte er.

»Ich weiß, das Eis stammt vom Vucciria-Markt. Heute hatten sie ausgezeichnete Brassen aus Mazara del Vallo«, erklärte Pellegrino.
»Kaiserbrassen?« fragte Ignazio.
»Kaiserbrassen.«
Leonardo kauerte in einem Sessel und starrte unentwegt auf ein Foto zu seinen Füßen, etwas anderes hatte er seither nicht getan. Sechs bucklige kleine Kreise, schwarzweiß, sonderbare rundliche Meerestiere, die in einer opaken, hellen Flüssigkeit schwammen.

»Lies den Satz noch einmal, Leonardo«, sagte Ignazio vom Tisch, wo er ausgestreckt lag.
»Was?« fragte Lo Nardo, aus seinen Gedanken gerissen.
»Lies noch mal vor, was da geschrieben steht.«
»Kinder einer alten Schuld.«
»Und weiter?«
»Nichts weiter. Was meinst du?«
»Eine Unterschrift, ein Zeichen, irgendwas.«
»Absolut gar nichts, Ignazio. Wie oft muß ich dir das noch erklären?«
»Zeig mir das Foto.«
Leonardo stand auf und hielt Ignazio, der immer noch mit zurückgebogenem Kopf dalag, das Foto vor die Augen.
»Dreh es um.«
Leonardo gehorchte.
»Du hast recht. Nur dieser Satz.«
»Aber wenn ich dasselbe sage, ist es Blödsinn, ja?«
»Nein, ich meine das doch nur als Bestätigung«, entgegnete Ignazio, als wollte er sich entschuldigen.
»Tut's noch weh?« fragte Leonardo.
»Nicht sehr. Ich hab eben schwache Gefäße.«
»Es blutet, zwischen den Dachziegeln, abends«, rezitierte Pellegrino.

»Finden Sie das jetzt besonders passend?« Leonardo wandte sich erbost zu ihm um.
»Gedichte passen immer.« Pellegrinos Erwiderung kam scharf und erregt.
»Sie haben recht, Professore, Sie haben ja recht. Entschuldigt bitte alle beide, ich war wie von Sinnen.«
»Du bist also sicher?« fing Ignazio wieder an.

»Ich habe die Klinik in Rom angerufen. Sie brauchten eine Weile, sie wußten nicht, was sie sagen sollten. Dann hat man mich mit dem Leiter verbunden, und er hat es bestätigt: Meine Embryonen sind aus dem Labor verschwunden. Sechs befruchtete Eizellen.«
»Machì.«
»Genau. Er ist auch verschwunden, seit Wochen schon. Es gibt keine Spur von ihm. Auch seine Praxis in Genf existiert nicht mehr. Am Telefon erklärt ein Stimmchen auf französisch, daß die Leitung stillgelegt ist.«
Ignazio Sferrazza Papa erhob sich unter beträchtlichen Mühen. Er übertrieb, um Leonardos Schuldgefühl zu verstärken. Das Eis nahm er sich von der Stirn.
»Kaiserbrassen. Frisch?« fragte er Pellegrino.
»Frischer geht's nicht, noch quicklebendig.«
»Gut. Rekapitulieren wir: Machì verschwindet und nimmt deine Embryonen mit. Er schickt dir ein Foto davon und schreibt einen rätselhaften Satz dazu. Was will er dir sagen?«
»Wie zum Teufel soll ich das wissen?«
»Er sagt dir, daß er dir nicht traut. Er ist sich nicht sicher, ob du nicht doch beschließt, ihn anzuzeigen, und will dich erpressen. Er hat deine möglichen sechs Kinder als Geiseln genommen. Erpresserischer Raub zukünftiger Menschen.«
Leonardo lächelte.

»Ist dir klar, daß das alles vollkommen verrückt ist?«
»Stimmt, das ist das richtige Wort. Professor Pellegrino, wie erklärt das Wörterbuch diesen Begriff?«
»Adjektiv zur Bezeichnung von Dingen oder Personen, die mit krankhafter Geistesverwirrung zu tun haben.«
»Genau. Machì hat mit krankhafter Verwirrung zu tun«, präzisierte Ignazio.
»Der seines Bruders«, sagte Pellegrino.
»Vielleicht.«
Pellegrino und Leonardo sahen sich an. Um sie herum lagen verstreut die Überreste von Lo Nardos Wutausbruch. Er hatte die Aufzeichnungen seiner Nachforschungen und die Fotokopien aus Büchern zerrissen, er hatte ein Buch an die Wand geworfen. Ignazio Sferrazza Papa machte ein paar Schritte und bückte sich, um das Foto von Maddalena Pancamo vom Boden aufzuheben. Behutsam legte er es auf den Tisch, neben das Foto von den sechs Embryonen.
»Sag mir die Wahrheit, Leonardo. Willst du es wissen?«
»Ja, erst will ich es wissen. Und dann vergessen.«
»Dabei kann ich dir nicht helfen.«
»Und ich will wieder mit Betta zusammensein.«
»Dabei kann ich dir auch nicht helfen.«
»Dann sag mir, was du tun kannst.«
»Das Ganze fängt damit an, daß du Machì in Pancamos Praxis triffst. Stimmt das?«
Leonardo senkte müde den Kopf.
»Du bist der einzige, der diese Verbindung zieht, und zwar wegen deiner zwanghaften Idee von …«
»Zwanghafte Idee!« protestierte Leonardo.
»Nenn es, wie du willst. Nicht einmal Marcello Pancamo hat je Verdacht geschöpft, weil ihm der Nachname Machì nämlich nichts sagte, weil er Machì niemals begegnet ist, weil er mit Sicherheit vergessen hatte, daß dieser Nach-

name auf der Passagierliste stand. Inzwischen waren viele Jahre vergangen.«

»Aber warum nimmt Machì das Angebot an, diese Praxis in Rom zu benutzen?« fragte Pellegrino.

»Das kann sogar ich beantworten«, sagte Leonardo leise. »Er will sich in der Nähe der Pancamo aufhalten, er will eine schwache Spur von Maddalena. Vielleicht auch, um

ganz sicher zu gehen, oder aus Arroganz.«

»Möglich. Er kann sich nicht vorstellen, daß jemand kommt und ihm Fragen stellt, jemand, der mit der Geschichte nichts zu tun hat, wie du zum Beispiel. Aber gehen wir weiter, zu der Begegnung in Giallonardo. Du und Pellegrino, ihr trefft im Palazzo Pintacorona auf Machì, richtig?«

Die beiden nickten.

»Er behauptet, er sei soeben angekommen. Die Koffer stehen noch neben ihm. Richtig?«

Sie nickten wieder.

»Er hat sich gleich nach Bettas Anruf ins Flugzeug gesetzt. Das hat er gesagt, oder nicht?«

»Das hat er gesagt«, hauchte Pellegrino.

»Aber Betta hat Machì nie angerufen.«

Leonardo riß die Augen auf.

»Es kam mir schon damals sehr seltsam vor«, fuhr Ignazio fort, »daß Betta, so wie ich sie kenne, einem Arzt, der praktisch ein Fremder für sie ist, ihre persönlichen Probleme erzählt. Leider konnte ich das nicht sofort nachprüfen. Betta wollte zu der Zeit nicht davon sprechen, genausowenig wie du, Leonardo.«

»Sie auch nicht?«

»Sie auch nicht. Es geht ihr schlecht.«

»Wie mir.«

»Genau. Wie dir. Aber als ich sie endlich danach fragen

konnte, erhielt ich sofort die Bestätigung: Betta hat Doktor Machì niemals angerufen.«

»Und was tat er dann dort?« fragte Pellegrino.

»Er wollte seinen Bruder abholen. Er bereitete ihre Flucht vor. Die Koffer waren für die Abreise bestimmt, sie stammten nicht von einer Rückkehr.«

»Und die Alte? Sie wußte ja auch von nichts«, unterbrach ihn Leonardo.

»Machì wollte sich natürlich aus dem Staub machen, ohne das jemandem anzukündigen. Mit eurer Ankunft habt ihr seine Pläne vereitelt. Also hat er die Geschichte von dem verrückten Bruder erfunden, der Maddalena umbringt.«

Pellegrino hob die Arme:

»Aber Machìs Bruder ist wirklich verrückt.«

»Klar, verrückt genug, um nicht mal zu wissen, daß er es ist. Verrückt genug, um das Jahr 1985 eingeschlossen in einer Anstalt in Neapel zu verbringen. Verrückt genug, um nicht zu wissen, daß sein Bruder sich Machì nennt.«

»Ich habe Kopfschmerzen«, sagte Leonardo.

»Ich auch«, sagte Ignazio. »Leonardo, es gab nur einen einzigen Menschen, der wissen konnte, welcher Name auf der Passagierliste der Fähre nach Neapel stand.«

»Machì selbst«, rief Pellegrino aus.

»Bravo, Professore. Nur Doktor Machì konnte wissen, daß sein Name auf dieser Liste stand. Und nur er mußte fürchten, daß du, so wie du in seinen Angelegenheiten herumgeschnüffelt hast, früher oder später diesen Namen entdecken und mit ihm in Verbindung bringen würdest. Aber nur du konntest Machì mit Pintacorona verbinden und Pintacorona mit den Pancamo und schließlich …«

»Attilio Machì mit Maddalena Pancamo«, ergänzte Leonardo mit leiser Stimme, überwältigt von der Schlüssigkeit der logischen Kette.

Die lärmende Geschäftigkeit auf den Straßen der Stadt trübte die Stille im Lesesaal. Eine Hupe dröhnte, man hörte die Litanei eines Salzverkäufers, weit entfernt den Singsang des Mannes, der auf seinem Karren *sfincionelle* mit gerösteten Zwiebeln verkaufte.
Leonardo fuhr sich mit den Fingern einer Hand durchs Haar.

»Aber warum hat er das getan?«
»Warum? Keine Ahnung. Vielleicht gibt Machì mit seinem Satz selber die Erklärung: Dieser Mord ist das Kind einer alten Schuld.«
»Das soll alles sein? Ist so was möglich?«
»Ich weiß es nicht. Vielleicht ist es möglich. Wenn es so gewesen ist, ist es möglich.«
»Was wir nicht sind, was wir nicht wollen, erst heute vermögen wir es dir zu sagen«, glossierte Pellegrino.
»Aber ich weiß, was ich will«, sagte Lo Nardo. »Ich will vergessen. Und ich will Betta.«
Maddalena Pancamo lächelte auf dem Foto. Und sie schien sehr viel lebendiger als die sechs winzigen Kreise, die in ihrer Flüssigkeit schwebten wie im Meer ausgesetzte Quallen.

März 1979

Der Flur stinkt nach Krankenhaus. Nach abgeblätterter Wandfarbe, nach Alkohol und Schweiß, nach schmutzigen Bettlaken, nach getrocknetem Urin. Kurzum, er stinkt nach Krankenhaus. Der Arzt ist zerstreut und kurz angebunden:

»Ein paar Minuten nur, seien Sie vernünftig. Der Anfall hat ihn sehr geschwächt.«

»Wie geht es ihm denn jetzt?«

Der Arzt zuckt mit den Schultern, verzieht das Gesicht, seine Grimasse überantwortet das Leben des Patienten dem Unvermeidlichen.

In dem verdunkelten Zimmer fällt ein Sonnenstrahl durch die Fensterläden, der die im Tropf zitternde, salzhaltige Infusionslösung aufleuchten läßt.

Er betrachtet seinen Vater, das bleiche Gesicht, die von Schmerzen gezeichneten Züge. Er wirkt ruhig, doch von Zeit zu Zeit scheint ihm ein tiefer Seufzer durch den ganzen Körper zu fahren.

»Papa«, flüstert er. Er möchte das Zittern in seiner Stimme unterdrücken.

»Papa«, wiederholt er.

Sein Vater öffnet die Augen. Und mit den Augen lächelt er seinen Sohn an. Er macht eine Bewegung mit der Hand, klopft neben sich auf das Laken. Eine müde Handbewegung, die eines Alten, eines Kranken.

Attilio setzt sich vorsichtig auf das Bett.

Sein Vater legt die Hand auf Attilios Hand. Seine Lider schließen sich wieder und er bewegt die Lippen.
»Hast du Durst?« fragt Attilio besorgt.
Sein Vater sagt nein. Wieder bewegt er die Lippen. Er möchte etwas sagen, aber seine Worte – wenn es Worte sind – werden vom Lachen zweier Krankenpfleger übertönt, die draußen eine Trage durch den Flur schieben.
 Attilio rückt näher an seinen Vater heran.
»Papa.« Und das ist keine Frage und auch keine Bitte, nur eine Tatsache.
»Papa«, sagt Attilio noch einmal und möchte sich nicht so hilflos fühlen.
»Ich sterbe«, flüstert sein Vater.
»Sag das nicht, Papa.«
Sein Vater drückt mit der Hand gegen die des Sohnes, und in dieser herrischen Geste erkennt Attilio den unbelehrbaren Starrsinn von Fortunato Pintacorona.
»Ich bin müde, Attilio. Aber ich habe keine Zeit mehr«, sagt sein Vater leise in einem Atemzug. »Deine Mutter?«
»Zu Hause, mit Alfredo.«
»Du mußt dich um ihn kümmern. Er braucht dich, Attilio.«
»Ich brauche dich, Papa.« Er möchte nicht weinen, aber in seinen Augen brennen Tränen.
»Attilio. Du bist groß, du bist ein Mann. Du mußt an deinen Bruder denken, an deine Mutter. Und an dein Studium.«
Attilio lächelt bitter und zerdrückt die Tränen mit dem Handrücken.
»Ich habe beschlossen, das Fach zu wechseln. Ich höre mit Jura auf und schreibe mich an der medizinischen Fakultät ein. Dann kann ich dich behandeln.«
»Für mich bleibt nicht mehr genug Zeit, Attilio. Aber ihr

habt Zeit genug, um zu verstehen, um zu erkennen, wo die Schuld liegt.«
»Es wird dir wieder besser gehen, Papa. Das sagen auch die Ärzte.«
»Geh mir weg mit den Ärzten. Die sagen, was die Kranken hören wollen.«
Fortunato Pintacorona zieht seinen Sohn zu sich heran, richtet sich ein wenig auf. Attilio ahnt, daß er ein Kissen im Rücken haben möchte. Jetzt sind die Augen seines Vaters dicht vor ihm.
»Attilio, hör mir gut zu. Es war Pancamo.«
»Wer?«
»Pancamo. Doktor Michele Pancamo. Erinnerst du dich, als ich vor acht Jahren wegen dieses kleinen Eingriffs nach Rom gefahren bin? Du warst noch ein Kind.«
Attilio erinnert sich nicht. Sein Vater war so viele Male nicht da, er erinnert sich nicht an dieses eine Mal.
»Michele Pancamo hat mich damals operiert«, fährt Fortunato Pintacorona fort. »Eine Bagatelle, sagte er. Eine Ausbuchtung in der Speiseröhre. Ein Routineeingriff. Ich habe ihm vertraut. Das hätte ich nicht tun sollen. Den Pancamo darf man niemals trauen. Wir dürfen ihnen nicht trauen. Ich dachte, das wäre eine alte Familienlegende, aber es stimmt: die Pancamo sind immer schon unser Verderben gewesen. Der Eingriff verlief ohne Komplikationen, und ich dankte ihm. Verstehst du? Ich habe ihm sogar gedankt.«
Fortunato Pintacorona wird von einem Hustenanfall geschüttelt. Attilio möchte ihm ein bißchen Wasser reichen, aber sein Vater schüttelt den Kopf.
»Laß mich reden. Nach diesem Eingriff begann mein Leidensweg: erst die Hepatitis, dann der Rest. Bis ich hier angekommen bin.«

»Papa.«

»Er hat es mit Absicht getan, Attilio. Ich bin sicher. Das ist nicht schwer: da genügt schon ein nicht sterilisiertes Skalpell, ein bißchen schmutzige Watte, mehr braucht man nicht. Michele Pancamo hat mich umgebracht.«

»Es wird dir bald besser gehen, Papa.«

»Nein, ich liege im Sterben. Ich erkenne es daran, wie die

Krankenschwestern mich behandeln: wie etwas, das schon tot ist. Sie versuchen, mich nicht anzusehen.«

»Papa.«

»Vergiß das nicht, Attilio: Michele Pancamo. Die Pancamo. Aber sag Alfredo nichts. Dein Bruder darf nichts davon wissen, auf keinen Fall.«

»Wenn das stimmt, werden wir ihn anzeigen. Wir werden die besten Anwälte einschalten. Aber du bleib ganz ruhig.«

»Den Prozeß verlieren wir. Wir verlieren unser Geld. Gegen die Pancamo haben wir immer verloren.«

»Papa, du bist müde. Ruh dich jetzt aus.«

»Ja, schlafen ist besser. Aber man darf nicht vergessen, Attilio. Niemals vergessen.«

18. Kapitel

»Ich gehe dann jetzt.«

Die Türklinke schon in der Hand, die Tasche über der Schulter, hoffte Giusi, daß der Anwalt sie nicht im letzten Moment – wenngleich erst nach umständlicher, höflicher Vorrede, wie es seine Art war – noch um eine Gefälligkeit bitten würde: eine Akte aus dem Archiv zu holen, ihm das Merkbuch mit den Terminen zu zeigen, oder, schlimmer, den Computer wieder anzustellen.

»In Ordnung, bis morgen«, sagte der Anwalt vom Schreibtisch aus, ohne den Kopf zu heben.

»Morgen ist Samstag. Wir sehen uns am Montag wieder, avvocato.«

»Danke, Giusi, bis Montag also. Und ruhen Sie sich aus.«

»Guten Abend, avvocato.« Giusi schloß erleichtert die Tür, verließ die Kanzlei und lief eilig nach unten in die Via Siracusa, in Gedanken bereits bei der langen Warterei auf ihren Bus nach Villabate.

Der Anwalt Fabrizio Cimino blieb allein im Lichtfleck der Schreibtischlampe zurück. Still war die Kanzlei, die anderen Zimmer lagen schon im Dunkel, der Fotokopierer im Abstellraum summte leise. Der Anwalt öffnete noch einmal die Mappe aus knittrigem Leder.

Er betrachtete das Foto und wunderte sich, daß ihn ein Schauer überlief, wobei er nicht sagen konnte, ob vor Sehnsucht oder Reue. Beides jedoch in abgeschwächter

Form: Es waren Gefühle, die die Zeit abgeschliffen hatte, fossile Abdrücke stillgestellter Empfindungen.
Aber dieses Foto. Das Foto von Maddalena. Maddalenas Blick.
Fabrizio Cimino betrachtete es aufmerksam: Maddalena lächelte, schief, als wollte sie sich gegen das Objektiv des Fotoapparates wehren. Sie mochte Fotos nicht. Sie ließ sich nicht gerne fotografieren. Er drehte das Bild um, las noch einmal den mit Filzstift geschriebenen Satz: »Kinder einer alten Schuld.«
Fabrizio verstand das Ganze nicht. Er redete sich ein, daß er es nicht verstehen konnte. Er konnte sich nicht vorstellen, wer ihm dieses Foto geschickt hatte. Und aus welcher unergründlichen Vergangenheit es stammte. Und dann auch noch dieser Satz.
Er fröstelte. Aber es war nicht kalt in der Kanzlei, obwohl seit Tagen ein Tramontana-Wind wehte, der die Stadt in einem klaren Licht erstrahlen ließ.
Maddalena war zurückgekehrt. Nach fünfzehn Jahren Ferne, Verlassenheit, gelegentlichen Erinnerungen und gedämpfter Traurigkeit hatte sie zu ihm zurückgefunden. Maddalena tauchte genau so wieder auf, wie sie verschwunden war, ohne Worte und Erklärungen, mit den Geheimnissen ihres Alters und ihrem für immer verschwundenen Lächeln.
Fabrizio spürte einen kurzen, stechenden Schmerz in der Rippengegend: »Ein Infarkt«, dachte er. Mit zweiundfünfzig Jahren, das wußte er, gehörte er inzwischen zur Risikogruppe. Doch der Schmerz ließ langsam pulsierend nach.
Ein ähnlicher Schmerz, aber heftiger und wirklicher, erbitterter, wenn man so will, hatte ihm schier die Lungen zerrissen, als er an dem lauen Abend des 21. September 1985 vor fünfzehn Jahren die Hafenkais entlanglief. Maddalena reiste ab. Sie verließ ihn ohne Abschied und Grüße, und

Fabrizio wußte, daß sie vor ihm floh, vor den vagen Versprechungen, die er als klare Aussagen tarnte, vor der Intensität von Umarmungen, die mit der Zweideutigkeit der Tatsachen nicht zusammenstimmten.
Maddalena hatte keine Entscheidung gefordert, kein Ultimatum gestellt, keine Fristen gesetzt. Aber gerade in diesem bangen Warten, in den Augenblicken strahlender Begeisterung, in der Heimlichkeit einer glühenden Leidenschaft hatte Fabrizio seine eigenen Grenzen entdeckt, die Grenzen einer Ehe, die durch die lange Verlobungszeit, durch den beiderseitig wohlsituierten familiären Hintergrund, die gebührende Wohlanständigkeit längst erloschen war. Maddalena dagegen war die Möglichkeit eines anderen Lebens, die Gelegenheit, alles zu ändern, sich mit achtunddreißig Jahren aus dem friedlichen, unvermeidlichen Lauf seines Lebens zu befreien, im Namen von etwas, das man verschämt sogar Liebe hätte nennen können, das aber auf jeden Fall pochendes Blut hinter den Schläfen und starkes Begehren war.
Das alles hätte er Maddalena sagen wollen. Ihr erklären, daß er nur noch ein wenig Zeit brauchte, um die Ablösung vorzubereiten, um sie zu bestätigen, um den Gegenschlag aufzufangen, die traurigen, enttäuschten Reaktionen, die es bei seiner Frau, bei beiden Familien, unvermeidlich geben würde. Aber er hatte sich fast schon entschieden, oder besser, Maddalena hatte sich für ihn entschieden.
Und aus diesem Grund, weil er ein schwieriges, vielleicht auch noch zu vages Gespräch mit ihr führen wollte, hatte er die Anwaltskanzlei seines Onkels vorzeitig verlassen, um Maddalena in ihrer Wohnung in der Via Caltanissetta, wenige Schritte von der Via Siracusa entfernt, zu besuchen. Doch kaum war er die kleine Treppe zum Aufzug hinaufgegangen, hatte der Portier ihn zurückgerufen:

»Die Signorina Maddalena ist vor einer Stunde aus dem Haus. Sie ist abgereist.«
»Abgereist?« hatte Fabrizio erstaunt gefragt.
»Ja, sie hat gesagt, sie wird einige Zeit weg sein, vielleicht einen Monat lang.«
»Wohin ist sie abgereist?«
»Das weiß ich nicht. Ich glaube, sie wollte zum Hafen.«

Von jenem Lauf zum Hafen lebt nur noch die Erinnerung an den Schmerz in den Lungen, den Atem, der gegen die Rippen drückt und herauswill. Und die langen Hafenkais, das unendlich weit entfernte Schiff, das abfahrbereit Dampf ausstößt.
Er kam spät an. Zu spät, wieder einmal zu spät. Wie immer, das wurde Fabrizio von dem Tag an bewußt. Die Gangway war schon eingezogen, das Wasser schäumte zwischen der Schiffswand und der Kaimauer, mit trägen Handgriffen lösten Matrosen die Taue von den Pollern, während sie sich zwischen Land und Schiffsdeck etwas zuriefen.
Fabrizio schrie. Und der Schmerz in der Brust wurde stärker, sein Atem setzte aus, als er Maddalenas Namen brüllte, der vom Lärm der Schiffsmotoren, vom langanhaltenden Pfiff der Sirene übertönt wurde. Ein paar Passagiere beugten sich über die Reling, um zuzuschauen. Maddalena nicht.
Er ließ sich zu Boden sinken, vom Laufen erschöpft, ausgelaugt von der Anstrengung, und achtete nicht auf die vielsagenden Blicke, die die Hafenarbeiter wechselten. Sie machten sich über ihn lustig, freilich mit einer gewissen ruppigen Anteilnahme.
Ein unvollständiger Abschied: schon bald unwiderruflich, aber das konnte Fabrizio natürlich nicht ahnen. Ebensowenig hätte er damals ahnen können, daß er sich in Maddalena Pancamo verlieben würde, die er gar nicht kannte,

obwohl er schon seit sechs Jahren mit der zivilrechtlichen Verteidigung von Maddalenas Vater Michele Pancamo befaßt war. Pancamo war von der Familie Pintacorona, der Ehefrau und den Söhnen Fortunato Pintacoronas, auf Schadensersatz verklagt worden, weil sie ihm mit verworrenen Begründungen die Schuld am Tod Pintacoronas gaben.

Acht Monate vor Maddalenas Abreise, Anfang 1985, der Prozeß hatte soeben mit einem Freispruch für den Chirurgen geendet, war Fabrizio ihr zum ersten Mal begegnet. Ihr Vater hatte sie in die Kanzlei geschickt, wo sie einige Prozeßunterlagen abholen sollte, denn keiner der Pancamo hatte bei der Gerichtsverhandlung persönlich anwesend sein wollen. Zu groß war die Empörung derjenigen, die sich unschuldig fühlten. Die kurze Begegnung in seinem Anwaltsbüro in der Via Siracusa war überdies von einem Mißverständnis geprägt: Fabrizio hatte Maddalena für die Sekretärin von Professor Michele Pancamo gehalten, und später hatten sie zusammen darüber gelacht. Sie lachten noch manches Mal darüber in den acht Monaten heimlicher Begegnungen, die oft unter Zeitnot standen, sich manchmal aber auch zu einer nur ihnen beiden vertrauten Dimension ausdehnten, wie an jenem Junitag, als sie an der Scala dei Turchi landeten, ihrem einzigen Zufluchtsort außerhalb der Stadt. Damals schien es, als müßte an einem entrückten, fremden Ort alles für immer so bleiben wie in jenem Moment.

Jetzt war Maddalena zurückgekehrt. Fünfzehn Jahre später. Ihre Augen. Ihre Sommersprossen. Ihr Tod, über den Fabrizio vor niemandem hatte weinen dürfen. Dieser Tod, der auch dann nicht aufhörte, ihm von seiner Feigheit zu erzählen, als er beschlossen hatte, zurückzukehren in die vorgezeichneten Bahnen seiner Ehe, seines Lebens, seiner

Familie mit zwei Kindern, die kurz darauf kamen, seines ehrbaren Berufs und des Ansehens, das daraus erwuchs. Wenn Maddalena tot war, mußte es so und nicht anders weitergehen. Fabrizio hatte ein Alibi gefunden, aber er wußte, daß es eins war und darum nicht genügte. Und er wußte auch, daß er es vorgezogen hatte, zu schweigen, weil Maddalena nicht mehr lebte und nichts mehr zu ändern war, auch dann nicht, als in seinen Erinnerungen plötzlich das Gesicht eines der Passagiere auftauchte, die an der Reling gestanden hatten.

In den Nächten, in denen der Kummer ihm den Schlaf raubte, fragte Fabrizio sich oft, ob es wirklich das Gesicht von Attilio Pintacorona gewesen war, das er zu entdecken meinte, als das Schiff Maddalena fortbrachte.

Aber er begrub diese Erinnerung und mit ihr jeden Zweifel: nur ein einziges Mal hatte er im Gerichtssaal die Gegenpartei, einen der Söhne Pintacoronas, gesehen, obwohl ihn der unnahbare, finstere Blick erschreckt hatte. Der gleiche Blick wie der auf dem Schiffsdeck.

Er betrachtete erneut das Foto von Maddalena. Ihre Augen. Ihr Lächeln. Er begriff, daß schon damals jemand von ihnen beiden wußte, jemand, der es auch während all dieser Jahre gewußt hatte. Und Fabrizio entdeckte, daß ihm innerlich klar vor Augen stand, was zu tun war. Er suchte seinen Terminplaner und wählte. Es klingelte zwei, drei, vier Mal.

»Ist Doktor Di Salvo da? Ja gut, ich warte … Hallo, hier ist Fabrizio Cimino. Störe ich? Immer noch bei der Arbeit? Ich auch. Ich weiß nicht, ob ich bei dir richtig bin, aber vielleicht kannst du mich an einen deiner Kollegen bei der Staatsanwaltschaft verweisen. Nein, es ist nichts Schlimmes. Eine alte Geschichte, ich möchte mit jemandem darüber sprechen. Vielleicht kann er mir einen Rat geben.

Aha, gut. Also am Montag bei dir? Ausgezeichnet. Ciao, einen schönen Abend noch.«
Er legte den Telefonhörer auf. Maddalenas Foto versteckte er in einer Schublade. Dann zog er seinen Trenchcoat an. Bevor er hinausging, warf er einen Blick auf sein Arbeitszimmer, betrachtete sein Spiegelbild im Glas der Promotionsurkunde mit summa cum laude, die eingerahmt an der Wand hing, und plötzlich erblickte er sich selbst in einem ehrlichen Licht: ein alternder Anwalt, Zivilrechtler, in einer alten Kanzlei mit Möbeln, die immer farbloser wurden, wie seine Tage. Er empfand das nicht als bedrückend und quälend. Nein, es war tröstlich, denn Maddalena war verschont geblieben, sie war dem Staub entkommen, der sich nicht nur immer wieder auf vertraute Dinge, sondern auch auf neue, vertraute Resignationen legt.
In der Via Siracusa herrschte Dunkelheit, die Glühbirnen sämtlicher Straßenlaternen waren durchgebrannt. Er überlegte, daß es nicht einfach sein würde, seiner Frau alles zu erklären. Nein, das würde tatsächlich nicht einfach sein. Aber fast nichts ist einfach.

Heute

262 | Im zitternden Lichtschimmer auf dem Bildschirm hat es eine leicht nach oben gebogene Nase, eine viel zu große Hand, große Füße und scheint selig in seiner Ahnungslosigkeit zu schweben, seinem Nichtwissen um uns alle, die wir seine Bewegungen beobachten und messen und besorgt auf das stürmische Klopfen des kleinen Herzens lauschen.

Nach der letzten Ultraschalluntersuchung läßt sich das Geschlecht noch nicht mit Sicherheit bestimmen, aber für mich ist es weiblich, ich stelle sie mir als Mädchen, als Frau vor.

Von diesem Gedanken nähre ich mich nun seit fünf Monaten. Ich lebe darin, manchmal lasse ich mich beim Überqueren einer Straße, beim Warten an der Ampel oder vor einem Schaufenster davon überraschen und überwältigen. Und Betta erst. Ich ertappe mich dabei, wie ich sie heimlich beobachte und eine ungewohnte Sanftheit in ihren Gesten entdecke, Blicke, die weniger schroff sind, ein Lächeln, das auf den Lippen entsteht und gedankenverloren stehenbleibt, bis es langsam erlöscht wie manche Dämmerungen an Sommerabenden.

Kaum war sie nach Hause zurückgekehrt, wurde sie schwanger. Unsere fast sechsmonatige Trennung hatte mich an den Rand der seelischen Zerrüttung und bis zu der resignierten Einsicht in das unwiderrufliche Ende unserer Ehe gebracht. Aber gerade als meine Qual unerträglich wurde, als das Verlangen nach ihr am stärksten war, überraschte Betta mich noch einmal durch ihre urplötzliche, unangekündigte Entscheidung, zu mir zurückzukommen: ein Versuch in der Berufungsinstanz, der einzige und letzte.

Vier Wochen später war sie schon schwanger; einfach so, ohne besondere Bemühungen und Absichten, auf die glücklichste und üblichste Weise. Betta hat mich nicht darum gebeten, im Gegenteil, sie wollte nie wieder über das sprechen, was geschehen war. Es ist meine Entscheidung gewesen, Pellegrino alle Dokumente und Fotos und Unterlagen aus der Akte über den Tod von Maddalena Pancamo zu übergeben. Ich nehme an, daß er die Schenkung unverzüglich mit einer Signatur versehen und dem Fundus Pancamo Pintacorona hinzugefügt hat, der aus diesem Anlaß angelegt wurde und nun im dunklen Labyrinth der Bibliothek begraben liegt.

Ich bin ziemlich sicher, daß Ignazio Sferrazza Papa die Untersuchung lustlos fortsetzt, doch ohne mir noch irgend etwas mitzuteilen. Das einzige Mal, als er das versucht hat, hat er eine so scharfe Antwort bekommen, daß alle zufällig anwesenden Zeugen schamrot wurden. Die Verpflichtungen meiner Teilzeitarbeit, wenn dieses Wort im Institut überhaupt eine Bedeutung besitzt, habe ich eingeschränkt, um mein Studium wiederaufzunehmen. Die fehlenden Prüfungen sind bestanden, nun sitze ich an meiner Doktorarbeit über *Zitrusfruchtanbau zwischen dem 19. und dem Beginn des 20. Jahrhunderts. Palimpseste aus Seidenpapier: ein Ausschnitt aus der Geschichte der Nahrungsmittelindustrie um Palermo.* Professor Di Miceli war gerne bereit, mir das Einwickelpapier für Apfelsinen zu überlassen, das er seit Jahren sammelt.

Wenn ich an alles zurückdenke, an die Besessenheit, die

meine Tage aufgefressen hat, fühle ich mich mir selbst entfremdet, als wäre alles der Traum eines anderen Menschen, in dem ich die Hauptrolle spiele. Ich versuche mir zu überlegen, was Maddalena Pancamo für mich war, und finde keine überzeugenden Antworten, es sei denn, man sucht sie in der trüben Sphäre unausgedrückter Bedürfnisse, der Einbildung und der Triebe. Naheliegender ist vielleicht,

daß die Vollendetheit der Vergangenheit, die bekanntlich sogar der Allmächtige nicht mehr ändern kann, plötzlich eine Versuchung darstellte: wie ein unbeschnittener Sechzehnerbogen Papier oder eine Spur aus Punkten, die verbunden und ausgemalt werden müssen, wie bei bestimmten Rätselspielen. Also ein Akt geistigen Hochmuts, eine Wette, deren Einsatz jenes Mädchen mit den hellen Sommersprossen war, das Bild einer Frau, die aus ihrer Verzauberung befreit werden wollte und sich mir durch ihr verführerisches Geheimnis hingab.

Aber das sind nur Worte, Grübeleien, die zu sehr nach Alibis aussehen. Maddalena ist tot, sie gehört zu ihrer Zeit, zu ihrer Vergangenheit, zu der auch Attilio Machì und sein Bruder Alfredino Pintacorona gehören. Sie haben für ihre alte Schuld bereits bezahlt oder werden dafür bezahlen, auf jeden Fall aber sind sie jetzt weit weg und verloren. Ihre Vergangenheit ist nicht meine, und noch weniger gehören sie zu meiner Gegenwart.

Mit Verspätung habe ich ein weiteres zufälliges Zusammentreffen entdeckt: meine Eltern ließen sich just an dem Tag scheiden, als Maddalena verschwand, zwischen dem Ende des Sommers und dem Beginn des Herbstes 1985. Vielleicht hat dieses Sich-Überlappen mehrerer trauriger Anlässe, das ich erst später bemerkt habe, dazu beigetragen, mich zu verwirren. Vielleicht habe ich Gründe für einen Tod gesucht, um Antworten auf jede Art von Abwesenheit und Trennung zu finden, die immer ein Unrecht an dem sind, der sie erleidet und sich nicht wehren kann, weil er zu jung oder zu schwach ist.

Ich blicke von meinen Überlegungen auf und sehe das Foto der sechs kleinen Embryonen vor mir. Fast liebevoll betrachte ich ihr milchiges Profil, versuche, mir ihr Schicksal vorzustellen: winzige Anleihen auf das Leben, die sich in den Wirren einer Vergangenheit verloren haben, von der sie nichts wußten. Ahnungslos, ohne Namen, ohne Bewußtsein. Wie Quallen im Meer.

19. Kapitel

 Langsam war er aus den Eingeweiden der Stazione Termini aufgetaucht und fand sich nun benommen auf der Rolltreppe wieder, die ihn an die Oberfläche brachte, in die neue Vorhalle, die er bisher nur mit rauchgeschwärztem, grauem Travertinstein und schmutzstarrenden, blinden Fenstern gekannt hatte.

Seit Urzeiten war er nicht mehr in Rom gewesen. Das neue Aussehen des alten Bahnhofs verwirrte ihn: funkelnd von spiegelblankem Glas und Metall, hatte er das rußige Gewand verloren, das jede Zugreise zu einer schmuddeligen Angelegenheit bei engstem Hautkontakt, einem Abenteuer aus Gerüchen und Gerüttel macht.

Pellegrino blieb mitten in der großen Eingangshalle stehen. Er war ein bißchen enttäuscht, daß die wimmelnde Hexenküche des Bahnhofs Termini sich in ein kühl-modernes Foyer für Ankünfte und Abfahrten verwandelt hatte.

»Dreh dich nicht um.«

Der Satz wurde hinter seinem Rücken geflüstert.

Doch in dem Hin und Her der Leute, die achtlos an ihm vorübergingen, erkannte er niemanden.

»Ich bin's. Dreh dich nicht um, geh zehn Schritte geradeaus, bis zu den Telefonen da hinten.«

Die Stimme kam hinter einer aufgeschlagenen Zeitung hervor.

Pellegrino lächelte, er begriff sofort, daß Peppino Criscione wieder einmal in die Rolle des Spions geschlüpft war,

der zwar nicht aus der Kälte, zweifellos aber aus einer ungezügelten Einbildungskraft kam.
Doch er gehorchte und ging auf die mit unverständlichen Tasten und Zeichen übersäten Telefone zu. Criscione näherte sich mit einstudierter Langsamkeit, ließ den »Messaggero« sinken und präsentierte eine dunkle Brille unter einem fellbesetzten Hut.
»Wie siehst du denn aus?« fragte Pellegrino belustigt.
»Laß das Grinsen. Sprich, aber sieh dabei nicht zu mir hin. Oder nein, nimm den Hörer und tu, als würdest du telefonieren.«
Pellegrino gehorchte wieder, und Criscione stellte sich an den Apparat nebenan.
»Gute Reise gehabt?« fragte Criscione über den Hörer gebeugt.
»Ja, danke«, sagte Pellegrino müde.
»Schau nicht zu mir herüber. Hier wimmelt es von Agenten. Bist du müde?«
»Na ja, ein bißchen. Ich bin die ganze Nacht gefahren.«
»Ich danke dir, daß du gekommen bist, Pellegrino.«
»Keine Ursache, Peppino.«
»Ich hab dich gern.«
»Wir kennen uns seit vielen Jahren, nicht wahr?«
»Natürlich, seit sehr vielen Jahren. Vielleicht seit zu vielen. Wir sind alte Knacker.«
»Wir sind keine alten Knacker. Wir sind nur alt.«
»Wie viele kannst du jetzt?«
»Was?«
»Gedichte. Wie viele kannst du jetzt auswendig?«
»Je mehr Zeit vergeht, desto weniger werden es, Peppino. Mein Gedächtnis macht nicht mehr mit.«
»Das glaube ich nicht.«
»Ich schwöre es dir.«

»Laß uns zu mir nach Hause gehen, dann kannst du dich ausruhen.«
»Gut. Was soll ich tun?«
»Ich gehe voraus, zur U-Bahn. Du folgst mir.«
»Ist gut, Peppino.«
»Du bist ein Freund, Pellegrino.«
»Du auch.«

Er ging unauffällig hinter Criscione her, der häufig stehenblieb, plötzlich zu Seite abbog, wenige vorsichtige Schritte machte und sich immer wieder durch Verlangsamung und Beschleunigung frei spielte.
Dabei bedachte er den Freund mit liebevollen Blicken, er erschien ihm unsicherer, als könnte er im nächsten Augenblick zusammenbrechen bei seinem leicht humpelnden Gang, der die Qualen einer chronischen Arthritis verriet.
Er beobachtete ihn weiter, während die U-Bahn sie an den Stadtrand brachte, und entdeckte die neuen Falten, den zunehmend verstörten Ausdruck in den Augen, das Zucken einer überempfindlichen Intelligenz, die in den Halsschlagadern und hinter den Schläfen pulsierte.
Eingequetscht zwischen einem Senegalesen, der ihn um Haupteslänge überragte, und einem blonden Mädchen mit einem Ring durch die Lippe, erblickte Pellegrino im Wechsel mit den aufblitzenden Lampen im Tunnel sein Spiegelbild im Wagenfenster: auch er hatte eine Menge neuer Falten, auch er beugte sich unter den Jahren und den vielen verschwendeten Worten. Sein eigenes Bild stimmte ihn nur verdrießlich, darum wandte er schnell den Blick ab, als die Türen sich an der Haltestelle öffneten.
Sie kämpften sich über den großen Platz der Porta San Paolo, vorbei an der unglaubwürdigen Cestia-Pyramide, stiegen über Straßenbahnschienen und trotzten dem

Motorengedröhn an den Ampeln. Criscione immer ein paar Schritte voraus, Pellegrino mit seinem leichten Köfferchen hinterdrein.
Sie gelangten in die stillen Ausläufer des Viertels Testaccio, wenige Autos, bröckelnde, ärmliche Fassaden von Wohnhäusern, die früher begehrte Sozialwohnungen gewesen waren. Criscione öffnete vorsichtig die Tür, schlüpfte hindurch und tat einen tiefen Seufzer, da er sich jetzt endlich in Sicherheit fühlte.

»Es sind fünf Stockwerke zu Fuß«, sagte er zu Pellegrino. »Der Trick besteht darin, in aller Ruhe hinaufzusteigen und dabei jedesmal nur an eine einzige Treppe zu denken.«
Und das tat Pellegrino, aber kurz vor dem Ziel ging ihm die Puste aus, und er erreichte es nur, weil ihn der Stolz antrieb und er auf keinen Fall die falsche Biographie widerlegen wollte, die er um seine Person errichtet hatte.
Die ganze Wohnung war grundiert mit einer wilden Unordnung aus Büchern mit zerrissenem Einband, vergilbten Zeitungen, fotokopierten Dokumenten, entseelten Kugelschreibern, verkrusteten Kaffeetassen, schlaffen Wärmflaschen, auf den Sofas zusammengeknüllten Decken, einzelnen Schuhen in den Zimmerecken, baumelnden Farbbändern für Schreibmaschinen, leeren Bilderrahmen und alten Telefonen mit Wählscheibe; eine Installation aus Staub und Reliquien, ein natürliches Fresko aus Ablagerungen, das Stilleben einer Wohnung für betagte Junggesellen, in dem Pellegrino sich durchaus wiedererkannte, außer in dem großen, frischen, feuchten Strauß Gardenien auf dem Wohnzimmertisch, der alles übrige zu leugnen schien, obwohl er dessen desolaten Zustand durch seinen Kontrast noch betonte.
Erfrischt durch einen kurzen Schlummer in dem unbe-

greiflich reinlichen Zimmerchen, das Peppino Criscione für seinen Gast eingerichtet hatte, trat Pellegrino auf die Terrasse hinaus, die sich über einem Panorama aus Antennen und Dächern mit Waschtrögen erhob und den Blick bis zum runden Metallkäfig des Gasometers freigab.

In einer Ecke der Terrasse, wo ein großer Sonnenschirm Schutz bot, kauerte Criscione an einem Eisentischchen,

versunken in Bücher und Papiere, die er konzentriert durchblätterte. Es war nicht heiß, auf die Terrasse fiel das milchige Licht eines wolkigen Tages.

»Sie hat einen Sonnenblick«, bemerkte Pellegrino.

»Was meinst du?«

»Meine Mutter hätte gesagt, daß diese Wohnung einen Sonnenblick hat.«

Criscione blickte sich um, als würde ihm zum ersten Mal bewußt, wo er sich befand.

»Das stimmt. Aber ich habe sie nicht deswegen genommen.«

Pellegrino wollte auf ihn zugehen, doch Criscione hielt ihn zurück:

»Bleib wo du bist, so erregen wir weniger Verdacht.«

»Peppino, wer soll uns denn hier oben sehen können?«

Criscione zeigte mit einem Finger in die Höhe. Pellegrino folgte der Richtung des Fingers, aber alles, was er sah, war der weiße Himmel über ihm.

»Satelliten«, sagte Criscione mit leiser Stimme. »Sie ziehen unablässig ihre Kreise und sehen alles. Von dort oben können sie die Zeit auf deiner Armbanduhr lesen. Ach, dabei fällt mir etwas ein, warte, so können sie uns nicht hören.«

Und er stellte ein Tonbandgerät an, aus dem ein vielstimmiges Vogelgezwitscher erklang.

»Das habe ich im Zoo aufgenommen«, verriet er Pellegrino. »Vögel bringen die Satelliten durcheinander: Men-

schenstimmen können sie erkennen, aber Vogelstimmen mögen sie nicht. Dann spielen sie verrückt.«
Pellegrino blieb an seinem Platz stehen, vor sich die grauen Dächer dieses Teils von Rom, im Ohr den Gesang der Vögel, der jetzt die Terrasse erfüllte und zum Himmel zurückkehrte.
»Also?« fragte er.
»Was also?« gab Peppino zurück. »Erzähl du mir lieber, was los ist.«
»Lo Nardo erwartet ein Kind. Ein Mädchen.«
»Schön, sehr schön. Ist er jetzt ausgeglichener?«
»Ja, allerdings sehe ich ihn nur noch selten. Er hat sein Studium wiederaufgenommen, ins Institut kommt er nicht mehr oft.«
»Und spricht er über die Sache?«
»Niemals.«
»Weißt du, was er vorhat?«
»Ich glaube, er möchte alles vergessen.«
»Vielleicht ist das besser. Ja, vielleicht ist es besser so. Wir alle müßten vergessen.«
»Und das sagst du ausgerechnet jetzt?« ereiferte sich Pellegrino. »Jetzt sagst du, daß wir vergessen müssen? Du, der du nichts aufgeben kannst und in der Vergangenheit lebst, von der Vergangenheit und von nichts anderem als dieser lebst?«
»Genauso wie du, übrigens.«
»Stimmt, wie ich.«
»Und Machì? Hast du was rausgekriegt?«
»Ja, habe ich. Sferrazza Papa hat mir einen Zeitungsartikel aus der Schweiz zu lesen gegeben. Er hat ihn im Internet gefunden: Doktor Machì ist tot, ertrunken im Genfer See. Man hält es für Selbstmord.«
»Machì ist also tot?«

»So scheint es, aber Papiere lassen sich ja leicht fälschen, wenn man Zwilling ist. Und Paßfotos haben irgendwann nur noch wenig Ähnlichkeit mit uns.«
»Meinst du, Machì hat …«
»Nein, ich glaube nicht, daß er seinen Bruder umgebracht hat. Ich denke, Alfredino Pintacorona hat seinem Leiden selbst ein Ende gesetzt. Und Machì, in seiner Trauer, hat die Gelegenheit genutzt, um wieder ein Pintacorona zu werden.«

»Und die einzige Spur zu verwischen, die ihn mit Maddalena Pancamo in Verbindung brachte.«
»Vielleicht hat er auch das einkalkuliert. Vielleicht war er der Vergangenheit auch überdrüssig.«
»Aber warum hat er sie umgebracht?«
»Weil sie eine Pancamo war. Weil sie schön war. Weil er sie liebte oder vielleicht haßte, aber das ist fast dasselbe. Weil sie von allen die Unschuldigste war.«
Sie schwiegen eine Weile, umgeben vom Vogelgezwitscher, das sie zusammen mit ihren alten Gedanken an vergangene Leidenschaften und lebendige Ressentiments in die Lüfte zu heben schien.
»Wir haben ihn benutzt«, schloß Pellegrino.
»Wen?«
»Lo Nardo: wir haben ihn benutzt.«
»Wir haben nicht damit gerechnet, daß er so weit gehen würde.«
»Das stimmt nicht. Wir wußten es, und wir haben gehofft, daß er das tun würde. Dieser kleine Zeitungsausschnitt in einem Buch und dann all die anderen Hinweise, die wir ausgestreut haben, sollten ihn dazu verleiten, der Sache auf den Grund zu gehen.«
»Allein hätten wir es nicht geschafft. Wir haben nicht mehr genug Kraft für so etwas. Wir sind müde. Lo Nardo ist

jung. In dem Alter vergißt man leicht, und er ist schon wieder woanders: bei seiner Tochter, bei der Zeit, die in die Zukunft führt.«

»Wir haben ihn benutzt«, beharrte Pellegrino.

»Wir haben ihn geheilt.«

Pellegrino näherte sich Criscione, er ging auf sein Eisentischchen voller Papiere und Bücher zu.

»Ich bitte dich, Pellegrino, paß auf, denk an die Satelliten.«

»Hör auf, Peppino, spiel bei mir nicht den Verrückten. Nur eine Frage: warum das alles?«

»Warum hast du es denn getan?«

»Weil ich alt und darum böse bin. Und die Gedichte ermüden mich inzwischen. Aber du, warum hast du so darauf insistiert? Warum?«

»Für mein Buch.«

»Das glaube ich nicht! Du wirst kein zweites Buch mehr schreiben.«

Criscione schien schwer getroffen. In den Augen stand die Angst, keine Zeit mehr zu haben, nur noch für die unmittelbare Gegenwart planen zu können. Pellegrino hatte Mitleid mit ihm, aber er rührte sich nicht.

Criscione stand von seinem Tischchen auf. Schweigend stellte er sich an die Brüstung der Terrasse und zeigte mit einem Finger nach unten. Pellegrino stellte sich neben ihn. Crisciones ausgestreckter Arm wies auf einen Friedhof gegenüber dem Haus.

»Dort liegt sie begraben«, sagte er. »Darum habe ich diese Wohnung genommen. Um in ihrer Nähe zu sein. Luise Hamilton war Amerikanerin, und vielleicht war sie eine Journalistin, vielleicht eine Spionin, ich habe das nie herausbekommen. Aber sie war mein Leben. Als ich sie kennenlernte, hatte sie eine fünfjährige Tochter, Magdalene. Sie erzählte mir eine verworrene Geschichte von einer

Reise nach Palermo, der Begegnung mit einem Mann. Und diese Geschichte war die Grundlage für das Buch. Luise blieb bei mir, aber je weiter ich mit meinen Nachforschungen kam, desto deutlicher spürte ich ihr Unbehagen. Eine Angst, deren Gründe ich nicht kannte. Kaum war das Buch erschienen, reiste sie nach Palermo ab, ohne Vorwarnung, zusammen mit ihrer Tochter. Drei Tage später kam

sie zurück. Sie war völlig durcheinander, gedemütigt, besiegt. Dieser Mann, der Vater des Mädchens, hatte sie zurückgewiesen und verleugnet, er warf ihr Erpressung vor. Der Herr Minister Marcello Pancamo war ein Ehrenmann und eine Respektsperson, ein Skandal hätte seine politische Laufbahn beendet. Ein Kommunist konnte sich keine uneheliche Tochter erlauben und obendrein noch mit einer amerikanischen Spionin, kannst du dir so etwas vorstellen?«

Pellegrino wandte den Blick nicht von den Grabsteinen auf dem Friedhof ab. Von oben waren es helle und dunkle Flecken, Marmorsteine, Blumen, Bronzestatuen und Beete.

»Luise fuhr zurück in die Staaten«, erzählte Criscione weiter. »Ich verlor sie, und daran war Marcello Pancamo schuld. Erst vor wenigen Jahren ist sie zurückgekommen, als Tote: sie wollte in Italien, in Rom, begraben sein. Magdalene habe ich beim Begräbnis der Mutter wiedergesehen. Sie lächelte mir freundlich zu, dasselbe Lächeln wie Luise, aber das Lächeln einer Fremden. Sie weiß nichts von alledem. Ich dagegen kenne die Geschichte.«

»Die ganze Zeit über hast du die Pancamo verfolgt.«

»Ja, in den Archiven, in den Zeitschriftensammlungen, in alten Büchern. Bis ich diesen Zeitungsausschnitt über den Tod von Maddalena Pancamo gefunden habe, und das erschien mir wie die gerechte Strafe, wie geschaffen für

meine Rache. Ich wollte mehr darüber erfahren. Diesen Artikel habe ich lange aufbewahrt, um mich an ihrer Trauer und ihrem Schmerz zu weiden.«
»Du bist der Leidensgeschichte der Pancamo nachgegangen.«
»Ja, um mein eigenes Leiden zu lindern. Um zu entdecken, daß sie nicht immer auf der richtigen Seite standen.«
»Ausgerechnet im Leiden steht man plötzlich nicht mehr auf der richtigen Seite.«

»Nein, das stimmt nicht. Das Leiden ist immer ungerecht. Und schließlich mußte eine Pancamo für die alten Schulden bezahlen.«
»Die Unschuldigste.«
»So ist es immer.«
»Sie werden immer jemanden finden, der bereit ist, den ersten Stein zu werfen.«
Criscione ging zurück in die Wohnung. Er zog seinen Mantel an und nahm den Strauß Gardenien aus der Vase.
»Gehen wir?«
Sie betraten den Friedhof, wo sie die Blumen auf Luises Grab legten. Dann gingen sie zu Fuß bis zum Tiber und folgten seinem Lauf.
»War Luise wirklich eine Spionin?« unterbrach Pellegrino das Schweigen.
»Ja, in gewisser Weise schon. Sie war Amerikanerin, sie glaubte an ihr Land. Sie glaubte, es sei richtig, etwas für Amerika zu tun, egal was. Auch als Spionin.«
»Wir haben nie daran geglaubt, an unser Land, meine ich.«
»Vielleicht als wir jung waren, aber das ist lange her.«
»Was suchte Luise in Palermo?«
»Wyschinskijs Verletzung.«
»In der Nacht, als er verletzt wurde, war ich auch dabei«, sagte Pellegrino.

»Ich weiß, du hast es mir schon erzählt. Aber die Verletzung hast du nie gesehen.«

»Nein, nur Marcello Pancamo sah sie.«

»Eben.«

»Warum fuhr sie nach Palermo? Wyschinskij war schon tot, als Luise in Palermo ankam.«

»Die CIA hatte einen alten Russen aufgegriffen, einen Mann ohne Namen und Vergangenheit. Er lebte in Ohio oder Michigan, ich weiß es nicht mehr genau. Er behauptete, Wyschinskij zu sein. Er sagte, er sei 1954 nicht gestorben, sondern habe seinen Tod inszeniert, um zu verschwinden, weil er fürchtete, Chruschtschow würde sich an ihm rächen. Er hielt sich damals schon in den Vereinigten Staaten auf, als Leiter der sowjetischen Delegation bei den Vereinten Nationen, und der Coup war ziemlich leicht für ihn gewesen. Er versprach den Amerikanern viele Informationen: Geheimnisse, Namen, Hintergründe. Die CIA traute dem Russen nicht, obwohl er viel wußte, obwohl er wirklich Wyschinskij zu sein schien.«

»Darum wollten sie also Informationen über die Art der Verletzung, über die Narbe einholen.«

»Genau. Wie in einem schlechten Fortsetzungsroman: Wyschinskijs Verletzung war sein geheimes Erkennungsmerkmal. Also beauftragten sie Luise mit der Untersuchung.«

»Warum gerade sie?«

»Ihre Mutter stammte aus Sankt Petersburg, sie war nach der Revolution geflohen. Luise hatte russische Geschichte studiert, sie sprach Russisch und auch ein bißchen Italienisch. Und außerdem war sie schön.«

»Pancamo würde bei ihr sofort kapitulieren.«

»So war es. Beide kapitulierten.«

»Und der Russe? War er wirklich Wyschinskij?«

»Niemand hat das je herausgefunden. Er brachte sich um, während Luise in Palermo war. Die Mission war zu Ende.«
Der Himmel nahm schon die Farbe der Nacht an.
»Du bist nicht wirklich verrückt, oder, Peppino?« fragte Pellegrino.
»Verrückte sind Menschen, die alles verloren haben außer der Vernunft.«
»Pirandello.«
»Pirandello, der großartige Komplize der Sizilianer. Er hat aus uns allen Pirandellianer gemacht, um uns in jeder Lebenslage eine gute Rechtfertigung an die Hand zu geben.«
Sie gingen am Ufer des Flusses entlang, in dem sich jetzt die Lichter spiegelten.
»Wie wird sie heißen?« fragte Peppino.
»Wer?«
»Lo Nardos Tochter.«
»Luisa, glaube ich. Ja, Luisa.«
»Luisa, das ist ein schöner Name.«
»Ja, das ist wirklich ein schöner Name.«
Sie gingen weiter. Dann verschwanden sie im dichten Schatten der Bäume, wo keine Laternen mehr standen und die schnellen Scheinwerferblitze der Autos, die wer weiß wohin fuhren, sie nicht trafen.

 Aus dem Bericht von Interpol (siehe Kopie in der Anlage) geht hervor, daß der obengenannte Pintacorona Machì Attilio, von Beruf Arzt, nach dem die Staatsanwaltschaft von Palermo suchen ließ, in Genf verstorben ist. Als Todesursache muß Ertrinken in Suizidabsicht angenommen werden. Der Bruder des Verstorbenen, Pintacorona Alfredo, nicht vorbestraft, konnte von den schweizerischen Polizeibehörden nicht ausfindig gemacht werden.

Aus einem Protokoll der Kriminalpolizei, das am 28. September 2002 an das Büro des Generalstaatsanwaltes der Republik Palermo geschickt wurde.

Bitte geben Sie diese Papiere in die Archivakte zum Todesfall Maddalena Pancamo. Danke.
P. S.: Erinnern Sie mich bitte daran, daß ich den Anwalt Cimino anrufen muß.

Merkzettel, den der Generalstaatsanwalt der Republik Palermo, Pietro di Salvo, am 30. September 2002 für seine Sekretärin schrieb.

 Der Dichter erinnert sich und schreibt.
»Mindestens über eine Million Treppen bin ich gegangen und habe dir den Arm gereicht. Jetzt, da du nicht mehr bist, beherrscht die Leere jede einzelne Stufe.«
Ich möchte jetzt schon jemandes Erinnerung sein, ich möchte niemals vergehen.
Ich möchte die Vergangenheit der Zukunft sein.
Ich möchte sein.
Immer hier und jetzt.
An allen, allen Tagen, bis zum Luxus, vergessen zu können.
Jetzt möchte ich mich nur an die Zukunft erinnern.
Jetzt möchte ich nur das Meer hören.

Handgeschriebene Notiz von Maddalena Pancamo, undatiert.

Anmerkung des Autors

Ein Reporter, den man beschuldigte, er lasse seiner Phantasie zu oft die Zügel schießen, pflegte zu antworten: »Ich würde mir niemals erlauben, die Realität zu verdrehen, ich beschränke mich darauf, sie genießbar zu machen.« Ich dagegen habe mich einfach nur bemüht, einige Episoden der sizilianischen Geschichte genießbarer zu machen – in der Hoffnung, nichts Unverdauliches daraus gemacht zu haben.
Wie immer und natürlich ganz besonders in diesem Roman ist jede Ähnlichkeit mit tatsächlichen Ereignissen, Namen, Dingen oder Personen rein zufällig. Und eine derartige Übereinstimmung wäre insofern noch zufälliger, als einige tatsächliche Geschehnisse den Hintergrund der Geschichte bilden. Wyschinskij zum Beispiel traf 1943 in Palermo wirklich mit einem sizilianischen Kommunisten zusammen. Alles andere jedoch ist literarische Fiktion, mit Ausnahme der – wortgetreu den Zeitungen jener Tage entnommenen – Berichterstattung über die Krise der Landesregierung Silvio Milazzo, die man heute unter dem Begriff »Verschwörung der Palmen« kennt. Es versteht sich von selbst, daß die wirklichen Haupt- und Nebenakteure jenes Ereignisses absolut nichts mit dem zu tun haben, wovon in diesem Roman erzählt wird.
Wie üblich, müßte ich an dieser Stelle sehr vielen Personen danken, die mir geholfen, mir zugehört, mich unterstützt haben. Doch um niemandem unrecht zu tun, nenne ich keine Namen und danke allen gleichermaßen: Wenn dieses

Buch einen Wert hat, dann dank derjenigen, die es mit Aufmerksamkeit, Begeisterung und in manchen Fällen Liebe gelesen, redigiert und kritisiert haben.

G. S.